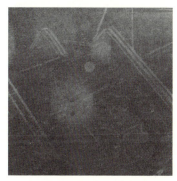

{和花和月长少年}

HEHUAHEYUE CHANGSHAONIAN

用最大的同情和宽容对待自己的每一个过失。

用最大的恨去面对曾经爱过的人。

用每一次的演奏拷问曾经失去的美好。

用画笔绘出人世间的美好，却被世间遗弃。

用一笔无上的青春画卷，手绘无法回去的和花和月之青葱年少。

黄信然◎著

重庆出版集团 重庆出版社

图书在版编目（CIP）数据

和花和月长少年/黄信然著. —重庆：重庆出版社，
2011.1

ISBN 978-7-229-03166-4

Ⅰ.①和… Ⅱ.①黄… Ⅲ.①长篇小说—中国—当代
Ⅳ.I247.5

中国版本图书馆CIP数据核字（2010）第218550号

和花和月长少年
HEHUAHEYUE CHANGSHAONIAN

黄信然　著

出 版 人：罗小卫
策　　划：光　南
责任编辑：陶志宏　袁　宁
责任校对：夏则斌
封面设计：秋水书衣

重庆出版集团
重庆出版社　出版

重庆长江二路205号　邮政编码：400016　http://www.cqph.com
深圳大公印刷有限公司制版印刷
重庆出版集团图书发行有限公司发行
E-MAIL:fxchu@cqph.com　邮购电话：023-68809452
全国新华书店经销

开本：787mm×1092mm　1/16　印张：16　字数：251千字
2011年1月第1版　2011年1月第1次印刷
ISBN 978-7-229-03166-4
定价：24.80元

如有印装质量问题，请向本集团图书发行有限公司调换：023-68706683

这本书，献给你。
献给我们过去的日日夜夜。

序 章

我永远都不会知道，我会在那个站台遇见你，听你将你的故事讲给我听。

或是我的，幸福的、开心的、难过的、难忘的，值得去深藏一辈子的故事。

无论你是什么身份，白领，或者是学生，还是家庭主妇，曾有一眼的相交，就有一段剪帧的故事。

或许你是失恋的人，热恋的人，还是止在寻找恋爱的人；这列几百人的地铁，沿线几千人的站台，总有一个关于爱的故事，属于你。无论它是属于亲情，友情，还是爱情。

我得先从我自己的说起。

2010年，当我等到六号地铁开通的时候，你已离开几年了。

母亲打电话通知我回来的时候，又是一年的秋天了。而你离开都五年了。父亲开车来机场接我回来的时候，路过六号地铁——它的起点，仍然是清风里；它的终点依然是我的家乡，在城市的末端。我曾经对你说过它的，它有个很美的名字，叫石村。但它只是个村庄，小小的。

我有时在演奏厅里，弹奏着那曲《四季》，弹着弹着，泪水就会落下来。我总是会想起你。

失去的，我也不想再去执著——就好比多美妙的琴音，余音绕梁的传说永远只是浮云。

那年的意外到而今才有个正确的审判结果，可是，我依然相信那是场意外。

因为我们还没走到春暖花开的四季终年，你不会自愿离开我的。

我说过，会给你的每一幅画，配上一首曲子。

你说过，我的演唱会上，要挂满你的画。

那时的我们，对未来的愿景那么多，然而为何一瞬间，就那样错失？

地铁的建筑局终于顶不住了，这次回来就是为了你的一点琐事。你母亲因为你的事太操劳了，早就病了。审判的结果是赔偿对你的损失，当她在法庭上接过那张拥有一笔不小的钱的判决书的时候，我又落泪了。

争了这么多年，你的怨气还在人间，我的记忆似乎时刻被提示在那年那一日，始终放不下。我不知道这些钱能换来什么？安慰？很可笑吧！如果你在，你肯定会很不屑。这样的事情，争一次，痛苦一次。

年初的时候，我看了一个电影。

名字叫《这儿叫香格里拉》。里面有一些切肤的痛，对于我，对于你的那些情感的切割。

看到最后，我决定将这部电影给你母亲看。现在的她，靠着这些年来的坚韧，度过这浩浩人世。你的离去，换来了她的不安宁，以及痛。我知道她对你，一直深有愧疚。

咏之，他们说，那里一直闹鬼。那里，你知道是哪里吧？

就是你出意外的那里。

我不相信鬼怪之说，如果有，你肯定会回来找我的。

这世间众说纷纭，谁都不记得谁是对的。

但，我依然相信你。

一如多年以前。

又一年秋天了，从法庭出来的时候，我去了一次六号地铁那里，但是我竟然忘记了，我们曾经一起走过的路，还有跨过的栅栏的地方，它们都在记忆里，随着你消失了。

我离开初年市的那日，晚上八点的飞机去伦敦。我故意改签了飞机的航班。我拿着行李，一个人坐回石村。深夜的时候，父亲打电话过来，我站在石村的站台上望着星空，天气已经微微有点凉了。

"嗯！我已经到伦敦了。"我对父亲这样说，而地铁的声音响起的时候，我慌乱地将手机盖上，拖着行李，坐上最后一班回程的地铁。

凌晨一点，我坐上回伦敦的飞机。

我的行李箱里，放着你最爱的画作。我把它从你房间里取下来，重新裱了框。我会好好珍惜，仿似你如数珍宝的记忆。

而明天，又是一场演奏会。

演奏会的名字，我突发奇想地改成"Season"。主办方愕然，但是他们也没办法，谁叫我是主角。你的那幅画，中文名叫"四季"。那段长长的岁月里，我为它写了一首曲，你还没听到，就离开了。

咏之，如果你的灵魂还在，附在画里，随我每一次去演出。

—— 林心城 2010 年 10 月末 于巴黎

目录 **Contents**

Chapter 01　名为四季的演出

夜幕从身体上退走，我们用白天，称出梦的重量。

【林心城】

从维也纳到伦敦，从中国到尘世都找不到的地方。

我唯一从未走进过你的心。是你在逃避，还是我对给你的爱上瘾。

当初我写过那首断曲，我们在一起。后来我完成它的时候，你已不在。如果有预知，我宁愿这世间少一曲思念，而多一份继续的深情。

咏之，往年月已将一切终结。

从失去你的那天起。

【1】

一个小时前，他在谱曲本上，写下这段话。身旁的笔记本电脑，安然地播放着钢琴曲。

心思不在这房间里，他想起昨天彩排时的情景：在空寥寥的演奏厅里，巨大的空虚突袭而来，那刻的自己，仿似演奏厅里的唯一，隔绝了喧嚣。

他已很清楚，他失去了一份爱，而并不是失去整个世界。

如果有爱的力气，他会继续找寻。

并决心遗忘。

人潮拥挤的演奏厅。

他站起身，对台下的观众鞠躬，然后是热烈的掌声。接着，他从钢琴的下方拿起一块板，往台中央走去。群众不明所以，等他走到中央的时候，灯光照下来。他手上拿着的，是一幅画，如果靠近看的话，才能看清那个小小的题字，画的名字是"四季"，这场演出的主题是"Season"。

林心城要开始弹的时候，心里默默地说，一切，重新开始了。死寂的沉静，当第一段落完结的时候，黑暗里有大量鱼群拥挤而过擦出的声音，哗啦啦！哗啦啦！接着就是潜艇挤破水面所出的瞬间，掌声覆盖过单薄的琴音。

林美景并没有坐在第一排的位置，甚至林心城也不知道她在现场。她像是普通的观众般，隐没在人群中，居中的位置，虽然不能看见弟弟林心城的任何脸上表情，但是十几年来的耳濡目染，也大约能从他的琴音里，听出一些悲伤的音节。

"唉！还是忘不了她。"美景在观众的掌声中，暗暗地说了一句，然后站了起来。她此刻想出去，也是不可能的，观众的热情高涨，不停地要求安可安可。美景只好再重新坐下来。

他从主持人的手中接过话筒。

长手长脚的（从小叔叔就爱这么说他），美景笑了笑，然后听见他用流利的英文说：

"接下来，一首《四季》，献给曾经的她，以及，曾经的我们——"现场一片安静，停顿了许久之后，他才重新说，"希望大家打开耳朵，好好听，但是——不要录音，因为，这曲子，只属于记忆中的她，以及，过去的我们。谢谢大家！"

美景渐渐湿了眼睛，好多年了，尽管自己已经安定，他也早已独自一个人走往天南地北，但是首次听到说他要巡演的消息的时候，还是不忍心不暗地里跟着。他就是这样，不多言语，把所有的心事都藏着，却无比忠诚。

面对，陆咏之的忠诚。

所有的年年月月，在他的琴音里，散放开来。

"或许我只是你们一部分往事的参与者，但我知道，这一些，已足够美好。"

【2】

演出结束的时候，林心城鞠躬三次。他退场三十分钟后，观众才恋恋不舍地离场。

跟随着汹涌的人潮往外面走，这时手机悄然地在口袋里震动，她拿出来，手机上显示的是冰冷的两个字——"老公"。她轻轻摁掉，准备出到外面再给他电话。但只是走了两步路，才发觉前面的人潮很挤，根本很难移动。她干脆靠在旁边的椅子上，给他发了条信息。

"我在听钢琴演奏会，稍后给你复电话。"

前面有人吵闹的声音，突然整条人潮停滞不前，她懊恼地拿起手机看了一下时间。已快接近凌晨了，安可了太多次，歌迷的热情比想象中高涨。

场馆内的灯突然亮了，那一刻，很多人的面孔清晰了起来，美景似乎看见了熟悉的面孔。但是不确定，好像是很久之前，久到刚有记忆那时的人脸，然后就被人潮拥挤着，到了外面。尽管是秋日时节，到了这样的夜晚，还是有点清冷。出来的时候，把披肩放在车上了，这时有点冷冷的。她摸了摸手上的皮肤，准备步行几分钟去停车场取车。

手机又在这时震动了起来，随着脚步的移动，微微的。

"是心城的演奏会？怎么不叫我一起？他之前有叫我，我太忙就推掉了，以为你不去看。"

还是班维发来的。

美景笑了笑，这是个什么样的状况，人说"重色轻友"，不过是这样么？

新婚半年，两人相敬如宾，班维对林美景，尽心尽力，无微不至。但两年之前，他还是林心城的宿友，那时两人都是从音乐学院出来的有志青年。两年间，一人成为炙手可热的钢琴演奏界的新星，一人却因家族的势力，而成为某音乐公司的经理，出入有助理，忙碌得像是上流社会觥筹交错的交际草。

如此罢！但与美景结婚后，还是收敛了许多。但是与林心城间，却淡了？

从那句"怎么不叫我一起？他之前有叫我，我太忙就推掉了，以为你不去看。"就可以推断出了。但是，又或者只是敷衍的话了吧？出门的时候，他还在飞机上，没着陆，想要找他一起来，也是无济于事。她又笑笑。

这时，听见前面有喧闹的声音响起，以及粉丝尖叫的声音。

她抬起头，看见一群人，走过来。

围在中间的，是林心城。

过了许久，他才慢慢靠过来。他不知他身边的保镖说了句什么话，然后粉丝都慢慢散去。

"姐，怎么来了也不告诉我。"他笑呵呵地说。

"姐也想当一回粉丝啊！怎么？不让啊！"

"先上车吧！你穿得怪单薄的。"

"我的车停在里面。"她指向停车场的方向，一盏灯，暗暗地发着光，有门卫在里面，看无聊的夜间新闻。

"嗯？你去帮她把车开回酒店。"他转头跟身边的助理用英文说，然后又转头问她说："你的车牌号码？"

她微微一笑，这小鬼头果然长大了，然后念出一串号码，接着把钥匙交出去。跟林心城上了车。

"啪！"室内的灯全部亮起来。

班维蹙了一下眉，从机场回来的时候，以为她已经在回来的路上了。可是怎么还没到？

他拨了她的电话，那时她正往心城的车里钻。手机微微震动，坐上去了之后，稍微一动身，手机就掉了出来。依然震动着，心城看到，捡了起来。

看了眼屏幕，然后笑着递给她说："班维？"

"嗯！"她接过来，眼神复杂地看着心城。这小子还用疑问句，难道还以为你姐的婚姻是走马观花，过眼迷城么？她伸出手，捏了心城一下。

那边，和班维在默默交代。

末了，班维说要过来，她把电话给心城。交代了酒店位置和房间号之后，就递给美景。

再拿起来听，已经挂了，是嘟嘟嘟的声音。

"你们的关系？还好么？"

"嗯！他对我很好。"

"怎么一个人来？之前我跟班维说过，叫他来看，他说出差忙，所以我就没再叫了，没想到你一个人来看了。"

"呵！是么？他没和我说。是出差了，估计刚才才到家……"她看着心城，微笑着说，见心城奇怪地盯着她，于是又说，"可能是看到我不在家，所以，就打电话来了。"

【3】

车平稳地开着，微凉的空气里，寂静的钢琴声轻轻地游荡着。林美景想要转移心城欲要质疑并且探究他们夫妻感情的话语，于是将话不自觉地切到陆咏之的身上，但却不料，她太想转移话题却忘了这也是心城的死穴。她说："那首曲子，是写给咏之的么？"随之，往车窗外看去。此时路过一座桥，不远处的一座桥底，似乎有着黑点，应该是在外露宿的流浪汉吧！伦敦很多这样的人。说不定，正在经过的这座桥，地下也有。自顾自地想着，却不料旁边的心城已经沉默了许久。

她转过身去，发了一个"嗯"的单音节，然后才抬头看林心城那张如同冰雕的脸。

"怎么了？"又问，心城还是沉默不语，似乎没有听见她的话。

周围就似一座空山，呼呼的风声传进来，却在瞬间变成毫无生命力的尘土。他待在自己的世界里，好像是看见了陆咏之的脸，然后又听见初年市的地铁轰隆隆开来的声音。最后那一刻，他听见姐姐大声喊他，然后闭上眼，人群哗啦啦散去的场景，在黑暗里，仿佛海底游过的鱼群。

"心城你怎么了？"林美景这会儿伸出手来摇他的身体，他才慢慢回过神来，似乎是做了一场梦，然后醒过来的时候，自然的反应还是要闭合眼睛，然后再睁开。

瞪着她，并没有说什么。过了一会儿又问："到了么？"

"嗯？"美景不明他的所指，于是再问一下。

"我说班维。"

"噢！还没那么快，我们还没到酒店。"美景的脑子里瞬间黑线，没想到一提那个女人的名字，他的脑子就瞬间短路。

其实，这是不是好比，听到那个人的消息的时候，自己一样的反应。

但是，没试过，谁会了解这当中的轻重？

"我们还有多久到酒店？"美景装作漫不经心地问。

"嗯——"心城应了一声，然后把头伸出窗外，"就到了，开出这条街，右拐就是了。怎么？你没去过？"

"呵呵！对这里不熟。"美景看了一眼心城，发觉他没再表情呆滞了，想重新继续那个话题，因为觉得没必要对自己的弟弟隐瞒这些东西。两夫妻相敬如宾是没错，但是似乎，根本没将自己投入那样的日日夜夜里。

想到这，对自己嘲讽了一番，然后撞到心城好奇的眼光。

"班维经常出差，我一个人多是待在家里，很少出来走，有也是去大型的购物商场逛街。有时会随同他一起出差，不过也少，因为他太忙了。"

"怎么突然说到这个？"

"你不是想听么？"

"哈哈！你是觉得，我在质疑你们的幸福生活？"幸福两字说得很重，这臭小子还好没有了解太多她以前的事，不然这话，讽刺意味肯定十足。

"不是么？从你介绍到我们结婚，前后不过一年多的时间，换做谁都会怀疑我。"

"两情相悦的话，可不是这样的。"

"是休得他人疑，不如自己醉么？你这臭小子，何时嘴巴学得这么灵了？"

"一直都是，你没发觉？"

"可真没有，想必你都用在其他人身上了。"

无意提起，连具体的名字都没有说，但那一刻，他还是呆了一下，像是被人点了穴。车轻轻地摇晃了一下，前排的司机转过头来说："林先生，酒店到了。"

他没反应，美景推他，说："心城我们下车了。"

"嗯？到啦！"看了一眼司机，然后看看美景，又说"下车下车"。

车外似乎更冷，美景抱了一下手臂，紧了紧。

很快就走进了酒店，似乎没有外面那么冷。心城走在前面，前面有门童带路，很有礼貌地和心城打着招呼。却不是回房间，貌似是往餐厅的方向走去。渐渐地，可以闻到咖啡的香气。看了看时间，都已经十二点了。真晚！

正感叹着，电话又响了。

"我到了，在门口，你在哪里？"

"我和心城也刚到，你等等，我出去接你。"

"嗯！好。"

美景搁了电话，心城转过身来看他："出去吧！"

心城微笑着跟门童说了几句话，然后往回走。班维站在门口，大半个月不见，貌似又清瘦了一些，看上去，成熟了些，这样的男子，是许多女孩很喜爱的吧！

"心城！"约莫是先看到他们了，于是很兴奋地叫，并且迎了上来。站在他身边的时候，很自然地，牵了美景的手。她对他笑，却不语。

"班维，好久不见了啊！"心城笑了笑，然后伸出手去。

两人感觉很陌生，如果没听到对话，以为是第一次见面。美景随着他们，往里走去。果然是餐厅，装修得很有格调。找了个靠落地窗的位置坐下，三人相视一笑，然后班维靠在美景的耳边说话。后来美景觉得不好意思，于是轻轻地示意。

"听说你在巡演？"班维不知如何开口，但这话明显问得太突兀了。

"呃！是的。今晚是第一场，从伦敦开始，最后一场回家乡那边。"

"真好，那接下来肯定很忙。"

"嗯！是啊！就没有这样坐在一起聊天的机会了。"感觉对话都变得机械——以前在学校，明明不曾深交，但在外人看来，却是很好的朋友。其实，那也是因为国外的学校，华人的面孔本来就鲜有，更何况，在同个班级里。于是一切很顺理成章的。

"姐姐就承蒙你多关心了。"又是很突兀的一句话冒出来，美景突然看着他。

"这放心，我巴不得把她带身边，可惜怕她太劳累。"

她客套地笑。

【4】

后来是吃了一些东西，喝了些红酒，就散去。

心城回酒店休息，助手的电话已经打了很多个过来，约莫是督促他早些休息，明日还有活动之类的。于是班维与美景也不敢再多谈。吃了东西，说了些客套话，便离去。

有空真要多陪他聊聊，他太固执了。美景与班维离去的时候，在心底说。

沉醉在自己的音乐世界里，缅怀着那个永远都不可能回头的情爱，何苦呢？当然，她又苦笑了一下，这三个字，对自己也可用。

还是要找他好好聊聊。

嗯！一定！

回去的路上，班维没有说话，一只手开车，一只手握着她的手。

回到家的时候，感觉手心微微出汗。

其实，都已经有半个月没看到他了。可是，想念的感觉，却不甚沉重。说不上，是什么滋味。原来爱，也真的不是付出所能换来，就如同是，涌潮的海水，退去之后，除了涌上来的沙石、尸体，然后什么都没带走。班维走进屋，开了灯。她正走进门，忽然听见咔嚓一声，门被关上，然后嘴唇就有了湿润的感觉。

是久违了，还是不曾怀念过。

故人的嘴，没有凑近便被冷冷地推开（能用冷冷形容么？如果可以的话），但还是在这样的情欲里，想起他的脸，已经很久很久没有去想起他了，也不怎么想要去记起，但念头总是不断。人的自主性，的确是一项不能自己选择的功能。

她迎上去，似乎是想要把他当成他，然而，未曾触到他的嘴唇，深深的爱抚里，电话再次响起。

陌生的号码，完全没有看过。

只有短短的几个字。短信息。

"他失踪了。"

心像是漏了一拍，然后班维轻轻地放开她，问："他？"

"啊！不知道是谁，没号码，估计发错了。"

"不早了，先去洗澡吧！"顿了顿，美景似乎是想要转移这话题，然后突兀地说。

他去洗澡的时候，她坐在大厅的沙发里，给那边回短信，想要问清到底是怎样的一回事，然而，短信还没发出。又有短信进来，是心城的。

"姐，我知道你依然恋着过去，但是班维很好，对他好点。"

他知道些什么？美景捂着脸，和着刚才那条匿名的短信，痛苦地躺在沙发上。

直到清晨醒来，电话才再次响动。

她绕过班维的身体，去拿手机，又是那个号码。

"他有一封信，是给你的，你给我地址，我邮寄给你。之贺。"

【5】

下一站并没有很快地延续去下个城市，他似乎想要用时间来缓冲那些在台上消耗心神的累。每一次弹起那首曲子，每一次抚摸那幅画，都似乎是要把她从过往里揪出来。

巡演结束的时候，我应该能把你忘记，然后赶去下一站邂逅。他喃喃地说，接续两天的演奏会，是有些疲惫了。他戴着墨镜和帽子，出来逛大街散散心。本来想要约姐姐出来的，但转念又想到班维刚回来，两人大半个月没见，肯定很缠绵，于是便没有去打扰。

但是第二天的演奏会，班维和美景是去看了，两人坐在第一排听演奏。那时的林美景并没有认真在听，脑子里的记忆飞速。

从头到尾，班维　直握着她的手，有时要鼓掌，或许会放开。但那些短暂的瞬间，双手仿似正在张翅、仰头就可以看见天空的湛蓝的白鸽。

心头默默地萌发起一个想法，散场的时候，没有和心城道别，只是发了短信给他，祝接下来的演出顺利。

但是转头的时候，却跟班维说，帮我拿到心城每一场演奏会的门票。

"怎么了？"

"有朋友托我要的。"她微笑地说，语气似乎要撒娇。

"嗯？好！"他所言甚是怀疑，"但是有些场次的门票肯定还没出来。这样，我吩咐我的助理，票一出来就买最好的位置，然后快递给你？"

"嗯！也可。"

两人没有客套的话，就连道谢，都没有说。似乎要是说了，便显得更加陌生了。美景最近变得很喜欢自己笑，笑的时候，仿佛可以看见过去那个住在心底的女孩，以及愁眉苦脸的日子。

那些，都过去了。

林心城逛到热闹的市中心广场，很多游客拥挤着，像是海潮般，要涌出这规则的大海。各种肤色的人群，杂在一起，像是大杂烩的披萨。心城想着，不由得暗自笑自己这荒唐的想法。然后继续行走，往寂静的小街道走去。如果是看到有卖钢琴的店，还是想要去弹一首，然后店主会热情地为他介绍钢琴，他会笑笑地婉拒。

"弹得不错，这钢琴像是为先生您所造。"店主用英文说着，言语之中，都是奉承。

"我只是看看，如果喜欢，会考虑买下。"

"噢！要买趁早，要不然，很快就被他人买走。"店主似乎是要心城下定买的决心，所以在游说，或者是加了恐吓性的语气在。

"我还是再考虑看看，不好意思！"心城往外走，似乎为自己的多手而感到懊恼，事实上他从不缺钢琴，演奏会上那些赞助商提供的钢琴，每一架都是昂贵至极。而且从小就接触各式各样的乐器，所以都很熟悉，父亲也是开琴行的。

手机本来想关机，避免他人吵闹，但转念一想，有家人与朋友，若是急事找不着，应该也挺慌的。就像第一场演出的时候，拿着咏之的画作走向台中央，手其实是颤抖，是慌的。慌的是，我不曾忘记你，但是为何，想要你出现的时候，你却不在。

就是这样的缘故了吧！有过那样的心境，才体会别人的苦闷。

转角的街道有熟悉的钢琴声传来，心城探头去看，看见一架放在路中央的古董钢琴，但却不碍着行人。

然后才在脑子里想起，前些日子的新闻。最近在市长 Boris Johnson 的推动下，伦敦的著名景点处都摆放了一架旧古董钢琴，琴身上写着 "Play me，I'm yours"，中午时间，在金融城里工作的人，路过的行人，游客，都可以弹奏一曲，让城市多了一些浪漫。

心城倚在街角的墙边，这样不会阻挡路人行走，也可以从侧面看到弹琴人的指法。

虽然是个小女孩，但是弹得却很流畅，唯有几次不自然的地方，停顿了几下，然后就带过去了。旁人没有围下来看的，似乎这天然的音乐，是一种自然的语言。

自然的东西，沉浸久了，便成习惯。这世界太喧嚣，只有音乐很安静。但记得咏之说过，在画里，一切都能得到沉淀。

仔细听了，才发觉那女孩弹的不是全曲，约莫是还不熟，断断续续地，都是过渡，从这首接到另外一首，趣味性十足。

女孩似乎是弹够了，然后起身离开。这时心城才发现，不远处的露天的咖啡厅，有等待她的父母。一家人嬉笑着走远，心城走了过去，摸了一下琴键，感觉果然很好。

他把墨镜取下，放在钢琴的边上。双手放在琴键上，但这时，却不知道该从哪首弹起，每一首，都是在台上弹过，这次，他想弹一首给自己，或许没弹过的。古董钢琴上有琴谱，看上去很残旧。他翻开，却惊讶地发现，那些曲子都很熟，但却有些失望。下面还有一本，他往下翻，果然翻出一首没有弹过的，但仔细看，那些字体，却像是写上去的。

写上去的？他顿时来了兴趣。过了一会儿，他便按照这曲谱弹奏起来。

行云流水般，虽然不如大师作品震撼感动，但是，细腻程度却不亚于自己作的那首《四季》。弹到兴起的时候，往后面翻去，是空白的。大概是，还没来得及继续写下去。

后来便弹了一首自己的曲子，然后就离去。

阳光很好，没有太多悲伤的或是其他的情绪，突然，他更是感激刚才那首曲子。世界喧嚣，能人还是无所不在。

跟着人流往街道的那端走，走到咖啡厅的门口，突然想要进去喝杯咖啡。这时，却看见门口贴着自己巡演的海报。这时才下意识地推了推太阳眼镜，但却发现不见了。

肯定是刚才留在钢琴上了，他一边懊恼自己的粗心一边往回走。

那台钢琴真命苦，似乎没停过，此刻的琴声又在断断续续。走近了，才看见是一个女孩子，和自己同种肤色，蹲着，没有坐在椅子上弹，双手还拿着笔，在刚才他弹过的那首曲子的后面涂涂写写。突然，他就明白了。于是，加快脚步走上前去。

女孩子似乎是给心城的突然凑近而吓到了，然后抬起头看他。

"有事么？"女孩用英文问。黑色瞳孔，黄皮肤，黑发，应该是中国人吧！

"噢！没事，这曲子是你写的？"

"嗯！无聊乱玩的。"说完不看他，又转过身去，弹下一个音节。

"你来自哪里？"刚才那个侧脸，似乎很熟悉，记忆中，虽无这样的女子，但是，那样的气质，确实十分熟悉，但硬是想不起，似乎是要回忆，便要穷尽这生似的。

"中国。"她说。

"你好！"心城惊奇地用中文说。

女孩转过头来，看着他，有些惊讶，然后随即就笑了："你好！"说完还伸出手去，性格十分爽朗。

这时才看见钢琴上的墨镜，于是他说："哈！忘记了，我是来取墨镜的，然后，就听见你的琴声。其实，刚才我刚好也弹过它。"

"嗯？"这时女孩才转过头来认真地看着他。盯了足足有一分钟，心城觉得很不自然，然后摸了摸脸说："怎么了？我脸上有东西？"

"啊！没，你是林心城。"是陈述句，不是疑问。

"嗯！你知道我？"

"我知道。"女孩低头，然后沉默了许久，才抬起头来又说，"那你记得我是谁么？"是疑问句。心城觉得很莫名其妙，明明是个陌生人，但却问自己是否记得她是谁。

努力搜寻了许久，心城摇了摇头。

她站起来，微笑地说："也难怪，都那么多年了。"

"你以前，也认识我？"心城有点蒙。

女孩没说话，默默笑了笑，然后想要走。

真是奇怪，又不揭开谜底。心城叹了口气，然后拿起墨镜，戴上，重新往咖啡馆走去，女孩走了一段，又折回。然后看着心城说："你真的不记得我？"

愣住，还是摇摇头。

"那算了。"

再次愣住。

"啊！你真爱卖关子。"

"你还记得石村么？"

"啊！当然，那是我家乡。"

"那也是，我家乡。"

"你……你是……"似乎得到提示，然后记忆不断地跳脱出来，很多张面孔都掠过去，与这气质相符的，似乎只有她了。

"好久不见！"没等他说出那个名字，她就打断他，然后，头也不回地走了。心城追上去，大声叫她的名字。他觉得，无论对与否，都要叫。

因为上次错过后，已是十几年的事了。

岁月不等。沧海桑田。

Chapter 02　永恒的孩子

只有永恒的孩子才能把神奇的世界归还给我们。

——《梦想的诗学》加斯东·巴什拉

【林多华】

"再吵、再吵我们就从这里搬出去。"那一刻的愤怒，幸亏没有冲上脑袋，所以下一刻，还有挽回的余地。

但是对于此刻已经满腔愤怒的他来说，一点用都没有。

"你们都不用走，我走。"

偷抢拐骗，自从妻子去世后，什么没少做过，闹到而今。想要退，也没后路了。干脆就往前走吧。只是，丢了你，能丢下全世界么？

"说走就走，这么多年亲情，一点都不念。"老人只是叹息，林多年叹了口气，嘱咐妻子抱着心城进里屋去。三岁的林美景只是哭，什么话都不说，平时话最多的，此时只有一种声调。哭得老人烦了，便把她抱着扔在门口。

"你爸都不管你了，哭什么哭啊！"过了一会儿后，似乎知道自己说重话了，老人叹了一口气，蹲下去抱着美景哭。她那么小，不懂什么，平时最爱黏奶奶了，于是也只好抱着她。两个人一起哭。林多年看不下去了，转身进了房。

"闹成这样，你还舍不得？"林多年靠在窗边，看着窗外，手里的那种烟草包裹成的烟一根接着一根。烟雾很大，熏得郑仁燕有些厌烦，大抵是刚才的惊吓还没消退，小心城只是一直哭。郑仁燕哄不住他，于是大声吼丈夫。过了很久，他才掐掉烟，默默地转过身来。

"这么多年的兄弟，说变就变，说走就走，我比谁都清楚，他内心的痛苦。"他本来就只想澄清，不想如此，声泪俱下地对妻子说大声话，但是无奈，控制不了自己的情绪。

"嗯！你懂，你懂。"她也只是低声附和。丈夫很少如此，事实上，好好的一个家，闹成这样，谁也不想。但是，似乎也只有他的离去，才能换取这样的清净，他似乎，再也回不了头了。世上，痴心的男子，没有再多了。

"对不住！刚才，有点失态了。"

"没事！我懂的。"她站了起来，把怀中依然低声哭泣的心城交给丈夫，又说，"抱着他吧！估计刚才被吓坏了，我去给他煮点东西吃。"

从她怀里抱过来，心城立马不哭了，直愣愣地看着父亲。

他似乎有一种当父亲的成就感，慢慢地，咧开嘴逗他笑。

妻子走出去的时候，看了他们父子一眼，然后笑了笑。

自然的事，舒心的笑，有些心结，只有永恒的童真才能还给我们。

或许一切都会过去，最终都被遗忘，但是，人间万物，存在的一切都不能预料。

然后，就此经年。

【1】

无论是城市还是农村，每个小孩的童年都有一段非常混沌而且无知的岁月。就如同林心城，五岁之前，他甚至不记得那些顽皮捣蛋调皮至极的事。比如扔了张家的鸡蛋撞破了李家的瓷碗还打死了邻居的小鸡的事，层出不穷。

姐姐林美景从三岁那年起，就被母亲的婆家那边领去养了。也不知什么原因，林家老人一直惦记，每每说起，只当没了那个儿子。但说起林美景，还是几行泪。

年代剧，虽说每个人都在尝试演着内心戏，但毕竟是血肉至亲的人，一念一想间都扯痛筋骨。但是这么多年仍然都过去，而林心城，只记得见过两次姐姐，在他还没搬到初年市的时候。

第一次是他五岁的时候，记忆模糊，事实上往后的日子，若是没林美景提起，他都会忘记。

"那时你就是个小毛头啊！脾气犟得要死，当时我又害羞，你拼死都不喊我。奶奶叫你牵我的手出去玩，你一溜烟不知道闯哪里去了。"美景那么平静地说着，那是很久之后的一个夜晚，两姐弟坐在星光满满的屋顶，暑假，天气很热。林心城一边擦汗一边对姐姐笑着说："那是以前顽皮，然后现在就用斯文来补偿？

哈哈！"又是反问又是自圆其笑的，确实很惹人笑。林美景只是呆了呆，想要笑，然后表情又漠然了起来。外面的小孩子声音喧嚣，几条街外都可以听得到。幸好，这城市之中尚有屋顶的这片绿洲。

"其实你也不是皮，后来我才想明白了，你就是一个被宠得在笼子里活蹦乱跳的青蛙，压抑不住内心的喜悦……"

"即使是青蛙，也是青蛙王子。"林心城抢了话过去说，然后美景果然愣住了，低低地说了句"臭美"然后又说："你还真记不得？"

"记不得什么？"

"第一次看到我啊？"

"第一次？不是我还在妈妈手上的时候么？"

"嘴真贫！"

"真的不记得啦！那时我才九岁来着？"

"五岁。"

"就是，五岁哪有那么好的记忆。"

"我说你光拿去记住你那位林小公主了吧？"

"啊！小公主？哪位？"

"我说你真不记得还是假不记得？"

"真的！"

"林喜然。"她说了这个名字，然后看着林心城的表情慢慢释怀起来，然后又微笑起来，表情十足，又转而皱眉的时候，她才说，"我记得第一次见面，你们都一起出现了，当时怎么说来着，婶婶说她就是你的跟屁虫，还说长大要嫁给你。"

"啊！我倒是记得了，但是有这事么？"

"她去哪里了？"问题又峰回路转，从最开始的夏夜，便没有预料到会有这样的一天。好像是很久很久之前的夏天，两个小屁孩牵着手，以为牵过的手就好似蔓延的河水，再也分不开。但是，远去岁月，到谁都记不得，是谁离开谁？

"好像，后来她搬走了！"林心城说，然后是巨大的沉默。

时代像是一个巨大的剧场，悲欢离合，每天上演。来来去去，不留足迹，一段段的记忆空白，无处可寻，却埋着，藏在记忆深处。

【2】

应该是都没有记忆的年纪，所以才会那么快忘记。

但是，后来经由你的诉说，像是别人的人生却在自己的往日里，渐渐清晰起来。

"我记得，她叫林喜然。"

"喜然，吃饭啦！"
"奶奶！心城也一起么？"
"他要回家吃饭，不回家吃饭的孩子不是好孩子。"
"那我不做好孩子可以么？我要跟心城回家。"可是小喜然还没说完，心城就灰溜溜地回家了。喜然转身看不见心城，然后哇的一声，被奶奶抱回家了。

那时候很小，小到没有什么心思，整颗心就像鱼缸里的玻璃球，通透明亮。林喜然出生后不久，父母就远走重洋之外做生意，将她扔给家乡的奶奶照顾着长大，还好老人家身体尚且硬朗，从小娃娃一路带着她牙牙学语慢慢学会走路。而她的父母，只是偶尔打几个越洋电话，还有每个月林家奶奶领着喜然去邮局拿不菲的金钱。许多孩子没有父母会好奇，会吵闹，但是林喜然好像是生来与父母便要分离似的。漫长的岁月里，在林心城的有限记忆里，他没有听到过喜然提过父母，甚至说想念他们。她活在自己构建起来的皇宫里，里面有奶奶，还有心城。

因为和心城家住得近，从小就玩在一起。人都是有一种趋近的本性所在，就像喜然对心城一样。两人同年纪，从爬行争玩具到学走路一起跌倒，然后到一起玩过家家一起闯祸。但是无数次，喜然都认定了以后要嫁给心城，即使她不知道嫁是什么，但是从小被大人开玩笑，就耳濡目染的。

心城也不避讳，毕竟孩子，不懂那么多尘世的东西。她爱跟着他，整天满街跑，那时的她，应该觉得奔跑在自己的皇宫里，然后有王子守护，还可以在心里大声喊，全世界我都不怕。

然而这只是然而。

他们也曾一起差点闯下大祸。

"喜然你睡了吗？"心城从断墙的那端越过来，其实墙壁不过他半人高，那时他很矮，墙撑死就四十厘米。只是他爬过去之后，就看见躺在地上的喜然。他以为喜然只是睡，然后去摇她。这一摇，喜然就吐了，将中午吃的东西全部都呕了出来。

"咦！喜然你贪吃，嘴巴里还含那么多东西。"心城大叫着闪开，喜然的头轻轻地，还是落在原地。那下面，有一颗尖尖的石子。他没看见，只是躲躲闪闪站起来，石子上面有细细的血丝，肉眼看不见。再一次，喜然轻轻地叫出声来，但是双眼还是紧闭。

过了一会儿，喜然仍是"不醒"，心城有些生气，又走了过去说："喜然你再不起来，我自己去玩了。"说完又摇了摇她的身体。这一次喜然有反应了，然而不过是全身颤抖。

心城无奈之下就走，然后跑回家。

"奶奶！喜然在祠堂那边睡着了，我叫她不醒。"

"带我去。"老人约莫是心急的，这秋日的午后，天气怪凉的，方才两人玩得兴起都把衣服给脱了放在家里。林奶奶一边扯过心城的衣服，边走边帮心城穿衣服，手上还拿着喜然的红布细花的薄外套。

可是到了"案发现场"，老人只是大声地哎哟了一下，就将心城吓住了。

心城看见林奶奶迈着小脚，抱着喜然，就消失在他的视野里。他看见喜然刚才躺过的地方，一摊红色的血迹。那颗石子，在秋日的阳光下，发着红色的光。心城慢慢地走回家，心里却想着，下午玩耍又泡汤了，以前都是很顺利的。就不知道喜然为什么要在哪里睡着。

如果不爬墙喜然会不会就不会睡着？小小的脑袋里，其实只有这些，简单的问题。

但是后续的就是，将近半个月见不到喜然。

事实上，那天他也不知道发生什么事，后来他只是以为奶奶嫌他太顽皮，不肯让喜然出来玩。他每天依然去玩耍，热热烈烈，每天都一身脏一身汗。回家的时候，都往喜然家的房子一探，有时喜然坐在大厅的椅子上。心城看见她，大声叫她，她很开心地过来，然后又被林奶奶拉回去。

他分明看见，喜然的头上，缠着纱布。

就像，邻居的天明从楼梯上摔下来之后一样。

父母也没告诉，大概是不想孩子有这样的心理负担。

那天去医院的时候，林奶奶抱着喜然的手一直发抖。后来赶到医院的林多年夫妇，一直紧张不已，约莫也是知道了一点具体的情况。但是老人也很明朗，牵着他们的手说："应该没什么大碍，小小的伤口，医生说缝几针就得了，可千万别回去吓唬小孩，就这样。知道不？"

"嗯！那我们等喜然缝好再一起回去。"

只是那晚回到家，心城都睡着了，爷爷奶奶哄着他吃饭洗澡睡觉，然后他还是会踢被子。这样的习惯，从小时候，一直到大。不曾改变过。

后来喜然好了，又再出来玩了，但每次都是坐在旁边看着心城他们玩。心城有时过来拉她，她都是摇头。后来，心城就渐渐少去找她了。

后来，心城上学了，上一年级的时候，他们还是同班。每天都一起上下学，但是，突然有一个周末，他看见喜然家来了客人，然后喜然跟着他们出去。

　　就这样，她再也没回来了。

　　那天，心城还做着鬼脸，和大厅里的喜然打招呼。
　　喜然也是如此，然后喜然出来的时候，眼睛红红的，心城是想要过去说什么。但是看见有陌生人在，他又却步了。喜然的手，被陌生人抓得很紧。林奶奶手提着一些东西，走得很慢。
　　后来，他有一次看见他们又回来了。只是没有看到喜然，心城去叫林奶奶。
　　"奶奶，喜然呢？"
　　"喜然？喜然回家了。"
　　"我怎么没看到她？"
　　而林奶奶只是笑，然后摸了摸他的头发。
　　后来，他们都走了。
　　那是他最后一次看见林奶奶，也是他最后一次，看见与林喜然有关的东西。

　　只是日子细如流水，如果要分秒尺寸都记得，应当是件很累的事。
　　但是越是如此，生活就越是粗糙。
　　他们是永恒的孩子，永恒的孩子永远能将复杂，变得神奇。
　　就像乌云一团，然后一颗玻璃心。
　　那样的对比。

【3】
　　关于姐姐林美景的事，第二次见面，林心城有些浅浅的记忆，如果要说记起的话。
　　那时父亲已在城里开始经营小小的乐器店。刚开始是传统乐器，二胡长笛古筝还有各类特色的民族乐器。其实也无非是从小培育成的喜好：林多年兄弟早年都爱拉二胡，特别是哥哥林多华，二胡拉得远近出名。至从林美景出生，妻子过世后，属于他的那把二胡一直挂在他房间的墙壁上，久了，就成了风景一般。
　　心城少时，便经常听父亲拉起熟悉的二胡曲，而他却从来不教心城。仿佛是不想强求地去学，但是后来心城爱上钢琴，又将是另一桩偶然的事。
　　林多年的乐器店偶尔也有二手乐器倒卖，有一次，不知道哪来的一台小电子琴，辗转到所在的店里来。来倒卖的是一个妇女，林多年很少接触电子琴之类的乐器，便细细地问这琴哪里而来或者为何要卖掉之类的。而妇女只是淡淡地说，女儿已经大了，不需要弹电子琴了，已经开始学钢琴了。

后来还是以中庸的价格买了下来，可是那台电子琴只在店里摆放了三天。

第三天，便在心城的手下，"do-re-mi-fa-so-la"这样乱弹，如此几天后，心城貌似渐渐地对那台电子琴有了细微的研究。能渐渐地玩出几个像样的音。林多年其实也不禁愕然，没人教他，他自己玩。便能弹出几个能分辨得出的音节。

后来他便买了少儿琴谱给他，并有想送他去学钢琴的想法。

其实后来一切的事情，都是顺理成章了。并不是所有的天赋，都一样在穷尽时机地去挖掘，或许心城只是偶然，是上天想要保留的璞玉，于是才能慢慢地被时光打造。

刚开始，只是周末带他去市里上钢琴课，乐器店的周边有几个钢琴培训机构，虽然规模不大，但是作为初学者来说，应当足够了。

如此几月过去，心城已然能弹奏出很完整的曲子。林父自然大喜，家里的电子琴早就被淘汰，可是依然放在心城的床边。林多年给他买了二手的钢琴，搬回家的那天，很多人都来家里看了。这玩意并不多见，而且是在乡下——而且像心城这么小的小孩，能弹奏出完整的钢琴曲，更是难得。

那一段时间，心城的钢琴声，似乎是让小孩子安静下来的魔音。

连同他自己，也渐渐安稳了下来，自从接触钢琴后，出去玩耍的次数，便渐渐地少了下来。老师说，要保护好双手，要持有足够的精力，去对待。诚然，那时的心城不接受很多的说教，但他却懂得要坚持，以及这是自己有兴趣的东西。

以往的那条巷子，每到傍晚便会有喧闹的小孩子玩耍的声音，还有大人在外乘凉说话的声音，嘈杂却温馨地成为小巷子特有的存在。

可是，每次心城放学坐在钢琴前弹起那首《小步舞曲》，全巷子的人都静了下来。满头大汗的孩子，头仰望着心城房间的方向，静静地发呆。汗水落了下来。老人的脸上舒开温柔的微笑，边扇着蒲扇继续细声地说着家常。

和姐姐林美景第二次见面，是八岁的时候。

那时父亲已决定将家搬往城里，其实为的也是心城更好地学钢琴和读书。

那一次林美景来，心城在楼上练琴，琴声从林美景进门后，就没停止过。那时他刚在练《D大调小步舞曲》。有些音记不下来，因此断断续续。林美景坐在大厅里，奶奶紧紧抓着她的双手，但是美景不停地往楼上的方向望。那些琴音，像是一块能吸引人注意力的磁铁。

"其实我也不是想一直留着她，只是她母亲去得那么突然，我们也难过。现在他又不在了，如果我们能照顾她，也当做对丰盈的一个交代。"林美景的外婆的声音似乎有些哽咽，说到过世的女儿，心总是一阵阵痛。

"美景是我们林家的血脉……"老人开口说不完一句话，便被林多年抢了过去："妈！——亲家母，其实我懂你所想的，也体谅你的心情，只是孩子都这么大了。俗话说孩子落地跟爹娘，但是美景的爹娘都不在了，我和她婶婶，也算是她第二个爹娘了，难道交给我们，还不放心么？"林多年说得诚恳，老人的眼睛开始温热了起来。

美景的外婆伸了伸手，朝美景的方向看了看，然后美景就慢慢走了过去。她抱着她，身体在颤抖，但更多的，她觉得是在释放。看着美景一天天大起来，越来越像她母亲，她的心就越痛。虽然已经历很多，但是，人在亲生血肉流连的边缘，总是最脆弱的。

她还记得丰盈出嫁的时候，也是哭了一晚，连三天后喝喜酒的时候，眼睛都是肿的。只是明眼人都知道，便不多问。她心痛那个女儿，比世间万物都重要。她还没忘记，当丰盈因手术感染死在手术台上的时候，听到消息的第一刻，她几乎昏厥，然后住院住了差不多半个月。后来接了美景过去，日子渐渐散去，就这样好多年过去。但是，深藏在往日里的痛，像是没结完痂的伤口，每次触碰，都会疼痛。

那次美景并没有留下来。

心城母亲当时只是见气氛尴尬，便缓解了一下气氛说："美景，要不要去看看你弟弟？他在上面练琴呢？"都是有文化且细心的人，想要说出的那句"你也没见过钢琴"，被生生地咽回心里。

老人点了点头，然后渐渐放开了美景。她站了起来，眼角也有泪，但还是随着小婶上楼去了。她似乎很怕生，就好比看着没有血缘的人一样。心城很专注，没有听见母亲领着姐姐上来的走路的声音。

后来是一曲终了，林美景小声地说："真好听"。然后林心城才转过身来，看见微笑的母亲，还有表情淡然的林美景。

"她是谁？"这是他们第二次见面的第一次话。

林母朝美景看了看，示意她自己说。

沉默了许久，她才说："我叫林美景，是你……"

"姐姐？你是大伯的女儿？"心城把话抢了过去说，母亲叹了一口气，觉得无奈又好笑。

"嗯！是吧！"她答了一声，然后朝婶婶看了看。

后来心城就很冷漠地转身去继续练琴，林母和美景两人在后面站了好久，但还是未等他那曲终了，就下楼去。

　　心城直到快吃晚饭的时候，才下楼去。小巷里的伙伴已经慢慢地消散去，他们不再记得那个爱玩耍爱爬墙的林心城。他们只记得，石村有个小孩，很会弹琴，他叫林心城。

　　"姐姐呢？"吃饭的时候，他看了一眼大厅，便问。

　　"嗯！姐姐跟她外婆回去了。"

　　"噢！"

　　"怎么了？"

　　心城没再答声，继续吃饭，父亲宠溺地摸了摸他的头。

　　冷漠与炽热之间，其实只有一条分界线：对于心城来说，接触钢琴的时候，那一条线就立刻就消失了。

　　对于林美景来说，父母的形象在脑子里一浮现，一切便会模糊起来，这世间，就看不到尽头了。小时候，总有无限可能的想法，但是这样的无限可能，总有无限可能的想法来代替，以此循环，直到渐渐忘记。

　　或许血脉的相承，不是非得要亲密来完成。

　　只是必然之下，很多不可能，终将汇成可能之事。

　　像那时候的心城，一辈子也不可能想到，往后的青春荒芜。

【4】

　　以初年市为中心，方圆十里之内，有许多大大小小的村庄。以石村为南，以北的村庄，叫永和乡。那据说是名字最好听，而且历史久远的文化之地。

　　最单纯的童年，并不是洋娃娃生日蛋糕和好看的衣服还有最好的教育，相反的，是他们拥有的最纯真的时光，以致后来每每想起，都会觉得往后的日子残酷。而回去的路，被轰鸣的机器所替代。

　　冰冷的城市，钢铁迅速占据着未来，而最后的永和之乡，存在小孩的永恒世界里。

　　陆咏之出生的那年，陆陆与父亲吵了一场很大的架，可是事实上，他才两岁。

　　父亲与儿子之间的对峙，往往是沉默而漫长的，最终，只有用各自的隔阂来成就如山的父子关系。可是，事实上，谁都不知父亲那时的心境，而做父亲的，也不懂得小孩的接受度在哪里。无论是悲喜，小孩子都很清楚，他们就像缺了心眼的成人，只用一颗单纯的心去看待这个世界。就像刺猬，受到伤害就卷起满是刺的身躯，然后颤抖着面对这个世界。

　　他原本也认为，两岁的孩子，除了吃和玩，其他的都不能去深入想象。但是，这些只是恨的表象。

　　一旦这种对立被某种严肃的态度所破坏，很多本来美好的性格特质，便会一再扭曲。

　　即使所有的后来，都不能归咎于你的所错，但是，一切的隔阂，都是因为你所造成。爸爸，我不是不爱你，是以往的阴影一直挥散不去，但是我又记不起。直到你去世，我依然不明白，对你的恐惧，来自哪年哪一刻哪一件事，妈妈从没告诉我。

——陆陆 2009 年日记

　　永和乡有个大戏台，大戏台每年到八月十五和收割季节都会唱大戏。唱大戏的时候，很热闹。小孩子这时都会闹起来，争着去放鞭炮，在满是人潮的戏台下跑来跑去。

　　戏台的右边走两百米，是陆陆家的房子。那时是一栋两层，窄窄的，一个厅，走进去是隔间，放着饭桌和一些零碎的东西，里面是厨房和洗澡的地方。洗澡的地方只用一条厚厚的布帘子拉起来。洗澡的时候，会拉上，就看不见了。楼上是房间，其实说是房间，不如说是一间大的客厅，因为除了父母的床位外，其他的地方，都是相通的。父母的床前，也只是隔着一条很长很厚的帘子，他们睡觉的时候，会拉上。

　　陆陆记得一些，那时妹妹刚出生。他记得妹妹出生的时候，天气很热，应该是夏天。他印象里，记得妹妹出生后没多久，就光着身子在房间里洗澡，没有热水的雾气，也没有很厚的大毛巾裹住，洗完了往床上一放，然后擦干就穿衣服。后来母亲也告诉他，陆咏之确实出生在六月份，那是最热的季节。

　　母亲永远都很慈祥，从不对陆陆和陆咏之大声说话，脸上总是带着微笑。陆陆觉得她，是天下最美和最好的妈妈，陆咏之也不例外。而父亲，则是对立的存在，太严肃，常不爱说话，一说话，陆陆和陆咏之就很紧张。有时他会搂着母亲的肩膀，小声说着一些事，那种和谐的情景，总是让陆陆觉得很有违和感。

　　从懂事以后，他和父亲，一年说上的话，不如与母亲一天说的话。

　　所有的缘由，他也不知道该如何说起。

　　但是，走过那段两岁的岁月，会懂。

　　其实那一天只不过，是拿了母亲的一本小册子。"其实"和"只不过"只是介于小孩子的心态以及局外人的态度来看，但是之于母亲的重要性，却远远不是这两个词所能亵渎的存在。如果是母亲看到，最多会微笑着，将它拿回来，并告诫陆陆不能乱拿母亲的东西，并且会藏好，放得更高。但是，那天母亲不在，父亲在家。陆陆在床上玩，玩着玩着不知道何时从母亲的枕头底下搜出那本红色的具有长久年代的册子。外皮上的红色，斑斑驳驳，就像是旧墙壁上的青苔般分布，看上去让人一种脏脏的感觉。陆陆抓在手里，想要拿到嘴里去咬，发现也没什么好吃的。然后就倒过来，翻来覆去。

父亲从楼下走上来，轻声叫着陆陆。陆陆玩得入神，他没见过妈妈的这本册子，但是这时，册子里有一张照片掉了出来，他更好奇了，用手去抓，抓不起，然后很生气地去拨开，这一拨，却是让父亲看到了。

他呆住了一瞬，然后冲过来，将陆陆从床上抱下来，扔在地上。然后将照片拿起来，往后瞪了陆陆一眼，接着将照片塞进小册子里面，放进枕头底下，然后才转过身来狠狠盯着他看。

他还没说话，陆陆就哭了。

他黑着脸，一句话也没说，把他扔到地上的时候，其实屁股已经吃痛了，只是发生得太突然，一时没反应过来，直到父亲的那一瞪，他才觉得恐怖，然后就哭了。

这一哭，哭了许久。

直到很久之后的夜晚，都会哭着从梦里醒过来，父亲的眼，像是要食人的野兽的大口。

陆陆就坐在地上哭，父亲一靠近，他就往后爬。父亲其实也很无奈，他深知那本册子和照片对妻子的重要性，但是那个时间点上，却忽略了孩子。他转过身，挠了挠后脑勺。

然后，就听见陆陆撕心裂肺的叫声。

【5】

那天，陆陆从楼梯上滚下去，幸好楼梯是木的，所以只在落地的时候，头撞到地上，起了一个包。

但是内心，却陷了一个，深深的坑。

唯有永恒的孩子，才能保留住那些纯真，但是日后以沉默来对待父亲的陆陆，从此少了许多乐趣。看见别人牵着父亲的手坐在父亲的肩，他都会不时地有恐惧的感觉。梦中的那双眼，一直留在仅有的记忆里。

那一次，母亲回来后，只是关心滚落楼梯的事，丈夫也没告诉小册子的那件事。

只是在睡前，偷偷地告诫妻子将册子放好，再问什么，也没有答复，只是他觉得，这是她最后的亲情所依，再失去，就没有一点凭证了。

陆咏之出生后的那些年，兄妹的感情，以及和母亲的亲昵，常常让越来越沉默的父亲，觉得悲凉。陆陆从来不对父亲说话，也爱逃避他的目光。虽然母亲觉得奇怪，但是父亲依然缄默，不想说那些小阴霾，他始终觉得，小孩子而已，很快就会忘记了。

但是，这一觉得，直到他去世，依然没有结束。

世间悲凉，也不外乎是亲生骨肉，却宛若陌生，即使整天在同个地方，来来去去。

看见他的笑脸，自己也很欢喜，但是陆陆转过脸看见他的时候，就没了表情。一群小孩子，在阁楼上玩耍，唱着大戏，陆陆爱扮女角，用细细的声线拉长音唱京剧，回头看见从楼下上去的父亲，突然就沉默，然后转过身去，颤抖着哭，很是委屈。

他也不知道是哪根线出了问题，反正就是很害怕父亲，梦里的那张脸，犹如鬼魅般，挥散不去。

其实对于你，我从来都不知道用何种态度去对待。离家再远，也仍然不会对你牵挂，只是在妈妈说起你又关节痛的时候，才偷偷地去买一盒对关节很好的药叫妈寄给你，但是，依旧不敢跟你说一句话。是你太严厉，还是我天性内向，懦弱？我不知道，一直没有答案。

——陆陆 2007 年日记

陆陆越是长大越是发现，他与村里的人渐渐地容不下。他性格内向，又很任性，与陆咏之等小伙伴一起玩过家家，经常玩到不顺心，就将"饭桌"一掀，然后就走人。村里的小孩，很少爱与他玩，渐渐地，他只在家里自己玩耍，也不出去了。倒是母亲祝再忆很耐心，教他认字画画，但是他对画画也没什么兴趣。

"哥哥，大水牛叫你出去玩呢？"陆咏之站在楼下，小声对楼上正在歪歪曲曲写着字的陆陆说。

"叫他上来啊！"

"啊！"

"我们学唱大戏。"

"哦！"陆咏之低了一下头，然后有些失望，明明想去捉迷藏的，哥哥又不去了。

他又不知道台词，就乱唱，家里有一台老式的收音机，能放录音带。

有时是父亲在听，有时是母亲在听。父亲爱听武戏，很嘈杂。母亲爱听文戏，那些台词唱得百转千回，母亲爱跟着念，陆陆有时听得入迷了，也跟着念。

陆陆又披着红布大花的被单，只露一个头出来，手翘着兰花指。

第一个音一出来，大水牛的哥哥就笑了出来。

"哈哈哈哈！咦……"

陆陆的动作停了下来，脸顿时涨红："你笑什么？出去出去！"说完手就要去推他。

"你怎么像女的。哈哈！咦！"他又学他发出的那个音，显得粗犷，又难听。

"出去！"陆陆又去推他，咏之站在一旁，不知道该做什么。然后就看见陆陆哭了出来，大水牛显然被吓到了，赶忙拉着哥哥走。

"咦！"他边走，还是边模仿。

"哥！"咏之叫他。

他没说话，然后擦了下眼泪，就转过身来看着他。

咏之笑了，他也笑。

多么没心没肺。

【6】

后来搬离永和乡的原因，陆咏之也不记得具体，反正那个年代以来，小城市就像一块巨大的磁石，将周边的乡村的人流会聚成一道进城的大军。

但永和乡，仍是一道风景。

对陆陆来说，迁移与留存都不算什么大事。

但对于陆咏之来说，却不是如此。她有很多小姐妹，还有很多疼爱她的乡亲。从小是别人宠爱的对象，不若陆陆，不听父亲的话不爱与父亲说话，别人低声的斥骂都会让他哭出声来。上小学的时候，脾气太犟。老师也很无奈，同学也不敢与他开玩笑以及玩耍，因为不知道他的哭点在哪里，或许上一瞬是晴天，下一刻就是阴天。

离开家乡的那一年，祖父母不愿与他们一起搬到城市。

陆咏之常记得奶奶在房间里，叹着气说："这一辈子，东奔西走，总算安定了几年，我只想有个家，让我过完这一辈子。"

陆咏之觉得奇怪，这不就是家么？

　　然后听见爷爷，对着窗叹着气说："当初祝冉忆那样的情景，我们不能不伸手去救援，但是当时没想到，这一救，就永远地，背井离乡。"

　　"老头子，我们回去好不好？那么多年了，他们都忘了吧！"

　　"只是，当初出来，就没想过回去了。我们，都一把年纪了，活在世上图个安稳，也该为孩子们想想……"老人说到这里顿了一下，看见咏之在门口伸了半个头进来。

　　"咏之，在那儿做什么？"

　　"进来。"奶奶看见了，赶忙招呼她进来。

　　她怯生生地走进去，看见奶奶的眼睛红红的。

　　"奶奶你怎么哭了？"

　　她没回答，脸堆满了笑，外面的阳光照进来，脸上仿佛涂了一层金色的油。

　　"你奶奶啊！舍不得你们咯！"

　　"什么叫舍不得？"

　　"哈哈！咏之不是都上学了么？还不懂啊！"

　　"我才教数学呢！我会写 12345，还没教汉字。"她边说边掰了掰手指。

　　"舍不得就是，不想离开我们啊！"陆陆从外头进来，突兀地插入一句话。

　　"还是陆陆聪明。"

　　"什么吗？明明是我没教。"咏之撅着嘴，有点不屑。

　　"哈哈！妹妹过两年就懂了。"陆陆摸了摸他的头。

　　他读三年级那年，他十岁，咏之八岁。

　　"那为什么要离开？"那时星光灿烂，咏之躺在喧闹的城市天台上，问哥哥说。

　　"其实，我也不知道。"

　　他回答。

　　年代是一道河流，怂恿着人们向前进，却一直无从后退。

　　该往哪里去，才是一条正确的路。

　　如果明天在故乡，那永远就在故乡，谁也不愿意离开。

　　永和之乡，有我的祖父母。

　　祖父母的故乡，藏着汹涌的我们不知道的秘密。

　　它，影响了，他们的一生。

Chapter 03　荒芜之地与主题公园

一个人的荒芜之地，即是他人的主题公园。

【祝冉忆】

不能害怕，如果失去信心，就没有去爱的勇气了。

——1983 年，我是祝冉忆。

我想忘了这个地方，然而，下一处，你能带我去往么？

　　她在黑夜里奔跑，胡同很小，刚下过雨的屋檐滴着水。尘世安静，她内心却翻滚着无数的残暴与喧嚣。血和尖叫，混乱在脑子里，视觉和听觉的片段搅乱在一起，极像这混乱的脚步。

　　她从家里逃出来的时候，裙摆上的血一直掉下来，她不敢回头，一回头就会看见绝望的眼神。

　　那一瞬间，她想起无数黑夜。

　　以及，无数的脸。

　　但在下一刻，渐渐模糊了下去。

【1】

　　下雨了。

　　大南风天，朝南的窗虽然死死关着，但水汽还是无孔不入，渗透每个所能钻进的空间。

被子有湿润的触感，摸上去不舒服。

心城在被窝里翻了个身，细碎的声音安定下来之后，依稀听见隔壁房的哭泣的声音。

是姐姐？心城心里想着，又翻了一个身，很快，哭声没了。

可能是想家了吧。心里想着，然后又闭上了眼睛。

"心城。"突然一喊，他被吓了一跳，"今天要和你爸爸去找学校，快起床，我去叫你姐。"

"嗯！"想了一下，又觉得突兀，"姐？"一时没反应过来，从妈妈的嘴里说出这个称呼突然不习惯。过了八年没有兄弟姐妹，任自己一个人撒野的生活后，突然来了一个姐姐，果然会觉得奇怪。

"快点！"

"知啦！"

穿好衣服出去的时候，姐姐的门开着，心城走了过去，往里看了一下，看见被子还鼓鼓的。然后转身走进隔壁的厕所洗漱。透过窗外的余光，心城看见新养的小植物，叶片上有很多小灰尘。

他咬着牙刷，然后撕了一小张纸巾在擦叶片。

"真脏！"边擦还边唠叨，这时牙膏泡沫却掉了下来，一滴滴落在地上，嘴的周边也都是白色的泡沫。还没擦完最后一片叶子，背后就有细细的笑声，心城转过去看见林美景站在门口。很平静的一眼，然后又转过去。把纸巾扔在瓷的洗脸盆里，然后就要吐牙膏泡沫。这时林美景走过来，把纸巾从盆里捡起来，走出去扔在垃圾桶里。

等她进来的时候，心城已经走出去了。

"这样会塞住的。"林美景走回来的时候，细细地说。

站在窗边看着外面。陌生的城市，陌生的地方。还有，虽然有血缘，但是很陌生的一家人。

但是，迟早都要熟悉起来的吧！

想到这里，眼泪又滴了下来，她边挤牙膏边想起那团毛茸茸的背影。喧闹的车声，呼啸而过，打乱了她所有的思绪。只听见小婶的叫声。

"美景，心城，洗漱完赶紧出来吃早饭。"

"嗯！知道了！"很小声，只有自己听得到，出于礼貌。或者，还是有一种寄人屋檐下的感觉吧！她记得小婶和小叔跟外婆说话时，开口要将自己接回来的真挚眼神，当时自己也觉得感动。只是，去留从来不是自己所能决定的事，如果外婆舍得，她也只能这样。

还是能听到一段钢琴声，心城临出房门，还按了一排钢琴键。

可是走出去的时候，却听到这样的对话。

"还不如选个艺术学校或者离艺术学校近点的小学，这样方便心城学钢琴。"小婶这样建议。

"还是读艺术学校吧，这样好点。"小叔喝了一口粥，然后抬起头来说，过了一会儿，又问心城："心城你想读艺术学校么？"

"艺术学校可以学钢琴么？"心城低头喝粥，连头都没抬。

"那当然。你想去么？"

"嗯！"

小婶摸了摸他的头，然后余光才看到林美景在旁边站着。

"美景，来！坐，吃早饭。"小婶帮忙着拉开椅子。新房子，很多东西都是新的，有种新的味道。木器的味道，还有，布帘的味道，连同小婶身上，今天穿的新衣服的味道。

"美景你是想和心城一起读，还是？"

"小叔说了算。"抬起头，是客气却让人觉得舒服的笑。

"你想学钢琴还是画画之类的么？"艺术领域太广，顺口说起，只有这两样熟悉的。

"不了。我想好好读书。"

"嗯！美景真懂事。"说不出是心酸，还是觉得她真的懂事。

只有孩子，才能不懂事以及任性。但对于美景来说，童年没有父母，只有外婆以及表兄弟姐妹，还有一年见一两次亲人。这样的童年，对她来说，未免太过于谨慎以及无味。比起心城，应当是黑彩之别吧！但黑，又没那么极致的惨。心城的童年，斑斓？但又宁静地走过，他在众人的呵护下，有青梅竹马的林喜然有很多很多一起玩耍的小伙伴。直到找到自己的爱好之后，那些昔日的小伙伴，全部演变成欣赏的观众。童年，对心城来说，应当像一本彩色的连环画。长大成人，以后，看回去，依然色彩安好。

美景自己也说不出，是从哪一年开始，对父母的想念才渐渐浓烈起来。外婆不曾告诉她，看见别人有父母，有妈妈疼爱，她也有问过傻问题，她问过："外婆，我可以叫你妈妈吗？"当时老人的眼泪就下来了，老人其实也是情感的动物，积蓄多年的想念就这样被一句童言勾勒而出。

"你妈妈不在，等你长大了就可以看见她了，我是外婆，叫我外婆就好。"抱着她，她也只会哭，什么都不懂。外婆说，等我长大了就可以看见妈妈。

"那爸爸呢！他们都有爸爸，他们爸爸都很凶，但是有的爸爸很好，会买很多好看的衣服和糖果给他们吃。"

"外婆买给你吃，外婆也买好看的衣裳给美景穿，好不好？"

"那爸爸呢？"小孩爱不依不饶地问。

"哈！糖果。"老人从衣袋里拿出糖果，她其实没有很开心，那时她才五岁，但是有心事了，她笑着接过糖果。她只知道，外婆也不知道爸爸是什么。

很失望。

"那美景是要读离家近点的小学，还是要和弟弟的学校近点？"

"嗯！"

"嗯？"

"和弟弟近点的好了。"

"美景真懂事，这样也可以一起上下学了。"小婶的手又伸了出来。

吃完早餐走回房间换衣服的时候，心城出来的时候又听见低低的哭泣声。

敲了敲姐姐的房门，然后哭泣声就停止了。她转过身来看着他，眼角还有泪。

"姐……"这个称呼，似乎真的太生疏了，过了一会儿，才又问，"你怎么哭了？"

"我想喵喵了。"

"喵喵是谁？"

"喵喵就是喵喵啊！"

"噢！"

"那你哭什么？"

"我想它。"

不懂，"想"是什么东西，不懂，喵喵是谁。

心城又想问，但是爸妈在后面叫了。

"姐，爸在叫，走了。"

【2】

以往的乡村，用"朴素"、"美丽"还有"空气清新"的词语来形容，但是随着时代迁移，形容词变成了"落后"、"固步不前"，或是"颓败"。城市的脉搏，往地底更深处延伸而去，当你抬头看见那些天空飞驰而过的飞鸟（有时是飞机），越过日益高起来的大厦的拥簇的空隙，看见那些车水马龙的车，在日新月异地更新换代，随后，单一起来。他们开始手提着购物袋，往地底下走去。

哐哐当当的声音，从地面延伸，到地底下。那是，这时代的节奏。

那一年迁移，他们坐着汽车来到这城市。

那一年逃离，他们坐着单车，去往未知的远方。

其实，不过是十年时间差异。

下过雨的城市，虽然清新，但依然闷。三月的湿气，像是把一个布娃娃扔在河里，然后捞起来，几天都不干。

大概是这样吧！

心城和美景，跟着前面大人的脚步，慢慢走着。小街道，有喧闹的人群。商铺一列排开。街道的末尾，立着街道的名字。

深水街。

嗯！很可爱的名字。

初来的那一天，沿着深水街一直走，一号二号三号四号，一直都到末端，才是自己的家。是一个小小的居民区，四座单独的楼房围起来的小区。因彼此间隔近了，所以稍微大一点的声音，都能听得很清晰。但是这里，一到了夜晚十一点后，便会渐渐沉寂下来。只有半夜起来喝奶或者做噩梦醒来的小孩们，在大声哭泣，或是低声抽泣。

美景自是比心城认多了些字，所以在看到"深水街"那三个字的时候，能低低地念出来。她说："深？水街？"

心城转身看了她一眼，然后问："你说什么？"

"噢！这街道的名字，深水街。"

"真可爱。"

"可爱？"

"对啊！"

"呃！"呃的意思是，美景应该认为，林心城那只上一年级的脑子里，只能搜索出这个简单的词吧！

很多人说，没爸妈的孩子，早独立。而这个说法的基础，是在什么之上？在不懂事不懂得世俗之前，是绝对不成立的。但是在往日后，看得到很多生活的细节，而得不到解释之后，便能成立。而林美景在渐渐发觉这一事实后的年岁，能将自己围住在自己的城里，夜晚的时候，他们会梦见自己的梦中乡。即使醒来，再也看不见那些拥有父母的喜怒哀乐。

所以被小婶拉着手，走过街的时候，有些瞬间，她好想问，小婶，你做我妈妈好不好？但是，她又觉得这样的请求或是说法，很白痴。于是几次都缄口。前面的那对父子，远远看上去，就像是一大一小的同一个人。走路步伐和动作，都那么神似。他们不必问，每个人，都知道是父子吧！

【3】

初年市艺术学校。

三月的玉兰开得烂漫，一进学校都是那种淡淡的香气。这样的花，却偏偏栽植在校道的两旁。林美景多手，走着走着会去摘一朵低垂下来的花，然后偷偷地放在手心里，一闻，有很清新的香味。她不知道那叫什么花。小婶牵着她的手，头却一直往前看，前面的两父子走到一个中年男人的面前，停顿了一分钟左右。林美景走到他们身边的时候，听到中年男人说："跟我来！"

想必是，先前约好的，或者是接待的人员吧！

边走边听他们聊天。

"林心城是么？"

林多年戳了戳心城的手臂，他才转过头来看着中年男人说："嗯！"

"听说，你会弹很多首钢琴曲了？"

"嗯！有学过一些，之前上过钢琴课。"

"很好，你爸之前也跟我提过你的情况，有底子的话，就比较好进这个学校。"

"还劳烦你多费心了。"林多年拍了拍中年男人的肩膀。他脸色极为不自然地缓了一下，接着又说："这也得看心城自己的努力啊！这个学校，竞争毕竟也大，以钢琴为学科的，可只有一个班级，想进来的人多了，所以台阶就高了……"

林多年似乎是急了，打断中年男人的话说："那您看，心城能进么？"

他似乎觉得被打断没什么，又继续说："所以说，一切还是得以实力说话。"

"这是，这是！心城这点上，没问题，他的钢琴老师也一直夸他呢！"

"噢！是这样么？那更好了。"说完，眼神还扫了一眼心城，似乎在等心城的回答。然而心城，眼神依旧在别处。

学校的某个角落，断断续续地传出，熟悉的乐曲。

然而林美景那小小的心里，有了小小的腹语。明明是事先就安排好的事情，比如帮心城选定学校而且已经报好名铺好路这样的事，还要在饭桌上小心翼翼关心似的来询问。大人真虚伪。

但她从头到尾，还是保持安静乖巧的表情。

那是琴房，她先前也没见过，就是看过心城家里也有过那架叫做钢琴的玩意儿。

而如今的房间里，摆放了各式样的钢琴。

美景的前方不远，坐了几个中年男女，不时交头接耳着什么。她心里仍是默默地腹语，却不说什么，反正她觉得，这一切，与她无关。她要去的地方，是一家很普通的小学，然后她需要好好地努力读书。

她抬头可以看见，坐在那中央的林心城，不时拉扯着衣角。

应该是在紧张吧！第一次在这么多陌生人面前弹琴。换做自己，也会吧！她苦笑了一下。小婶和小叔很紧张地走到心城的身边，然后低声说了话，那么远，谁都听不到。

然后退回来了之后，心城就开始弹琴了。

先前她是听过的，所以觉得没什么大不了，于是开始打量起人和物。

看了几眼，又被耳边急促的钢琴声唤回来，好像，跟之前弹的不同。这乐曲，似乎更好听了。但是她毕竟也没想起，上一次听，也应该是一年前的事了吧！这一年，任谁都悲喜交加地努力成长。自己不也是么？自从一次数学不及格，看见外婆的失望表情，以及邻居的冷眼嘲讽后，往后，她还不是每次都以满分的成绩待人。她只想让外婆在邻居的面前，能多点光彩的神色。她也喜欢看见，那些同学羡慕的表情。而那些比别人多一倍的学习时间，根本微不足道。小孩子的世界，应该有二十八小时。可以不劳费其余心神，专一地对待某种想要达到的目的。就像缺根筋的大人，一心做着自己想做的事，不拐弯只要达到目的，也好。

于是她转过头去，专注地听。

也不清楚是什么乐曲，但是，好听就是。

心城坐在那里，不像之前那样紧张，但是她还是看见那张紧张的脸，绷得紧紧。但手指却行云流水般，在琴键上跳跃。就像是跳橡皮筋出神入化的小女孩的脚。

一曲毕了的时候，他的汗水，滴了下来，明明不热呀！美景在笑。

身边的大人们，都鼓起了掌。

或者被错愕到了，美景也都鼓起掌。

她好奇地去看小叔的脸，那时候，她应该看不懂，一种叫做如释重负的表情吧！但是，就是那样的表情。她又转身，看心城对着下面的老师们鞠躬。林美景想笑，因为心城的那个动作，弯着腰下去的时候，就像是煮熟了的虾。

她也不知道该如何做，没人能告诉她，反正她上学的事，还没着落呢！只看着心城铁定能进艺术学校的表演，她心里竟然有莫名的兴奋。应该是，比如血缘这个事实，还是会作怪吧！毕竟，他是我弟弟。她这样想。心城走过来的时候，前方的老师已经掉头看着林多年，说："你儿子？"

"是的是的！"似乎是很欢喜，但是表情看不到，美景只看着心城走过来，然后小婶走过去牵他，表情很慈祥。

"妈妈!"我可以这样叫她么?美景心里又开始这样想了,真要命。

中年男人伸出手来与林多年握手,微笑的表情让林多年更觉得春风拂面。

"不错不错,才八岁就可以弹出这样的水平,有一定的天赋,后天多培养,他日必定有一番作为。"

"是是是!那还得多让您们费心。"

"这当然的,这学生,我收定了。哈哈哈哈!"

"那最好那最好。"

已经没有再多的话语去回应这样的称赞了,林心城站在一边,母亲牵着他的手,春风满面的。林美景也笑,笑小叔憨厚的表情和动作。

【4】

已经不是在小镇或者乡下的时候了,想撒野出去跑跑随时都成。这座陌生的都市,一到了夜晚,就如同张着大嘴的钢铁怪兽,往黑暗里走,就仿若走进虚无。可是,多年后的那个夜晚,那些曾经纯真的小孩,选择在人世消失的时候,并不是以死的形式,而是遗忘。谁都知道,没有谁真正死去。真正的死,在于人世对于他的遗忘。记得看《海贼王》的时候,有过相似的一句话。

离开那间教室之后,林多年和妻子都去帮心城办理入学手续,从一间间的小屋里进进出出,看起来很是繁忙。心城和美景坐在树下,不知道该做什么好。两人依旧还是陌生,随口张开,想要说什么,都不知道从何说起。林美景习惯了没人说话,然后长期对着外婆和墙壁以及课文发呆的日子,别人写一页的作业,她会不自觉地多写几页,老师也没多说什么,只是笑笑地说,林美景多勤快,而且成绩也那么好。她有很好的笑脸,来掩饰很多的寂寞。那么小的年纪,不懂得寂寞是何种感觉,也不懂得关于人情的冷淡。她只知道,好好读书,有好成绩,外婆很高兴,其他人很羡慕,然而,这就是她上学后的所有了。

林心城在迷恋上钢琴之后的那段时间,也常常一个人一整天不说几句话,坐在钢琴上,直到疲倦,就往床上躺。但是岁月不能改变一个人原来的本性,除非他愿意改变。他依然是那个小小孩,拥有最纯真最缺一根筋的想法。这不坐了一会儿,他把眼前能扫描的东西,都扫完了,然后就在脑子里搜索出不多的词汇来组织成能与姐姐沟通的语言。想了很久,实在不知道说什么了。然后才问:"姐姐!你是爸爸的女儿吗?"

"啊!"

"你是妈妈的女儿吗?"

"啊!"

"你也不知道啊!"

"我知道！"

"那是不是？"

"不是！"

"那喵喵是谁？"转得也太快了吧！这话题，林美景一时不知道怎么接。过了很久很久，心城又问，"他是你的小伙伴？"

"不是。"

"那是什么？"

"说了小叔也不给我把它接过来。"

"哇！你想把他带来我家啊？"

"嗯！心城你可以让小叔和小婶让他来么？"

"应该可以吧！"心城挠了挠后脑勺，然后又问，"那他和我一样大么？"

"它是一只猫啦！傻瓜。我叫它喵喵，因为外婆说，别给猫取名，不好。"

"啊！猫啊！"很惊讶的语气，但随后还是失落地说，"我没养过猫，爸爸说小狗小猫会乱撒尿，乱掉毛，还会去把我的钢琴抓花。"

"喵喵不会，它很乖。"

"你不骗我？"

"真不骗你。"

"那好吧！"

他看到美景笑了，很少看到她笑。人开心，就会笑，幸福的时候，也是。所以他相信，喵喵一定很乖巧，所以姐姐才会想它，还有舍不得它。

林多年回来的时候，他们俩都陷入了各自的沉默里。

该说的话说完了，林美景用树枝，在沙地上，乱写着一些字。阳光透着树叶投射下来，刺得心城根本看不见她在写什么。即使看见了，那有限的词汇，也组织不出一句完整的话语来。

"心城，给你办完入学手续了，校服要订做，到时老师会帮你量身高。"

"嗯！美景累么？"妻子郑仁燕过来牵美景的手，试探性地问。

"不累！"

"那我们去初年小学，去帮你姐姐办理入学手续，离这里一条街而已。下个星期开始，你们就要一起上下学，然后，要认得路！心城你要自己走到学校，你姐姐记性肯定比你好，你要牢牢记住从你姐姐学校到你学校的路……"

他们，也都这么啰唆么？我连脸都没见过。我妈妈叫丰盈。那也是不久前才从外婆嘴里听来的。美景又开始漫不经心地联想。

很多人都一样，越是靠近某种感情的磁场，越是容易勾勒起某种隐藏的情感，然后会越加联想，甚至不惜以梦。

一支笔，戳破一张纸的时候，毫无感情可言。但是，稍微一留手，纸张根本不会破裂，留手的仍然是随心所欲的感情，拿捏得准了，也不会很容易滥情以及多想。但是，几乎所有的人，都过不了这个难关不是么？

"嗯！走吧走吧！美景那么懂事，你就少操点心了。现在心城又那么争气。"笑得眉边的皱纹都提前出来了，美景看了一眼小婶，然后也微微笑了下。

不懂得想那么多，如果换做以后，听到这句话，一定会觉得，是看我懂事，然后没那么费事需要照顾的时候，接回来，还可以当林心城的一个兼职保姆。哈哈！两全其美口碑皆实的举动。但是她没有，多年后，她仍然会记得刚开始和心城的不和，但是知道他比她小两岁，而且很多事情，没有独立思考过，他不会懂其中的利弊。而且，明明是自己的棱角太尖锐，这世界，唯有永恒的孩童，才保存着永久的纯真，才不会被人得以冒犯。可是，这样的纯真，在踏出石村，在跨过那道街道的时候，就已经轰轰烈烈地逝去了。

"小婶，我想……"

"嗯？怎么了？"郑仁燕刚转身准备走，这时一直保持沉默的美景才开口说话，所以，有点讶异。

支支吾吾，又不敢说。

心城看了看她，然后才拉了拉郑仁燕的衣角。

然后又看着林多年说："爸爸，我们能不能要一只猫咪？"

他说的是"我们"，不是"她"也不是"我"。林多年皱了一下眉头，心想儿子从没有提过这样的要求，怎样突然想要养宠物。

"其实是我想要。"

"姐姐想她的那只猫咪……"说了之后，又怯生生地看了看父亲，确定表情依然没有愤怒之前又说，"它叫喵喵，姐姐想它的时候，会哭。"

"噢！原来这样，这丫头，跟小婶说就是了，小婶改天帮你接回来。"

林多年看着妻子，又看看美景，依然没说什么。

"那……我可以自己去接它么？"

"嗯！小叔带去你。"

"嗯！谢谢小叔。"

心城对她狡黠一笑，然后父亲牵起他的手，往外面走。

帮美景办完转学手续，然后从初年小学出来的时候，已经临近中午。一家子在学校外面的餐馆吃了饭，就走了出来。三月的阳光不猛烈，风也很温和，空气里有点温和湿润的感觉。玉兰的香味，还留在这条街上。

后来，他们才知道，初年小学和艺术学校相隔的这条街。

叫玉兰。

地点只是双脚与目的的一个停顿，没有谁会真正驻留。但是，无论时间过去多久，都会记起三月的那个午后，还有那条飘满玉兰花香的街道。

后来小婶跟她说："美景，你和小婶去买新衣服。你衣服有点旧了。心城你和你爸先回去，要回去练琴。"

林心城来到初年市到现在，估计也没怎么逛过吧？这福利，先给林美景享了。那一刻，她的心底，无比强烈地将"丰盈"那个名字，扣在眼前的这个女人身上。尽管这叫一相情愿，但是不是么？独立的孩子，总是能沉浸在自己的世界里，并且可以永久保持这样的一种姿态。

直到，真正的幸福来敲门，然后，她推门而去。

旧时光，消失在岁月的洪流里。

【5】

信物是心底上的一种纪念，它应当不光是物件，甚至是只宠物。喵喵对林美景来说，就是这样的一种纪念，它刚出生，外婆就把它领到自己的跟前，然后是林美景将它宠溺到而今的模样。小孩子有满腹的直肠心事，恰好宠物不会泄密，所以将所有心事倾倒，也不担心被他人所窥见。

这么多年来，一直都这样。

但是，直到她还知道这世界上，有一种事实叫血缘。然后，一辈子都割舍不断，世界上的某个角落，有一颗曾经为自己跳动的心脏。

谁都不是命运的棋子，却安然地被一种现实，推着前进。

"真的不给它取名字了？"

"不要了，外婆说不好。"

"噢！"心城其实想好名字了，不如就叫城城好了，把小名让给它，顺便可以拉拢一下亲近的关系。但是姐姐不让，所以还是算了。

它原本是住在林美景的房间里的，她的房间有个大窗台，猫砂其实可以放在上面，但是小叔小婶不让，说太危险。于是，喵喵也只好住在阳台。阳台就在心城的隔壁。所以，三月的那个尽头，他常常在夜晚听见喵喵极尽缠绵的叫声。

春天了。妈妈说，它发春了。

所以它就要叫么？

嗯！

花用盛开来证明发春，猫会叫，天会梅雨，空气会潮湿。

然而，人呢？

林心城转了个身，梦里有一只手，弹奏一首乐曲，他没听过的乐曲，但是那双手，又像是自己的。瘦小的，稚嫩的。黑暗中，有一只浑身黑色的猫，爬上钢琴，赤裸裸的注视，让整个黑暗的空间诡异变得有生气起来。但是那只猫，又不像是喵喵，声音不像，很细。喵喵是公的吧？他记得。但喵喵也不是黑色的啊，乳白色的，一走进黑暗里，就显得很抢眼。但是梦里的这只，眼里的瞳孔，透着犀利的光。虽然说只是个梦，但是却很清晰，一点点的小细节，透露在局外人的瞳孔中，在这之中，那只手，是自己，那双注视的眼，是自己。

那身体呢？

坐在钢琴旁的身体，在黑暗中，像是隐了身。

可以走过去么？黑暗中，脑子依然可以想这个问题。

是飘的，飘了过去之后，黑暗在眼前一米的地方渐渐褪去，但回首后方的路，还是一片黑暗。这是可悲的能见度，再往前看去，再看到那只手。瘦弱的，稚嫩的，但是，却又看出了一个问题，比自己的那双，是要红润了。难道，不是自己？

这是个奇怪的问题。明明自己在一步步靠近着注视，难不成能分身，于是咧口笑出声来。

那一刻，那只手停住，钢琴的声音戛然而止，然后人消失在黑暗中，就好比是蒸气，吱的一声，消失在阳光下。

在消失前的那一刻，我看见，是一袭白色裙子的裙摆。

然后，他就醒了。

那是九岁那年的梦，后来，都没再做过了。但是，往后想起，用言语，依然能组织起来，还是无比清晰。

喵。它走过来，在心城的脚边绕了绕，姐姐出去了，没带它，但是它很乖，在阳台上待了一下午，才过来缠缠心城。

无聊吗？心城问。反正它听不懂。

喵。真听懂了？还是下意识的反应？

那？我弹钢琴给你听。

喵！

好吧！弹哪首好呢？嗯！梦里的那首，依稀还记得几个音节，刚好看见喵喵，又想起了几个，那个眼光，和你，还真的像。心城手放在钢琴上，就弹了起来。

它果然很安静，也没有再叫了。

五分钟过去，它摆了摆尾巴向阳台走去，阳光从那里照进来。

心城停下钢琴的声音，想要走过去，这时后面有了开门的声音。爸爸一进来就欣喜地问："新学的曲子？"然后手去脱脚下的鞋子，接着又说，"之前没听你弹过。"

"嗯！"因为不知道怎么跟父亲解释，梦里听来的钢琴曲，于是闷闷地答。

"叫什么？"将鞋子放在门边，搁好，然后换了拖鞋，准备走进来。

"叫？"我也不知道，停顿了好久，想不出一个名字，然后恍然大悟地说，"黑猫。"呃！黑猫，这个，爸爸一定会再问吧！

"咦？没听过，谁写的钢琴曲？"

心城没办法再搜索词汇来应付了，于是便扯开了话题。

"爸！姐姐去哪儿了？"

"好像陪你妈妈去买东西了。"

"噢！"以前，妈妈都带他去的。

父亲进门去忙了，心城走到阳台那里，然后抱起喵喵说："爸，我去楼下走走。"

"嗯！好，别走太远。"

离深水街不远的菜市场，林美景跟在小婶的后面，鱼腥味和腐烂的菜叶的味道，布料不干的味道，糅杂在一起，很臭。边捂着鼻子边应答着小婶的话。

"以前，心城最爱和我逛菜市场了。"

"嗯！"那现在怎么不叫他来，我才不要来。

"心城喜欢吃的，我都记住了。美景你得告诉小婶，你喜欢吃什么，免得我买了你不爱。"

"我、我不挑食的。"是么？其实最爱吃的，是和喵喵一样的，鱼肉。哈哈！心城，心城是她儿子，当然了。以前外婆，总记得我爱吃什么。

"怎么一直神不守舍？"

"小婶可以买一些便宜点的鱼，给喵喵吃。"

"噢！这倒可以，不过我们也可以买点我们可以吃的鱼，吃剩，也可以给喵喵吃。"

"啊！这样也可以。我喜欢吃那种……"不知道叫什么，但是记得形状，于是手指着一堆鱼中的其中一种。

鱼贩听到声音，热情地过来招呼。

这时候，耳朵里的声音，开始灌进来。

菜市场，很嘈杂。

【6】

沿着楼道一直走，四层楼，然后就到一个公共的小花园。那个花园很小，有破烂的秋千，没见过有人去荡。心城也不敢上去坐。以前在石村的时候，玩过，还是父亲搭的，很结实。

他还是紧紧抱着喵喵，它对这里还不是很熟，每天都关在家里，猫砂都是美景在换。

都来了一个多月了，还没真正下楼走过。它现在肯定很兴奋。心城在想。

沿着深水街一直走，之前因为要上学，都是右拐往上走，这次，他出了小区，左拐，然后往下走。很多没见过的小店。宠物店有很凶狠的大狗，喵喵看见会往他怀里钻。还有卖衣服的，肥胖的女店主身上的衣服，店里肯定没有卖。还有面包店，以前没看过，浓郁的蒸熟的面粉的味道，对！还有糖的味道——太腻了。喵喵会一直叫，低声地。还有卖花的，这个可是没见过，很多稀奇的花，都没见过。有个小书店，可以租借连环画看，还有很多旧书。心城没有进去，站在外面看，有个小女孩，和自己相仿年纪的，坐在里面的椅子上，翻着一本小书。从里间，传出戏曲的音乐。

还有，猫的声音。

嗯？他以为是喵喵在叫，其实不是。里面也有一只猫。

已经走了很远了，快到街头了，他想往回走的时候。看见书店的女孩抱着猫走出来，是黑色的猫。

很像，梦里的那只。

往她身边走过去的时候，他多看了几眼，女孩也有看见他，然后只是笑笑，就扭头去叫她哥哥了。

美景回到家，没有看见喵喵，然后走了几遍，坐在房间里掉眼泪。

小婶看见便问她怎么了，她哽咽了很久才说："喵喵不见了。"

"不见了？"她去阳台找，然后大声问丈夫："多年，喵喵呢？"

"啊！给心城抱出去了。"

"噢！原来出去了，难怪没看见心城，以为他在房间呢！"话语越来越低，然后干脆只能自己听见了。

大概是听到小叔的话了，就没再哭，然后开门往楼下走去。

"别走太远，找到心城就回来，很快可以吃饭了。"

"嗯！知道了——小婶！"

在楼下看见姐姐的时候，有点惊喜。却看见黑着脸的她将喵喵抢过去，然后往楼上走。

"要是它丢了怎么办？"

"我又没丢了它。"

"我是说万一。"

"万一是什么？"

它其实，也很孤单的吧！整天躲在一个空间里，再不让它出去走走，它会忘记，原来还有这个世界的。

她的脾气有时依然很急，急起来的时候，连自己都不知道躲在哪里。刚到初年的时候，他们俩不和，开始因一点小事就吵架。后来在满天星的那个夜晚，才慢慢让彼此的世界容下彼此。

其实这世界，总有某种契机，为善良的人所存在。

但是，一只猫的出现，影响了这种和谐。

【7】

周末的最后一天晚上，心城和美景在楼顶上晾衣服。夜浓得像是要散不开，一层层的黑暗隐没在更深的雾气当中。心城拧干水，然后递给美景，她接过去，利索地抖开，然后挂在晾衣绳上。两端的木桩，摇摇晃晃。这时，他们听见一声猫叫。凄烈的声音，伴随了小声的狗吠的声音。

郑仁燕在清洗地板，开着门，有些水会往楼道里流，她麻利地扫出去。

小区的后面有一小片空地，晚上有灯光照到那里。听见猫狗的叫声后，心城探头去看，看见一只猫，躺在空地上。

"姐姐，你来看！"

"怎么了？"

"有一只猫。"

"啊！好像死了，有血！"

"它尾巴断了，好恐怖。"

"要不要下去看看？"

"不要了，它死了。一动不动。"

"喵！"楼下有一声猫叫，从门缝间窜过去。

他们将头从血案现场收回的时候，那只猫——黑色的猫，身体像是颤抖了一下。但是肉眼，应该看不出来吧！

"喵！"

别哭！我来找你！

第二天要去上学的时候，心城才想起这事，后来到楼顶去看，那只猫已经不见了，地上，有一摊血迹。

美景出门的时候，喵喵也没有像往常那样，出来绕在脚边叫。正想关门出去的时候，想了想还是觉得不对劲，于是跑去阳台，没发现。家里都找遍了，然后，美景才确认，喵喵也不见了。

心城发现断尾猫不见了，美景发现，喵喵不见了。

"姐姐，那只猫不见了。"心城从楼上走下来，看见刚走出门口的美景，然后说。

"喵喵也不见了。"美景头还不舍地看着屋里，可是手却在下一刻将门关上。

"啊！不见了？"心城大声一叫，美景转过身来看着她，然后很用力地点了点头。他愣住了，好像是真的事，"那、那怎么办？"

"不知道！"美景关上门，往楼下走去，"沿路看看吧！先去上学，放学后再说。"

"应该不会不见吧！可能藏起来了，肯定是！哈哈！"

"嗯！"

【8】

宁愿是，是这样：自己藏起来，而不是跑出去，然后找不到回家的路。就如同，小时候一样。

那个黑夜，她一直记得。但事件的所有经过，太详尽的，她也记不起来，只是黑暗里的那种恐惧，却一直在心底挥散不去。

小孩子赌气最能干的一种手段就是离家出走，也不懂得天多高地多厚这个世界有多大，脾气一倔起来就往外面走。其实无非是吃饭没有自己喜欢的菜闹脾气或者是别人有新裙子自己没有觉得委屈再或者是考试考不好被外婆骂，然后吵起来，就往外面跑，说我不要回来了之类的话。具体的，真的记不住了。后来她自己想想，都觉得可笑。那次和外婆吵起来，大概是因为新裙子的事吧！从小到大，她很少要求过这类的事情，她没有想过要怎样的花枝招展的童年，直到自己喜欢的小男同学很喜欢那个穿得花枝招展的女生的时候，她的内心有一种深深的挫败感。而且，她倔犟地认为，是那条裙子的魅力。

外婆不肯买给她，她就哭闹，然后外婆丢下她就去做饭。她干脆一跺脚就往门外溜去，好不潇洒。

后来跑了好久，一直哭，就只是觉得委屈。直到哭累了，想坐下来的时候，才发现周围都是不认识的路。

再也不敢走了，也没有勇气走下去了。她不懂那么多，就很累，然后风呼呼地吹起来，她往地上一坐，想要哭，但是也哭不出来。她之前哭，是因为讨厌外婆没给她买新裙子，但是现在哭，是因为想外婆了。相互矛盾之下，她实在是哭不出来。

有猫狗跑过，大狗大声喘气的声音，在寂静的黑暗里，显得很是恐怖。她蜷缩起来，往墙壁处靠。其实那是一条小巷，不过离家远了，没去过，就显得陌生。加上那会儿已经是晚上，人比较少，那时又没路灯。就一直坐在那里，不敢动。后来是因为一条大狗，看见陌生的她，大声地叫了起来，一叫，她就顺理成章地哭了。这会儿，大人才听到她的哭声，才出来看。

后来的事，都记不太清楚了。

外婆后来还是给她买了条好看的裙子，那男同学和自己好了一阵子，然后美景觉得他很邋遢，就没再和他好了。

这件事，还是在心底留下阴影。

如果喵喵自己走失了怎么办？在夜里出去的话，肯定找不到回来的路。

边想着，边沿着街道找。一只猫的影子都没有找着。心城看见昨天书店里的那个女孩，和另外一个男孩，两人和他相同方向走着。也不停地看来看去。

"应该没丢的，放学回来可能就会看见它绕着你脚边叫了。"心城这时还不忘开导姐姐，但她却阴着脸，就像内向的孩子，丢失了最心爱的玩具一样。

沿着街道，一直走到玉兰街，都没有看到。

事实上喵喵也不可能跑这么远，沿路走，也是为了心理上的安慰。何况人就是这样的动物，就像饭桌上看似为自己安排学校操心操力的小叔小婶，却在背后为心城铺好一切他们想要给的路，所以那就算是一种心理上的安慰么？算是给父亲或者奶奶的一些交代？

其实想太多也不必，反正，自己并非他们亲生，能做到如此，已很不错。

"快上课了。我走了！"美景头也不转地跟心城打招呼，然后就往学校的方向走去。

心城拐了个弯，走进玉兰街。心里却独自在嘀咕着——"脸黑黑的，又好像刚来家里的时候一样。"好不容易堆积起来的好感，在小孩子脆弱的情感城堡里，一点点碎裂。

林美景，那天一直心神不宁地坐在座位上，下课的间隙看着黑板上老师留下的作业，安静地，一个人做作业。下课铃一响，她像是被拧紧的发条的玩具猫一样，快速冲了出去。

【9】

心城等了好久，也没见姐姐出来。想问她同学，但是都不认识，也没见姐姐和哪位同学有交往。于是等了快一个小时，双腿微微发酸的时候，才郁闷地回家去。边走边撒气，见花扯花，见草扯草。

快走到深水街的时候，又看见昨天那个女生。还有早上那个男生，在街道旁看来看去，叫着一个名字或者学猫的叫声。

"难道他们也在找猫？"

心城站在那里，看着他们很久，却不做声。

后来他们经过身边的时候，心城看着陆咏之的脸很久之后才问："你们也在找猫么？"

陆咏之像是打量着什么似的，看着他。瞬间也没说话。

过了很久之后，才答了一声："嗯！"

陆陆则像是得到什么启示似的，抓着心城的手问："你有见过六六么？"

"啊！我没。"六六应该是猫的名字吧！刚才好像听到他们在叫了。

又是低落的神色。心城看着咏之，然后又问："那六六是怎样的？"

"黑色的，很漂亮。"

"我家里有照片，如果你要帮我们找的话，我给你看。"陆陆转过头来，看着心城说。

"我……我姐姐的猫也丢了。我们也在找。"心城想了想，还是不忍心拒绝他们的邀请，于是又说，"不过我可以帮你们找。"

"那好吧！我们家在……"

"深水街45号。"

"啊！你怎么知道？"这次换成咏之惊讶。

"我看过你们。"

"哈！真好。"陆陆笑着说。

"好什么好！傻的！我叫咏之，他是我哥哥，叫陆陆。"说完指了指陆陆，心城点了点头。

"我叫心城。"

陆陆是抱着六六拍照的，照片里面却没有咏之。心城在看到那张照片的时候，心里微微颤抖了一下，好像是那晚看见的那只，被咬断尾巴的猫。但是他没说，只是默默地记住猫的样子。

"它真好看。"不是奉承的话，是真的很好看。

"可惜爸妈都不喜欢它，他们说黑猫不吉利。"

不知道怎么接话，心城拿着照片呆了很久。眼光扫过墙上的一排书籍，都是没看过的连环画，或者名著。

"书好多。"默默地感叹了一句。

"你喜欢看书么？"咏之问。

"看的都不是这些书，有空我都要练琴。"心城依旧目不转睛地盯着墙上的那些书看。

"钢琴？"

"嗯！"

旁边传来细细的抽泣的声音，心城惊讶地看去。发现陆陆脸上挂着泪，然后很自然地滴在那张照片上面。

丢了猫，会很伤心么？如果是，怪不得姐姐会这样。心城在想。

"陆陆，别哭了。六六只是跑丢而已，又不是第一次。"她叫他陆陆，没叫哥哥。

"我就知道你也不爱它，所以才会不紧张的。"陆陆突然大声对咏之说。

咏之像是被突发其来的声调吓到了，愣在那里很久都没出声。

"其实我好像有看过它。就在我家后面的空地上。"过了许久，心城才愿意打破僵局。但却无意让对方的情绪掉了下去，只是为了告诫心中的所知。应当这样也不为过吧！小小的心里，这样安慰自己。

"什么时候？"

"昨晚？"心城低头又抬头，看了看陆陆那紧张得快揉成一团的脸说，"我看见它的时候，它的尾巴断了。"

"尾巴怎么会断？"陆陆惊讶了好久，都没出声，咏之接过心城的话问。

"我也不知道，我昨晚有听到狗叫的声音，后来就看见它躺着，断了尾巴。可能是……"

"肯定是那些臭狗，我要一只一只杀了他们。"

"可是——我、我也不确定是狗咬的。"心城听见陆陆这么说，确实有些许惊恐，尽管自己并非爱猫爱狗爱到切肤之人，但是看见小动物受害，自己良心也非常过不去。

"我们去看看吧？"咏之说。

陆陆仍然沉浸在他的悲伤里，似乎六六已被迫害似的。

事实上，六六仍存活于世间。

眼底的这个世界，被巨大的太阳光芒所笼罩。尽管夜幕渐临，天幕上的夕光依然像老人的温柔的手，抚摸这个喧嚣的世界。这个世界像是不安稳的孩子在哭，母亲的手搭配慈祥的笑脸。

这城市某条街道的一个角落，它们在低低地叫。

命运悲惨的，多曲折，却大难不死。

另一个微弱的声音，它不知明天在哪儿？

一辈子，一座城，一个小事物，能怎样影响人的一生？

她，也不知道。

林美景，坐在房间里，流泪。心城还没回来，她有点担心，但又不好出去。

寄人篱下，什么都得看别人脸色，拥有不了自己的情绪。如今喵喵都不见了，这个喧闹的都市，本来就不是自己所衷情的，因此几次欲想离去。但无奈——血脉宛若一张网，久久牵绊自己离不去。

哭过，就好了。

【10】

事实，地点，时间，总有存在的相对理由；但是实际环境转换，肉眼所见之下，却是另一种事实。

无奈接受，不能接受的，都只是一种眼见为实的情绪。

地上只有一摊血，还有一地的猫毛。黑色的毛发被风吹得四散飘，就像是，陆陆心中的愁绪。

其实，今早在屋顶看过，猫早就不见了。但是回想下半夜的时候，似乎是有听到猫的叫声，咿咿呜呜，却不甚悲伤，只是怜悯的叫声。

"它不见了，不知道去哪儿了。"心城绕着地上的那摊血迹转了几圈然后说。

但却没有料到咏之会在陆陆的伤疤上大力揭开另一道伤，她愣了好久之后，才用毫无感情色彩的声音说："该不会是给狗吃了吧！"

心城知道，但凡感情真挚且直言直语的人，日后一旦投身于炽热的感情里，定然难以逃脱。这道理，很多年后才能懂，可是懂得，又怎样？

"不会的。它肯定还活着。"

咏之看着哥哥，她从未听过哥哥的这种语气，坚定的，不怀疑的。

她知道的哥哥，懦弱怕事，而且被人叫做娘娘腔，甚至是被伙伴遗弃不能跟上大众的人。性格虽不内向，却胆小的哥哥，会说出这样的话，她有些惊讶。

"嗯！"为了鼓励哥哥，她用力地点了一下头。

沿着那一块地方继续找，会不时听见细细的猫叫声。风吹过那方被废弃的湖泊，散发着些许的臭气。

沼泽被填平，陆地为海，沧海桑田，世间拥有万变的能力。这原来的一方清澈的湖泊，被年日的污垢渐渐填平。世人逐渐忘记的名字，在墓碑上日益淡去，它以前，叫深河。

"这里有血。"心城看见几片垂落于地的叶子上，有零星的血迹。陆陆赶紧跑过去看，果然是血。他激动地拨开重重的叶子。

一只黑猫，在那里躺着，断了尾巴的伤口，血已结了黑色的痂，不规则的伤口，看上去触目惊心。

"它是六六。"陆陆伸手要去抱它。

心城发现，六六的周围，散落着一些食物，像是有其他的同伴或者人救了它似的。

"我们回家。"陆陆将六六放在怀里，温柔地说。这时它睁开眼睛，弱弱地叫了一声。

"谢谢你。"咏之说。

"不客气。"

"我们回去了。"

"嗯！我也要回去了。"

其实寂寞，是一种有对比性的情绪。

就好比，此刻叫得哀怨的另一只猫，声音低低地，任谁也不会注意吧？它在怕什么？怕这世间的大狗，还是怕人情的微妙？

救了六六的是它，但是它却没被解救。

喵喵在原地叫了许多声，除了那一处被躺过的仍有温度的地方，还有散落的食物，其他都没有。风只能低低地吹过草丛，却没有吹散它的悲伤。如果悲伤能像气球一般随风飞走，那么它一定会飞到主人的身边。此刻，它只觉得肚子很饿，它低下头去，慢慢地吃完那些食物。

那晚跑出来的时候，沿着声音一直跑，结果救了它，却找不到，往回的路了。

这城市荒蛮，哪里才是家？

【11】

这城市喧闹，哪里才是家？

很晚了，才听见心城开门进来叫自己的声音。

"还是没看到喵喵。"心城绕了屋子几圈了，终于是确定喵喵丢失了。

林美景依然沉默不语。

其实她从早上就开始确定了喵喵已经丢失的事实，一天来，她用无数的决心来尝试接受喵喵丢失的心情。但只有一个理由能让她接受，那就是——不该将喵喵接来。但是，喵喵总是要在自己身边的，于是，最终的错，还是将自己接回来的那些人。虚伪的脸虚伪的亲情——想到此，她又哭。

眼前在叫她的这个男孩，是他弟弟，有着血脉关系的亲人，虽然披着一身人自年幼初为善的脸皮和身骨，但已被这人世沾染上世故。

你的世故，是遗传的。

因为你有父母。

——我没有。

"嗯！我知道了，丢了就算了。"美景冷静地对他说，尽管压抑心中的痛。

"可是没关系么？"

"没关系，如果我长大了，我有能力了，我也会像它一样，远走的。"美景没接话，在心中默默地念。

"姐姐不是很爱它么？如果它真的丢了姐姐不是很伤心么？"

"我不是你姐姐！"泪水终于又下来，她转身对他骂，莫名其妙的脾气，莫名其妙的发泄，她也想过，如果有那点力气，还不如去将喵喵找回来。但是，她受够了，听小婶唠唠叨叨说喵喵的一些坏话，尽管人前总是表现得无微不至，但人后，谁又知道会怎样？喵喵又不会飞，如果门没打开，它肯定出不去的。能开门的，除了我，还有他们。

"一定是他们。"她又哭。

心城愣在原地，不知道该做什么。她说她不是他姐姐，为什么呢？他又没得罪她，喵喵丢失了，也不是自己造成的。

她为什么这样说。

不懂。

郑仁燕听到声音赶来，将门打开的时候，林美景还在哭，心城僵住在那里。

"做什么了？"她先是一把拉过心城，然后看见在哭的美景问，"心城你是不是欺负姐姐了？"

"我没有。"

"那她怎么哭了？"

"喵喵丢了，姐姐伤心。"

"那刚才怎么大吼你？"她扯着心城问，后才想起问题的重点，"啊！喵喵丢了？难怪今天没来找我要吃的。"这句话说完又去拉美景说："乖，丢了就去找找，找不回就算了。猫又不是什么好动物，何况家里又没老鼠。呵呵！"

林美景压抑着情绪，握紧了拳头。

"出去，你们出去。"——终于在此刻爆发，郑仁燕僵住了一瞬。

最后的时刻，她在泪眼中，看见小婶拉着心城往房间外走。

她又重新坐下来，然后决定，再去找一下喵喵。这一次，只能靠自己了，如果找回来，她决定回外婆家。她不要这样的城市，这样的家。

　　并没有哪一种决定，一旦决定就可以立马挽回。喵喵在这个夜晚将来的草丛中，凶狠地吃完食物后，跑出了那一块空地。可是它没有发现，迎面来的一只大狗，快要靠近的时候，它虽然发现了，但想要逃的时候，已经来不及了。大狗像是咬六六的尾巴一样，咬住喵喵的身躯，狠狠一口，然后往头顶甩去。

"喵……"声嘶力竭、悲惨的一声叫，随后，它掉落在那条快干的深河上。

缓慢流动的湖水，宛似侵蚀死亡的时间一般，一点点，吞噬正在冷却以及将要腐烂的身躯。它在最后的痛疼中，闭上了双眼。

Chapter 04　愿有岁月可回头

> 那置身于欢乐簇拥的人，
>
> 并不称一切日子最为美丽，
>
> 却渴望着有朋友爱他的地方，
>
> 人们愿意挽留年轻的地方。
>
> ——荷尔德林《那置身于——》

【林美景】

这一切的日子，只有走过了，才懂那句话的重量。

如果很多年前，你对我说"没有岁月可回头，愿有深情以白头"的话。那么一切，是否不一样？

或许，我会让自己，更奋不顾身。就像我，当初拼命地想要挣脱那座城市的牢笼一般。

2009 年，我是林美景。

如果青春是一首诗，那应当是艾略特的。当下看，要数年后，才恍然大悟。而我，曾经历过那样的迷茫与不理解。

【1】

从深水街的第一座楼房被拆建成更新更高的新式公寓，到而今，一晃好几年。

世间万物，皆抵不过世间的改造。人也应当在其中。喵喵于多年前的那个夜晚走失后，便消失在她岁月的洪流里，她生命里的美好愿景，只是失去过一只猫，而不是死去。但这个"失"却成了失心眼的"失"。

陆咏之家在一年后搬离原先的住址，书店关掉，而母亲在新家楼下开了一家画廊，专门卖一些装饰画，生意尚可，但也可以说完全是出自于本身的爱好。

而陆咏之的那些爱好，跟母亲竟也有一脉相承的遗传。

那一年，他们轰轰烈烈的十三岁，然后再一次相遇。这一次，是"相遇"，而不是"相见"。

刚开始，年幼的时候，淡淡的缘分就像是将人与人拉扯在一起的线，轻盈却不带有任何私欲。直到后来，青春的荷尔蒙再一次挥发，人事都以情分的时候，一切便变得不一样。

甚至，刻骨铭心起来。

如果——

往后的岁月，如果觉得太密集或者速度太快，都是因为往年月的大事件。

——那些密集的大事件，仿似年月前进的催化剂，在往事里不停地催促着前进，悲惨的忘记，高兴的遗忘，麻木的消逝，然后，就成为不可回首的岁月。

初年市艺术学校。下课后的，教室的走廊上，心城和刚值日完的陆咏之，慢吞吞地在走廊上拖着走。

"其实，你也很喜欢你姐姐吧？"

"我知道你也喜欢你哥哥啊！"

沉默了一会儿，两人相视一笑。

"即使她不爱说话，又很凶。"心城吐了一下舌头，然后说。

"即使他有点懦弱，胆小怕事，但是他很疼我。"陆咏之脸色美好地说。

"明天的补习课你去不去？"心城突然问，咏之现在与他同在一间学校的同一个教室里，虽然两人专长不同，但是这间特别的艺术学校从初中开始就开始不分专长，全部开始混在一起学基础科。因此，只有周末的时间，他们才会各自去上艺术课。而心城问的补习课，就是他们各自参加的艺术补习，同在一个地方，和父亲开的琴行很近。

"应该不去了。明天要陪哥哥带六六去宠物医院。"

"噢！真好，有哥哥陪。"

"你姐姐呢？"

"她不跟我亲。"心城笑了笑，这么多年，都习惯了，然后又恍然大悟地问，

"那，我们周日去看艺术展览好么？"

"嗯！好。"

"那，到时我给你电话。"

其实，开学才不过一个月的时间，两人熟悉起来的程度让局外人有点讶异，本来咏之说要不说我们是表兄妹，但是心城又觉得这样做以后都要圆谎很累。于是就顺其自然，反正在满是祖国未来的奇葩的学校里，两人并不算特别显眼。

那些被岁月各自压抑着的才华，只有在内心深处暗暗地发着光。

但总有一天，会穿越那些废墟年华。

沧海桑田，几年一变。

那些速度，遥想起来的时候，都让人惊讶得不敢相信。从石村出来后，到初年市，然后到艺术学校，小学过去了，初中也开始了。曾经的嘻嘻闹闹喧喧嚷嚷的深水街成了有规划的街道，两旁的旧楼房在几年间被一一拆除，换来的是日日夜夜不眠的机器轰鸣或者固体碰撞的声音。他们是一群远处来的人，用血与汗换来一些微薄的薪水，以慰藉那些付出的日日夜夜，还有家人。

但世间，心城不知道，美景也不记得，曾有一个人，爱她如生命。

如今却遥若繁星。

就算是人海里的千千万万，只要存在，就能发出光。

【2】

"姐，吃饭了。"心城和陆咏之告别后，回到家不久，便"例行公事"地去房间叫林美景吃饭。

"好！"她应了一声，然后从作业本里把视线收回来，回过身去的时候心城已经走了，低低地叹了一口气，然后念叨着说，"这样，就能很像一个家了么？"

一个月，与他们交流合起来的话不超过一篇高考作文的字数。

在大厅里待的时间，比在课室里一天的时间还少。

最多的时间，其实只是耗在吃饭上面，刚开始吃完饭会想着说帮小婶洗一下碗筷，但是她倒也没要求帮忙，总是说你去学习就好。这样一两次之后，美景便都很客气地，吃完饭就回房间。或许是因为知道心城晚上也会练琴的缘故，新房子装修的时候，把心城的房间弄在最里面，与其他的房间隔开来，而且房间的墙壁间的隔音效果也非常好。当晚上坐在窗台上写作业的时候，美景根本听不到所谓的钢琴的声音，这样，其实也很好。

她的成绩一直都很好，无论是小学，还是初中，一直都是年级第一，特别是英文，这点让林家夫妇脸上沾了许多光，因此也省心了许多。因为，他们的心思，全部都放在宝贝儿子林心城的身上了。

"今天又是这样，也好，他是全世界的宝贝，我是自己的宝贝，我只想努力，让自己证明自己，不需要别人的肯定，就很好了。当我羽翼丰满的时候，想飞，就没那么累了。"

——林美景每天晚上正式开始学习前的例行功课就是写一句话的日记，有时会多一些。

比如，上个星期她写到——"赵季桀，总是在挑战我的底线，明知道我不爱课上传纸条，他偏偏老爱这样。最近，又发现他与其他年级的女生走得很近，但是算了，也没什么好追究的，我又不是真的爱他，就，有那么一点兴趣而已。"

其实上述的描写，只是嘴硬的代表而已。

饭桌上，林多年又提到十二月份全市钢琴比赛的事情。感觉有无话找话说的嫌疑，因为跟林心城苦口婆心般说完许多话之后，话锋一转，便看着美景说："美景你也把那个周末的时间空出来，我们一起开车去看，这可是心城的第一个比赛。"

"对啊对啊！这可比他在学校拿第一都重要。"小婶一直说话都带刺，又或者是自己的理解能力太高超了，她原本只是想表达这比赛重要而已，反正，无论如何，是很重要。于是，思量许久之后，林美景应答的也只有一个点头的动作和一个"嗯"的音节。简洁而有礼貌。

"最近学习紧张么？"——明明从来就都没问这个，而且，才初二，学习正轻松的时期。

"嗯！还好！"说完朝着小叔笑了一笑，也没其他言语。

这时，小婶明显是对丈夫一再低声下气而且没有得到好脸色看显得有些许不耐烦了，于是接过话说："吃饭吃饭，有什么话，下了桌再说，饭菜都凉了。"

嗯！都凉了！新学期一到，秋天就渐渐靠近了。

林心城在这饭桌期间一直都没说什么话，两眼一直盯着电视的新闻看，除了必要地回答爸爸两句。而对于爸爸和姐姐之间的对话，他已经失去了想要倾听的欲望了。

那么多年来，她都是这样了，深情冷漠，像是骄傲得不可一世。

——这样的情况，发生在喵喵"失踪"后。

吃完饭，林美景便迅速回了房间，估计又要到睡觉的时候，才会出来洗个澡。

心城刚才看了一会儿新闻，觉得索然无味便回房间练琴了。路过她房间的时候，莫名其妙地露出那句唠叨来。他的作业很少，大部分的作业都在学校完成了，因为学校考虑到学生每天放学后还有各自的艺术专项要修，所以每天都有固定的自习课，有时是下午最后一节，有时是早晨第一节。

晚上练的曲子都很轻快，没有很重的节奏，这样一来也可以让情绪舒缓一点，手指也不会太累。

初年市的那个比赛，是要钢琴八级才可以报名参赛的，去年年末要考八级的那段时间，是最痛苦的。冬天的空气很冷，手指长期露在外面，不一会儿就僵硬了。因此，不得不经常跑到父亲的琴行去练，因为那里整天都开着暖气。在里面弹的时候，顺便也可以利用流畅的音乐，招来一些客人，一举两得的事。

但是心城一般都是不喜爱这样的，因为他还是喜欢密闭的空间里，沉浸在自己的世界里。

一曲还没终的时候，外头有了淅淅沥沥的声音。

——当下的想法是，没下雨吧？

——于是停下钢琴，推窗看去，果然是下雨了，窗棂上，都有了水渍。

——明明晚上回来的时候，还是晴天的。天气真多变。

不一会儿，雷声也传来了，因为推开了窗，声音很大，像是清晰地在耳边擂起的战鼓。心城捂住了耳朵，然后去关窗。

【3】

接近十点的时候，那声似乎想要撕裂苍穹的雷声传来，心城吓了一跳。

——然后，停电了。

刚开始只是在黑暗里摸索着，不想动，手指还可以摸得到琴键。后来想想，这时候，姐姐应该在洗澡，又停电了。于是，摸索着，想要从抽屉里找出手电筒。

推开门的时候，果然听见浴室的方向传来美景的声音，低低地，在喊小叔或是小婶，听不清。

"姐，你在里面么？我是心城，手电筒给你。"

里面有窸窸窣窣的声音，然后过了一会儿，门打开了，心城开了手电筒，递进去。

"你不用么？"

"没事！我可以摸着回去。"

"嗯！"

心城走回房间的时候，发现阳台的门没关严，阳台上的水因为雨势太大的缘故，还是积起来了，沿着那一道打开的门流进来。因为才倒流，心城没有发现那一条不明显的暗流。于是走了过去，快要摸到门的时候，郑仁燕从背后照手电筒过来，小声地惊呼说："心城你在那儿做什么？"

心城想要回身跟母亲说的时候，这时起了一个很大的雷，轰的一声，像是要将苍穹裂开的闪电，闪过天际。心城似乎是被吓住了，脚没站稳就要去关离手还有一段距离的门，于是脚一打滑，摔了下去。

地很光滑，摔下去的时候，手肘撞到地面，更要命地是手背敲向门上的玻璃，发出一声只有自己才听得到的闷响。

像是，骨头与骨头碰撞的声音。

郑仁燕显然被吓住了，于是赶紧跑了过来，将心城扶起来，他这一摔，其实更清醒。但是此刻，他怕的是，再来一个惊雷。

可是没有，大约半个小时候，电终于来了。

起初心城只觉得手有点痛，便没注意什么，但是到了电来的时候，那只手放在日光灯下看的时候，才发觉颜色突兀得可怕。手背上有了一大块的淤青，手肘上则是红肿。

这一看，可吓住了林多年，赶紧下楼取车，叫郑仁燕带着心城下楼。

林美景在房间里依然不知道外面的状况，只是在房间里待到电来的时候，在房间里吹干了头发，然后出来的时候，才发现家里只剩她一个人，心城的房间，空空的。

临近阳台的地板，有凌乱的水渍。

被划分开的，如同一个人的延伸。

【4】

那一条闪电，像心底的裂痕。

—— 后来，林心城回想起，那一刻。心底充满了既得又失的莫名其妙的心情，雷雨天气，轰鸣而过，像是耳边的战鼓。

本来记得这个周末是和陆咏之约好要去看艺术展览的，手摔倒的时候，以为去不了了，但是手却没有想象中严重，医生说所幸没有伤筋动骨，只是有了一些淤血，需要做一些活络散血的处理而已。开了一个星期的药，并且吩咐一个星期内不准碰钢琴。吃完药后再去复诊，没事的话，才可以继续练。

这一诊断没把林多年吓住，后来心城听见他说，还好还好。

"怎么好端端地就那样跌倒呢！真奇怪，不成，要回家乡叫人拜下神，肯定是逢到不吉利的东西了。"

换做其他事儿，这番话父亲肯定要反驳，但是今天他没有。

心城在想，反正暂时不能弹钢琴，去看艺术展览，父亲肯定肯的，而且不用任何借口。

在家休息了一天。给陆咏之打了个电话，说自己手受伤了，因为很少打电话，在电话里两人谈起话来，还是有点生疏。

第二天才去上学，陆咏之看见心城包得严实的手，还是笑了笑，心城也跟着他笑，然后陆咏之骂他没良心。心城听得直愣住，问："不是应该我说你没良心么？"

"我说你没良心是因为我笑你，你还笑啊！"

真是，有趣的思维。心城笑笑，反正不能用到右手了，这几天。于是老师都没交代作业给他，因为林多年已经跟学校打了招呼了。于是心城只需上课的时候，听听就行了，别人在上自习写作业的时候，他在看钢琴艺术之类的书。其实，可以回家去的，但是他没有，因为抬头就可以看见第三排陆咏之低着头写作业的好看的背影。有时候，她还会回过身来笑笑。

"你哥哥好些了吗？"心城记得六六断了尾巴之后的那段时间，陆陆很讨厌狗，而且也很怕狗。

"他还是很讨厌狗啊！"

"以前深水街的那些狗真可怜。"六六被狗咬断了尾巴之后，陆陆那段时间因爱生恨，对街道里的狗下手——有几只都被陆陆打断了腿，或者毒死了，但是这件事只有心城和陆咏之知道。因为，除了他，没有别人了。

"可不是，但是，这件事你再见着他的时候，不能在他面前说。"

"那六六还好么？"

"好啊！就一猫妖了，不爱我，整天黏着他。"

"那当然了，是他养的嘛！"

"你的手没什么大碍吧！"

"医生说，休养一个星期。"心城举起手，晃了晃，然后仿佛想起什么似的，又说，"反正不碍事，我们周末还是可以去看展览。"

"哈哈！我就想问你这个。"

"不用问了，哈哈！"两人的话题实在不知从何找起，在放学往家里走的这段路，两人只是默默地走，突然找到话题的时候，便像得到新玩具的小孩般雀跃。过了一会儿，心城像是想起什么似的问，"六六好些了么？"

"啊！什么？"陆咏之显然还没缓过神来，这话题切换得有些快。

"你前天不是说，六六生病了，你要陪它去宠物医院么？"

"哈！你不说我还忘记了，六六昨晚吓死我哥哥了，突然呕吐得很厉害，本来最近身体都很虚弱了，可能是因为老了吧！然后昨晚吃完东西，就吐了，于是哥哥自己抱着它去宠物医院了。"

"那？"

"现在没事啦！今早出来的时候，看它在睡觉，应该不用去医院了。明天，可以好好休息下。哈哈！"

"那——"

"什么？"

"明天来我家玩好不好？"

"本来是想去的，去听你弹琴，但是你现在手……"陆咏之面露难色地停顿了一下，林心城只是笑了笑然后说："没事啦！我还有左手！哈哈！"

"那好吧！明天去你家？"

"嗯！我去你家找你，我带你过去。"

"以前的家，我都没去过呢！现在搬的家，很期待！"

"没什么好期待的啦！更大了就是，是独立的房子，还有一个前院，不过都很小巧，因为现在地太贵了。"

"你还懂这个。"

"当然懂啦！我爸爸老是在我耳边唠叨，而且现在，艺术馆那边在施工说要修建什么地铁？记得是这个词吧！挺新鲜的。沿线的房子的价格都翻番了。"

"啊！这个我知道，新闻有报道。"

"嗯！不知道什么时候能开通，据说速度很快，几分钟就能到达下一个目的地。"心城似乎是陷入未来的臆想里，陆咏之偷偷看了他一眼，恬淡的笑容，看起来很舒服。

虽然不是相貌出众的小孩，但是因为自身的艺术修养，让其看起来很舒服，而且很清秀。

陆咏之呢！性格开朗，相貌属于邻家女孩的那种，虽不算是班花级的人物，但也总算万花丛里的一朵孤傲的小野花。

野花这个形容，她自己也喜欢。

关于人的特质，有千千万万的形容词，其中形容美好的，就有几百几千个。

形容不好的，也许会少一些，因为人，总是致力于开发美好的事物，以及新鲜的事物。

关于表达未来的动词，有很多。

——其中有一个，是期待。

【5】

深水街拐了个弯，他们家就在那个转角的地方，刚好背对着喧闹的马路的地理位置，非常好。而且是独立的一栋楼房，虽然不高，但是有前院。一楼是客厅和厨房，楼上是房间，书房，这样的布局，显得很清爽，而不拥挤。

当初，买下这栋楼，林多年其实压力也大，若不是那几年，琴行的生意蒸蒸日上，而且又极有决心买下的话，以现在日新月异的楼价来看，还真的是更大的压力。

林心城去找陆咏之的时候，需要从深水街的末尾一路走到街道中央，还要拐进一条小路，才能看到那栋崭新的小区，陆咏之家，在那边。

陆咏之随着林心城去他家的时候，看着沿路那些被更改的街道的标志，虽满心好奇，却有点哀伤。以前他们家，是开书店的，后来书店开不下去了，地太贵了。父亲在外做生意，母亲经营着一家画廊，靠东凑西拼的钱，才买下当时不算便宜的房子。陆陆与父亲和母亲之间，依然是很少话说，但是陆咏之比谁都明白，那只是因为陆陆不需要怎样的讨好，就能获得他们的疼爱。而自己，明显不能，成绩总是要有保证，艺术成绩总是要让母亲放心，这样才能安稳得到疼爱。

可是，真是这样的么？她也不知道真正的答案。

原来的家，被改造成一栋还没完全出售的楼房——依然有零星的广告语，附在上面。还有零星的房屋，已经有人居住。这样的境况，就像是野蜂窝，靠着四处漂泊的人们，以甜的气味，吸引来众多的居上居下的同类。后来，熙熙攘攘起来。

纵有矛盾，也是在所难免。

原来的那些小小的店铺，都消失不见，以前爱吃的那家豆腐店买的豆花，现在只能沿街买卖。大的店面固然好，但是削弱了一种和谐的感觉，她记得看过一些蜜蜂的图片，拥挤着在一个蜂箱里，那样的盛况，曾让自己哭过。这样的情况，人类终其一生也不能达到。

因为有人的地方，必有矛盾，进而升级，然后厮杀，最后不了了之。

从以前的永和，到现在的深水街，见怪不怪了。

陆咏之站在屋子外面，轻轻问心城说："真的要进去了？你家里有人在么？"

"姐姐应该在吧！"

"啊！我没见过她呢！"

"别理她。"

"为什么？"

"没什么啦！走啦，进去！"林心城懒得解释为什么，等下如果说错话，也不好。

他们进去的时候，林美景刚好在院子里，她蹲在地上，看着被植种在城市里的牵牛花，说出这样的一句话——"其实我也很可怜"——之后，她就听见了林心城和陆咏之的笑声。

然后就看见陆咏之和林心城走过来。

她转过头去，心中有被偷窥后的羞耻的感觉（她不知道，刚才的话，是否让他们听到了），她瞪了陆咏之一眼，然后站起身，往屋子里头走去。林心城在后头叫住她。

他说："姐！"林美景明显愣了一下，却没有转过头来，似乎等着心城接下来的话。

"那个——你明天要不要和我们一起去看艺术展览？"

她停下脚步，转过头去，微微一笑，也不说话。

虽无言语，但笑容里更多的是嘲讽以及不屑。陆咏之拉了拉林心城的衣角，这时，林美景已宛若一道光，从太阳下移到黑暗处，然后渐渐被吞噬般。

"不要理她，经常这样。"林心城转过头跟陆咏之说。

"那，她是去不去？"

"不答应就是不去啦！"

"你怎么知道？"

"习惯了！"

"默契吧！哈哈！"陆咏之也不知道怎么突然就来了这个形容，但是她是觉得，有一个这么了解自己的弟弟，其实挺幸福的。但是，她只是不知道，现在的林美景，对心城的态度。

比如：一家人坐在饭桌上吃饭的时候，她会在叔叔婶婶给她夹菜的时候，面无表情地推回去，或者往林心城的碗里塞。

又或者，上次林心城因为成绩不好，而哀求她帮他去开家长会的时候，她没答应，反而转身告诉了叔叔。

她说："叔叔不会喜欢你这样的。"

而且，每次都这样。

"你修长的手指，是要用来弹钢琴的。"

爸爸每次都这样说，他觉得很烦，还有姐姐林美景，每次都要这样强调，更让他觉得没有退路。

"叔叔不会喜欢你这样的。"

——其实说不清，是什么东西在作祟，但就是，对他好不起来。

也许是太年轻，或许是暂时的迷失而已。

就像是，一道道的，长长的迷宫森林里，有黑暗，有恐惧，有光明，有美景，但是总有惧，有怕，有喜，有欢的时候，任凭这样的五彩的态度，放在对迷失自己的心境里来说，都是一种缺失的美感。

而现在的林美景，正处于这样的一层层的迷宫里。

那一年，喵喵带她走进去，然后消失不见，剩下她，只身一人。

【6】

"单手，要怎么弹琴噢！画画都要一手抓画板一手抓画笔呢！"

"但是我不用扶钢琴！"心城淡淡地对陆咏之，突然冷下来的语气，让他自己也吓了一跳。看来是——不同的环境对人的性格真的有影响，而且这个房间里，很少有人进来，除了父母，连姐姐也进不了几次。于是，差不多是等同于自己的小天地或者秘密花园。

所以说，需要再讲一句，欢迎光临我的秘密花园之类的话么？但是太娘了吧！心城想。

"那你想弹什么？"

"嗯！你想听什么？"

"有单手弹的钢琴曲么？"

"有啊！你听着。"心城转过身去，弹起来。

陆咏之笑了，她说："这曲子我也弹过，用电子琴弹的。"

"你也学过钢琴？"

"两只老虎谁不会啊！哈哈！"陆咏之捂着嘴笑，"不过，我是学过一点。"

"那？你来弹下？"

"呃！还是不要了，我学的是电子琴，没弹过这么贵的钢琴。"

"来嘛！试下，没事！"心城把她的手放到钢琴上，那一刻，她的脸刷的一下，红了。

不过只按了几个键而已，就按不下去了。

"算了，好久没弹过。"其实，是心理作用，因为紧张，双手一直抖。

"你的手，一直抖。紧张？"心城看着她，自顾自地问，然后又自顾自地说，"记得我第一次在很多老师面前弹的时候，也很紧张，后来下台之后，爸爸和姐姐说我的脚一直抖，但是我在台上都不觉得，就觉得很紧张很紧张，然后一直跟自己说，不能弹错不能弹错。但是，我还是记得，我弹错一小段，老师没揪出来。"说完吐了一下舌头。

"呃！"彻底不知道说什么，陆咏之暗暗骂自己真孬种，竟然被摸一下手，就脸红。

——不过，从小到大，接触过的男性，也不外乎是爸爸，还有哥哥，或者是陌生一点的，同班同学，以前的那个鼻涕虫的前桌，老爱捉弄人的体育委员，就这样了，好多都记不得。然后——突然就出现了心城，然后因为多年前的一次莫名的契机，再次好起来。其实——六六也算是男性了，同时，它也算是陆咏之与心城认识的那条线了吧？这样想，嗯！很正确。

"想什么？"

"没想什么，突然想起六六也是男的。"

心城大笑，用男的这个分辨人类性别的词来形容猫咪，有点形象但又有点好笑，而且他搞不明白的，毕竟是这个女生的大脑里，装着多少跳脱的话题。

"呃！有什么好笑的？"

"没！突然想起，喵喵是女的。"算是没话学话么？真无聊。

"喵喵？是谁？"

"啊！我没告诉过你么，以前姐姐养的猫，叫喵喵。"

"后来呢？"还是抓住了重点字眼——"以前"。

"后来？"显然没缓过神来，然后又"喔"了一下，接着说，"后来失踪了，然后就找不到了。"

"你们可不可以不要说话那么大声，又不关房门。"林美景突然出现在房门，背对着心城的咏之明显被吓到了，肩膀颤抖了一下。

"大白天有什么好笑的，不好好读书练琴，叔叔回来你就惨了。"往自己房间走的时候，还撂下这么一句话，心城心想，又来了。

"我手病了，医生要我休息。"心城也很大声地喊回去。

"扑哧！"陆咏之笑了出来。

"有什么好笑的？"

"手病了，这个形容真形象，又贴切。哈哈！"

"刚才没被吓到？"

"有点！"她转身过去看，似乎林美景还站在那里似的，然后又转过身来说，"把房门关上吧！"

"嗯！好！"心城起身绕过陆咏之去关房门，边关边小声地说，"她很少这样的，最多就是脸黑黑不说话。像全世界都欠了她的钱似的。"

"看起来很安静。"

"嗯！以前和我处得好，后来，就变得不说话了。"

"为什么？"

"不知道。"想了想，还真的是不知道原因，但是突然又像是想起什么似的，"我想，应该是喵喵失踪以后吧！"

"就为了一只猫？"

嗯！就为了一只猫。其实林心城自己也想不明白，只是一只猫而已，而且又不是我们弄丢的，为什么变得像是我们害死了或者是故意弄丢了她的猫似的。

"应该不是吧！"心城也不确定，或者她就是一直这样的吧！性格的事，一天两天，一个月，两个月，都是处不出来的。年年月月，日久才能见真知吧！

有些不诉说的苦衷，好比是两代人不能互相交流的话题般，渐渐在情感间横越出一条河流来，间隔出一种陌生的境况。犹如银河般，明明是一条不真正存在的"河"，却在日经历久的岁月里，被说成一条河。其实性格这种东西，很多时候，是不了解，又或者是，自我封闭，他人看不到真相的时候，自然会一再地猜测，然后就仿佛变成了真相。就好比是林美景的性格问题。

父母有时也会在背后偷偷讨论——

"这孩子，脾气怎么这么倔？"

"谁惹她了？"

"没谁呀！像她爸呗！"

"喂，小声点。"

——有些话语，比如说"爸"这个字眼，更像是一根刺，常年地附在默默跳动的心脏上，一经提醒，就疼痛得，不能自我。

林心城和陆咏之两人走出去的时候，碰见美景坐在大厅里搜着电视频道看，平时，她是很少出来大厅的。又或者——是自己没注意而已。陆咏之的脸上有尴尬的表情，心城看了看她，又看了看林美景的背影。

"姐！她是陆咏之。"心城突然这样说，陆咏之的脸又有点红了起来，林美景显然是没注意到外面有人，被这么突兀一叫，于是就从沙发上马上站了起来，一脸冰冷的表情。

"姐！喵喵以前丢失的时候，好像是前一天吧！六六也走丢了，是我帮他们找回的。噢！对了！六六就是她哥哥的猫。"心城真的是，看哪里是死穴，就往哪里跳。但是他很清楚地知道，如果不借机说出来的话，下次，就没机会了。

究竟她是为什么会变成这样子，是性格使然，抑或真的是因为喵喵。

"姐！你记得那只被咬了尾巴的猫么？黑色的，我们在天台看见过的。它就是六六。"心城的攻势显然还不肯停下来，继续唧唧喳喳地说着。

一旁的陆咏之，尴尬地站在那里，开口也不是，笑也不能。

"姐！你是哑巴的么？怎么都不说话？"

林美景此刻已经快要疯了，多年来，似乎没有这么一个人，再次这样揭露自己的伤疤，而且是一再的，以前的心城，都没有这样过。

"我这样静静地，不是很好么？"

"不好。"

"那我告诉小叔，你没有好好练琴，老是交女生好不好？"

心城不知道该说什么好了。

于是转身去叫陆咏之，使了下眼色，要她跟他出去。但是她还是缓不过神来，站在原地，走也不是，站也不是。心城过来牵她的手，出去的时候，还瞄了一眼林美景。

门关上的那一刻，她颤抖着手关掉电视。

狠狠地，似乎对那个遥控有着莫大的深仇。

走回房间的时候，轻轻地关上门，泪就落下来。

——这个世界好安静，墙壁都是隔音的，以前我多大声哭，你们也听不到，如果猫咪回来找我，我们也是听不到的。这样的钢铁森林，水泥世界，有什么用呢！它让人越来越没有人情味。

为什么，要带我来这里？

她坐在床上，然后静静地仰躺了下去，闭眼的时刻，脑海里，显现出多年前的景象。

喵喵跟在脚跟，追缠着一起跑向家的落日黄昏，阳光透着一种不真实的蛋黄颜色。

她看见，年迈的外婆，慈祥地对她笑。

如果，这一切，不是梦，那该多好？

【7】

其实后来想想，怎么被赵季桀认识的，连细节都记不得。

从小到大，朋友就没几个，关于好朋友这个词，更是淡得像是白开水。

特别是这样的——男性的朋友。

林美景想。

快下课的时候，赵季桀又递纸条上来了，林美景没理他，翻开了纸条看了一眼就撕掉。

"下课等我一下啦！有事跟你说。"

"有事么？"

"你想去看展览么？"赵季桀从背后走上来。

"展览？"有点莫名其妙，从没对这词有过概念的林美景突然一愣，而且事先也对赵季桀有过艺术或者啥子展览有关的理解。

"艺术展览，据说是国外非常出名的一个艺术家的展览，有很多新奇的东西看？一起去吧！"

"为什么要找我去？"林美景白了他一眼，然后又问，"什么时候？"

"这个周末！"嬉皮笑脸地说。林美景继续白他："为什么要找我去？"

"这个，反正去了就知道啦！"

"是不是其他人嫌无聊才找我去的？"

"不是！是因为……"词穷了，这时林美景又瞪着他看。

"好吧！我答应你吧！"肯定是因为别人都觉得无聊吧！林美景想，肯定是这个理由吧！不然他那么多好哥们儿好姐妹，怎么会找不到人陪。每天下课都在班里闹腾腾的，一眼看去，跟谁都好的家伙，找自己陪着去的理由，肯定只有这一个。林美景自顾自想着，然后就走了。

赵季桀愣了很久。

她已经走出十几步了，然后才跑上来扶着美景的肩膀走："你还记得我第一次见到你的情景么？"

"不记得了。"冰冷冷地，还把他的手扯了下来。

"那么温柔的你，跟平静冰冷的模样一点都不像。"说完还转过头来看了一下她的表情，见她没反应又继续说，"其实你知道班里人都怎么说你么？你成绩又好，长得也好，但谁都不理，老师那么偏爱你，你都无动于衷，所以他们都说你是傀儡娃娃，哈哈！但是那天见你那样温柔得像是要融化了这全世界一样的神情，我立刻对你改观了——其实，你也很孤单的吧？"

其实——你也很孤单的吧？

这句话，像是狠狠的一根刺，突然刺往心脏，根本没时间和能力反抗。

她停下脚步，将他的手，从肩膀上再次拿下来。

"再啰唆就不陪你去了。"

"好好好！你陪我去，我就不说了。"

不过——熬过这个周末，你们这群兔崽子就要任我宰割了。这世上，还有我赵大少不能搞定的么？

赵季桀想着想着，手又扶上了林美景的肩膀，嘴角莫名地扯出一丝笑容，她厌恶地将他的手再次从肩膀上拿下来。

"我要回家了，拜拜！"

"顺路嘛！一起走。"

"谁跟你顺路了？你这个跟踪狂。"

"呃！"心中漏了一拍，貌似还是被发现了。

事实上——第一次遇见她，不是巧合，而是投心机的。

那天她在路边看见一只猫。

然后整个世界突然就安静了。

如果是海边，就像是——海潮都静下来的那种感觉。

昔日的喵喵宛似附了魂魄在那只小猫咪的身上，它跑过街，林美景追了上去，在转角的时候，它停了下来，四处张望着。林美景蹲下去，也不靠近，就保持三米左右的距离和它对望着，真的很像——除了年龄。如果喵喵还在的话，应该已经很老了吧！

"喵！"猫咪对她叫了一声，然后冲进了一间屋子里。

她蹲了很久，头埋在双腿间，眼泪流了许久，然后才站起来。

那是她记事以来第一次这样红着眼睛，站在陌生人的眼前。而且是，同班同学，虽然从没有聊过天。

"Hi！你还好吧？"

不知道说什么，或许心底还是很难过，因为想起了喵喵。

"你怎么了？"

真讨厌，这时候被人撞见。

"你认识那只猫。"

还是走吧！不要再被问了。

"喂，林美景同学，等等！"他抓住她的手，没有放开的意思，林美景再次转身去看他。

"你怎么了？"——还真是难缠。

"没事！"她还是叹了口气，然后说了这句话，其间还似有似无地擦了下眼角的泪水。

"你认识那只猫么？怎么哭了？"——呃！有点八。

"不认识，只是觉得跟……跟……喵喵很……很像而已。"林美景将头埋在膝盖间，因为哭泣而断断续续地说着。

"喵喵？是你以前养的猫么？"——哭得这么难过，肯定是想起以前的猫了吧！那么它，现在哪儿去了？

"嗯！它失踪了，好多年了，我一直在找它，但是找不到。"

"那再养一只呀！养一只相似的，就可以了啊！"——这想法很直，但是太天真了。

这世界，本来就没什么能替代谁，谁都是独一的，并不是相似就能了事的。

而且——喵喵的身上，藏着那段不能被抹杀的美好岁月，谁都不能再次给予！

"算了吧！"林美景再擦了下眼泪，都这么多年了，是想算了。这迷宫般的城市，它走出去了，肯定走不回来。

——就像我们，每个人都渐渐地，找不回以前的自己了。

——那些，像是家乡小路的蒹葭苍苍，风一吹就飘散的往年月。

——虚无的，不可能再次抓住的情愫。

【8】

那天起，就开始有断断续续的谈话了。这世界有无限的切入点，就像传说中混沌的世界被黑暗中的盘古劈开一样，这世界漫漫的入口，就像人的心里，也有无数的切入点。或许，喵喵往事，只是其中一个。但是，被他在岁月里，无意撞见了。

就像是，突然照进黑暗心房的光，然后就一直记得，那道光。

然后就有：上课传纸条（内容都是今天吃了什么啊好无聊啊或者是今天老师穿得好土之类的话），但是美景经常不回；经常一个人走着走着，耳边就有一阵风，然后就有莫名其妙的声音飘过来；有时在路上走着走着，就会遇见他，笑嘻嘻地打招呼说好巧（其实都是故意的吧！明明两人的家就差了一条街，而且她在尾他在头，却常常在街尾遇见他）

——诸如此类的情况，大概要一一列下来，估计会很长。

即使，认识也不久吧！半年，初一第二学期才开始说第一句话。

林心城和陆咏之去看的艺术展览，其实和林美景与赵季桀去看的是同一个。

只不过相差了一个星期而已。

而且事实上，那天赵季桀不止约了林美景一个人去，她猜错了。

还有另外一个长得——也太清秀的男生了吧！

后来知道，他叫陆陆。

嗯！名字也很秀气。林美景这么多年来，练就了有话也窝在心里跟自己说的本事。似乎是，喵喵住在曾经的那个地方。

"只不过，看起来怎么感觉很熟悉？"林美景，有点嘀咕了，这个脸，怎么那么熟悉？但是，自己又没认识多少人呀！难道，这是所谓的大众脸？但是又不像呀！明明挺好看的，就这样想着，竟然有些蹙眉了。陆陆看了一眼，然后问："这是？"

"林美景，我们班的大才女噢！"

"噢！林美景，听过。"

"你好！"等他们对完话，林美景才无情而且冰冷地说了一句。

"你好！"对方貌似接收到她的态度了，于是只有冷冷的这么一句，跩什么嘛！

看展览非常无聊非常无聊，林美景边走边嘀咕，但是两个男生却不然，一路上说说笑笑，而且赵季桀还不时地搭上陆陆的肩膀，两人紧密无间，像是——兄弟？其实，更像是亲密无间的一对。当她这样想的时候彻底被自己的想法吓到了，虽然陆陆是有那么一点秀气而且动作有点"娘"，但是——越描越黑了。

林美景低下头来，站在一幅画前，画里的那个女人，长久地站在那个局限的空间里，似乎要将这一生等完，但是，被固定以及凝固了的画，任这一生，都不能再释放也没有生命了吧！但是，宣传手册上却写着那句——"唯有艺术无止境，不会老，它可以生生世世活在人们心中"——可是，几十年后，那些看过这些画的人都死了，何以生生世世呢？真是高深的话题！

"唉！"

"林美景同学，你在做什么？"赵季桀搂着陆陆的肩膀走过来打招呼。

"无聊！"

——早知道会这样的了，不然真的没其他活动可以联络感情了。赵季桀心里想，"哪会无聊呢？看你挺喜欢这幅画的啊。可以叫陆陆的妹妹帮你临摹一幅，挂在你房间里。"

"呃！不用了！"语气真有够淡定的。

"要噢！他妹妹很厉害的噢！是初年市艺术学校的，小学毕业考是以绘画第一的成绩升上初中的噢！"

话题貌似就这样结束，陆陆和赵季桀却还像是兴趣盎然的样子，拉扯着又去看其他的，留下美景一个人站在那幅画前面。她只好找了一张椅子坐下来，耳旁的音乐，阒静地传来，真好听！好久没听过这样的音乐了，在家里的时候，心城的房间是隔音的，根本听不到，而且自己也很少去买那些录音带回来听，不过，下次可以去买个录音机吧！跟叔叔说一下应该肯，班里面，都有很多人用随身听了呢！但是那个据说很贵，就不麻烦别人了。

都这么多年了，林美景还是觉得心有隔阂，不知道为什么。

是那只猫，还是父亲的缺失？或者是太懂事，知道了小婶所谓的人情世故的虚假？但是这样应该都是诱因，一点点糅杂在一起，星罗棋布般，宛若蛛丝般网住那些日夜跳动的心脏，怎么跳，都挣不破吧！于是，就成了身体的一部分了。

那天回到家的时候，已经很晚了。三人还在外面吃了饭才回去，吃饭的时候，赵季桀坐在美景对面，一直跟她说话，断断续续地，她淡淡地回应。而陆陆，一直都很安静，在看着一本书，偶尔扒一两口饭吃。

印象里，虽然只见过一面的陆咏之，貌似也和陆陆一样腼腆，可能跟家教有关吧！

因为听说赵季桀，就有一个大姐头般的姐姐，叫赵之贺，而且还是高中部的学生会会长。性格这东西，也是会传染的吧！不同的家庭出来的人，像是不同的染缸染出来的布，虽然深浅有差，但毕竟颜色也是同系。

如果是没知道陆陆这个人，并且是经过赵季桀的关系的话，是怎样都认识不了他的吧！中庸的成绩，人淡如菊，虽然有着一张好看的脸，但是性格实在是不怎么讨喜。但是，他和赵季桀就是好。

那天，到了学校走去课室的时候，在走廊上就看见被人围在角落欺负的陆陆。

那几个人，其实应该没什么恶意，因为初年市中学，还是很少人渣的。这些人，之所以欺负他，也是因为他好玩吧！林美景远远看着，突然他像是看到了她，想要挣扎开来。那双眼睛像是炽热的灯，她那一刻仿似扑火的飞蛾般，触及到炽热后的不安分。想要逃离现场的时候，她想走上前去，但是，作为女生，毕竟不好吧！而且，他们也没做什么出格的事，但是，他的眼神，很无辜。

"喂！小林，你们又做啥子了？"

"来来来，季桀你摸下，他的胸好软噢！"——真恶心！

"开什么玩笑呢！要上课了，赶紧回去啦！等下老师来了，要罚站噢！"赵季桀说话的时候，表情十足，像是老师的脚步声已经在楼梯上响起似的。

"啊！"林美景看见陆陆的眉头皱了一下，应该是被"抓"还是捏到了吧！之后她才看见那群人渐渐散去。随后，陆陆的表情又舒展开了，向着赵季桀笑了一下，嘴巴张开的幅度很小，应该是说，谢谢之类的话吧！

赵季桀回过头来看见林美景，也是笑笑。

眼神里，竟然有些陌生的温柔在——是不同于平日的嘻嘻哈哈的暧昧的感觉。

——这人世，除非你遇到对的人，否则，这世界的整齐和混沌都将是一成不变的坏定律。

——所以，缘分这件事，肯定不是想来就来，想有就有。

——其实，你知道么？那一年遇见你，是真的想要遇见你。然后，其他的情愫，简简单单地，就是不想伤害你，其实，我也不知道那叫不叫喜欢？

——即使后来，我渐渐地认知自己的内心，并且因此而痛苦。

——但是，慌乱岁月曾有你，谢谢你！我是赵季桀。

Chapter 05　花好月圆，与山与树

除了内心，被爱的人啊，无处会有世界。

我们的生命凭着变形进行。而不断变小，消退的是外界。

——里尔克《杜伊诺哀歌》

【林心城】

我们除了记住、回忆、缅怀，还有祭奠那些卑微的过去的情绪之外，还有怎样的方法——去留守昨天？

如果我当时，为你作的那首曲子，是往日的缅怀以及追忆的话，我宁愿不写，那你就不去了。

生命的消逝，并不是另一种解脱，而是一种无形的，意识流般的压制。

你，压制了我的内心。

如同，压制了林美景多年的那只猫。

走失的猫宛若失却的心跳，将所有的情感，陷于虚空之中。

但是我如果失去你，应该会难过吧！其实后来的一切，都让我渐渐明白——你是唯一，但不是唯一的坚守。

这世间凉薄，你或许永远都在我灵魂之间，但情感之中，早已渐渐流失。

我是林心城。

我不知道父母为什么给我这个名字，但是我的心里的那座城，淋漓尽致的钢琴曲，一首一首，只为自己回荡。无论是他人之作或是自己所写。

每一首，都是自己的心情。

——仿似你的画的，每一笔。

【1】

怎经得秋流到冬尽，春流到夏。

那天陆咏之看见曹雪芹的《枉凝眉》，这段句子，就像无缘无故地闯进心底的情绪。那一日十一月都快到头了，秋天其实是来得急，而且也像是龙卷风的姿态般，轰轰烈烈地就要席卷落叶而去，马上就漫天大雪似的。当然，这一切只是感叹罢了，陆咏之拿着那句诗词，此时正用画笔写到那幅画里。那幅画，画的是夏天，茂密的枝叶和喧嚣的阳光，远处还有永和镇金黄的稻谷，近处却只是初年市的繁华。

虽是截然不同的两种景象，却在陆咏之的笔下好看地糅合在一起。

那些渐变的油彩，像是缝纫师手间的针线，完美地缝制出秋天的城乡的大衣。

从上次和心城去往市区的艺术展览之后，便很少周末出去，也很少有其他话题了。眼看着十二月份的钢琴比赛越来越靠近，心城仿佛更紧张了，周末都在家练琴，本来今天在街角告别的时候，是想要提出去家里看他练琴的，但是想起了林美景那张脸，就觉得有些畏惧。

而且，今天和心城告别后，似乎是见着她了，和哥哥一起，还有另外一个男生。

陆咏之记得，那个男生之前来过家里。他是陆陆为数不多的而且会到家里来的朋友，从小到大，陆咏之记得陆陆就没有带朋友回过家，那一次，什么情景也忘记了。反正，连名字也不知道，因为陆咏之生性也害羞，陆陆话不多，于是就如此省略掉了。

可是又看见他了，一路上说话的都是那个男生，林美景和陆陆都没怎么说话，只是附和着点头。林美景站在中间，赵季桀有时会绕到她旁边去，像鱼一样，绕着水草一般在美景身边游来游去。那一幕情景，怎么看，都觉得哥哥有些多余。

陆咏之闪进一家文具店，假装挑选着画笔，绕到素描纸的那个架的时候，能看到对面马路的他们慢慢走过，赵季桀的嘴巴还依然不停地，在说着什么，有时勾搭着陆陆的肩膀。像是一只大章鱼，在陆陆的身上黏来黏去。那个时刻，又觉得林美景是多余的。真是奇怪的组合。

其实，那天他们在说：

"美景，你知道么？他还有一个比他还害羞的妹妹，叫什么来着？"

赵季桀说完看着陆陆，林美景此时也看着他。

"咏之。"没有什么感情色彩，淡淡地，就像是白开水一般。

"对！陆咏之。那天去他家里，她看到我，就缩在房间里，然后都不敢出来了，哈哈！笑死我。比我第一次看到陆陆的时候，感觉还害羞。"

"啊！陆咏之！"像是突然想起了似的，但是还是没有叫出声来，只是在心底暗暗惊叹了一声，怪不得有些相似。原来是见过面的，弟弟的小"女朋友"？不知道算不算。

"你妹妹是在艺术学校么？"林美景突然开口，这话，显然是说给陆陆听的。但是陆陆红着脸，没有答话，倒是赵季桀把话接过去说："是啊！人家美术很厉害的呢！"

"喔！"——这世界真小。林美景答了声，然后又看见像章鱼一样的赵季桀，在陆陆身旁绕来绕去。过了一会儿又来问自己，说弟弟什么的。林美景倒是清爽地答了几句，不瘟不火的。不过赵季桀着实让自己惊讶，因为他的磁场里，似乎能容得下自己和陆陆这两种极端性格的存在。一是陆陆很害羞且少话，二是自己不害羞但是冷漠。知道这个缺点之后，自己仿似觉得对赵季桀来说，有点不公平，因为他即使再怎么碰灰或者遇到不好看的脸色，都保持着像王子一般的笑容，绅士一般的风度——可是，这样的男生为什么，甘愿缠在这种被全世界的人捧得高高，却被全世界都唾弃的人身上呢？

如果是半年之前——或许能问为什么？答案应该是，让我看见一个不一样的林美景，并非是人们口中的冰山。

如果是一个月之前，没有去看展览之前——或许答案应该是，同学之间的打赌，说能把冰山约去看全世界最无聊的艺术展览的话，就算赢了。

但是，若是现在再问的话——答案应该会是，不知道，就觉得你很好看，或者是，就觉得跟你一起很舒服，不会抢我的话题，我可以说很多之类的。

这之间的潜移默化，其实，你不问，我也不说的时候，也会慢慢被发觉，然后最终，成为苗壮的大树，显而易见地露在春日的阳光下。

——那片阳光里，也有陆咏之的存在。

陆咏之从文具店离开的时候，买了一盒绿色的蜡笔，是各种各样的绿色。

昏黄的阳光从街道那里落下来，秋末冬初的天气，感觉真舒服。

不知道心城此时在做什么呢？

应该在练琴吧！不然就是在看琴谱，或者不然就是在发呆。

——真的是，对他的了解，太少了。

陆咏之苦恼地想着，头一抬，就到家楼下了。

林美景打开房门去阳台取衣服的时候，路过心城的房间，因为门没有关严，所以能听到断断续续的琴声。

细细的钢琴声，从特意不关紧的门缝间，传了进来。

心城弹完一首就停了下来，想着今天和陆咏之分开的时候，他在原地呆了呆，想说什么，却又往前走。其实，应该是想说："你会来看我的比赛吧？"但是没有问出口。反正，到时再说吧！

【2】

这样的日子过得像是你争我夺的拉锯战，陆咏之与陆陆之间的，还有林美景和林心城之间的，混迹在他们几个人之间的，还有赵季桀的存在，他像是一团微妙的催化剂，安然地催化所有悲喜交加的关系。

向好的，向坏的。

只是认识陆陆很久了，但是依然是很普通的同学，朋友都不算。倒是和赵季桀，渐渐好了起来，林美景想。

圣诞快到的时候，陆咏之开始在画一幅画给心城，是侧脸的。

其实，转眼就十二月十九日了。

心城那样弹着弹着，就让琴键和时间拉扯过去了。这段时间里，还是去学校上课，完了和陆咏之走路回家，每次想请她去家里陪自己弹琴的时候，就想起姐姐的眼神。于是想想也算了，反正钢琴比赛比好了，一切的说话权都回到自己身上了。那时，纵使成绩再好的你的光芒，也会给我掩盖掉吧！

而且——我又不是不知道，其实你也在谈恋爱！

其实——你也有干"坏学生"会干的事！

因为你也会说——"那我告诉小叔，你没有好好练琴，老是交女生好不好"，就这样的一句话，其实已经侵犯了我心底的领域了，况且只是与陆咏之处得来而已，可是一旦被你说出口，所有的心情，仿似是在染缸里泡过一般，然后面目全非。

所以，你别太过分。

后来心城是觉得没什么，只是那时将自己逼迫得太紧了，每次练琴的时候，想着想着都会把手中的速度放快，甚至狠狠地敲琴键。这样的他，在岁月里遍寻不见。如果，要寻找唯一的解决方案，那似乎要回到很多年前，当喵喵还没走失的时候，那时林心城与姐姐之间，相处得很是融洽——可惜，就像是同一片土地上的两株植物，长久相处下来，总会因土地的贫瘠或者争夺荣耀之类的原因而互相憎恨甚至钩心斗角——但是，对于林心城来说，他的钩心斗角，只来源于自己与自己罢了，甚至林美景也没多想过这些事！

当然，这一切，直到钢琴比赛之后。

初年市第一次举办这样大型的钢琴比赛，所以关注度很高，全国各地的精英选手会聚一堂，全部都是层层筛选上来的年少的钢琴好手。心城是学校里，层层筛选上来的参赛选手之一。那场比赛会维持两天，第一天是半决赛，第二天总决赛，因此，参赛的选手都必须事先准备好三首以上的拿手曲子，以作备用。

第一天比赛的时候，只有林父和林母陪着去了。林美景在林多年叫她的时候，淡淡地说了一句："明天我再去看吧！"林多年心下一想，反正也对自己的儿子有些信心，就由着她来吧！明天就明天，于是带着心城出了门！可是林美景，在他离开后的十分钟，也开门走了出去。

陆咏之那天有去看，本来她想带着陆陆一起去的，但是陆陆在她出门的时候，已经不知道去哪儿了。没办法，她只好一个人去看。站在人群里，她快要看不见心城的身影了，隐隐约约只能看见行云流水般，快速在琴键上流动的双手——还有好看的侧脸。

比赛的规则是按评委的给分而定的，心城是小组赛的第一，进入了决赛。

听到结果的时候，人群里，有稀疏的几声叫，但是自己的那声，别人应该听不见吧！在心底的，默默的呼叫，你也是听不见的吧！

第一组结果出来后，陆咏之就提前离场，因为不想被等下汹涌的人群所围困。第二天据说是要根据票入场的呢！陆咏之在烦恼这个事，不知道可不可以麻烦心城给自己一张，但是，他自己应该也有限吧！于是想着想着，已经到了音乐厅的外面了。要走出大门的时候，却感觉后面有人跑过来，她呆呆地转过脸去看了一下。

"咏之！"心城看到她转过身来，就停了下来，喘着气说，"哈哈！没想到你也来了。"

陆咏之脸红了起来，却不知道怎么回答。

"我刚才在你对面，在后台那里，看到你急急退场的身影，本来也是要准备走的，看见你就跑出来了。"说完还挠了挠后脑勺，标准的不好意思的动作。

"嗯！我本来是要找哥哥一起来看的，但是他不知道去哪儿了，所以我一个人来了。"她细细地说道，然后又像是想起什么似的说，"对了，恭喜你！"

"哈哈！谢谢，明天，你一定也要来看噢！跟我爸妈一起来吧！"

"可以么？"

"可以啊！今晚我回去给你电话，你明早来我家好了。我会跟我爸说的。"

"嗯！真好。"她笑了起来，脸颊绯红。

　　"心城,你同学啊?"郑仁燕从后面迎上来,声音里还是压抑不住那份喜悦。心城转身看着母亲说:"是啊!我同班的,她明天也要来看,到时她跟你们一起来可以么?"

　　郑仁燕依然笑着,但是却转过身去看林多年。

　　"可以啊!可以!"林多年挥了挥手,心城笑了笑。

　　"嗯!那现在和我们一起回去吧!反正也住得近。"心城故意说得大声,好让父母听见。于是出去的时候,心城和咏之便顺理成章地坐上了车,一起回了深水街。

　　可是,车上也没能说什么。有大人在,这让本来就很拘谨的咏之变得更无话可说。

　　车子拐进深水街的时候,心城看见林美景和两个男生反方向走过,因为头转过的幅度有点大了,引得咏之也随着他的方向看去,但她只看到林美景的脸,便细细说了一声:"你姐姐?"

　　"嗯!还有两个男生。"

　　"噢!我没看到。"

　　"我也没看清楚。"

【3】

　　家里的气氛明显是变了,当天直到吃饭的时候,林美景才回家。

　　饭桌上没有讲话,还依然是林父和林母在唧唧喳喳说个不停,话题无外乎是心城今天的精彩表现。末了,林美景只是点头以示她还活着。吃完饭,她依然回了房间。

　　——今天那两个男生是谁呢?

　　心城想,当时没看清。

　　比赛过后的很多天,陆咏之都在回想那个精彩的瞬间。

　　因为是第一次,坐在那么多人的音乐厅里,可以以很近的距离看见一个人在钢琴前华丽地弹奏,虽然不是大师级的,但是琴声却能声声入心。最后那个结果,虽然不是最好的,但是对于心城来说,已经是多年来,一个很好的证明。至少,也没丢了两位至亲的脸。

　　看着林多年和郑仁燕笑得快掉下来的笑容的时候,林心城只觉得,往前一大步,很多东西,可以越来越明亮起来。关于林美景多年的语言压迫,此时终于可以狠狠地解脱了。于是想起,便觉得很兴奋。她再也不能用"你不好好练琴,我告诉叔叔"之类的话了，因为，我用努力证明了自己，而你，撑死就是一个书呆子。

林心城当时看着书桌上那座亚军的奖杯狠狠地想。

陆咏之完成的那幅画，最终没有拿给心城，她将它，放在床底下。因为她后来画着画着，就觉得怎样都画不出心底的模样了，一切都模糊了起来，每天躺在枕头上的时候，就想起那张坐在钢琴前的，很不真实的脸，一切，便渐渐地模糊起来。

其实，这算是一种沉溺么？

其实——这算是一种沉溺么？林美景想。

渐渐地投入那个洞里，看不见的，赵季桀的无限温柔与少年的美好里。但是这之间，却隔着一个陆陆，他扮演着赵季桀的知心好友的同时也扮演着对林美景来说宛似陌生人般的存在。每次三个人出去，赵季桀永远都是扮演着两个小圈子的公共部分，陆陆静默的时候，他会跟林美景说话。林美景静下来的时候，他跟陆陆说话，甚至有时，一旦赵季桀一静下来，就完全没有了话题可说。

心城比赛的那天，三人一起去逛街，走了一天，人累得要命，一路上只见赵季桀宛若炽热的太阳般，源源不断地散发他的光源。

其实，他的侧脸很好看，正脸也很好看，说话的声音很好听，待人脾气很好，为什么这些，以前都没觉得？第一印象只是，大咧咧的好好男生，和班里的很多人都处得来。像是渐渐投入的一个巨大的黑洞里，所有的正能量渐渐被吸收，包括从没有想过要从喵喵身上移开的思念，都消失了。

因为那天，她竟然跟他说："季桀，送我一只猫好么？"

她看见陆陆明显愣了一下，季桀也愣了一下，然后才笑着说："有什么要求么？"

她望向陆陆，淡淡地说："你喜欢的就好了。"

之后的周末，赵季桀果然就抱着一只猫，在美景的楼下等着，她抱过那只猫的时候，似乎多年前回到石村的情景，那一刻又历历在目，可惜，早已物是人非了。

"谢谢，我很喜欢。"美景看见，陆陆站在远处的宠物店里，而这只猫，应该也是他们一起去挑的吧！可真是兄弟情深呢，"季桀，上我们家坐一下吧！"

平时不轻易面露难色的赵季桀这时犹豫了起来，美景看在眼里，乐得要死。

"要不，我叫陆陆一起来吧！"

"他在哪里？"

"噢！就在那里……"可是手指向的时候，陆陆的人已经消失了。

因为，本来约定了五分钟就回来，见他们还聊得很合拍的时候，陆陆转身就回家了。真是无聊至极。回到家的时候，就看见六六慢慢地走了过来，浑身肉，像个肉球，它很老了，走路都不能太快，而且，经常一睡就是一天。

后来季桀还是没有上去，美景抱着新猫咪，就沿着深水街逛了起来。

"姐姐你是在谈恋爱么？"美景抱着猫咪回家的时候，心城倚在房间的门口问。

"要是姐姐的成绩排名掉了，爸爸可是会紧张的噢！"他从来没有用这种幸灾乐祸的语气说过话，所有的一切，都是在模仿眼前的人。可是此时的心城，却一点都不觉得痛快，只觉得这样的钩心斗角很无聊。于是他说完这两句，就想转身走。但却没料到，林美景来了一句——"我又没有爸爸，你爸爸要管也是管好你吧！别以为拿了个什么亚军就拼命往脸上贴金。"

然后砰的一声，将门关上。

"爸！姐姐又抱了一只猫回来养！"心城大声喊。

"养就养呗，反正别误了学习和弄到家里很脏就是。"

"可是，可是……"

"可是什么？快去练琴，等下吃饭。"

心城气结，跟姐姐斗，他一直都是处于劣势，这一次，仍是如此。

【4】

可是那些微妙的争夺情谊的游戏，是年少的人爱做的事吧！无论是友情和爱情，相处于公共部分的人，总是仿似鱼缸里的鱼食般，遇上一群饥饿不择食的鱼群。

只是有些人间的悲剧，迟暮往来，像是必然的事。

本来生离死别，就是很正常的事，只不过因为盛在人类浓情的心碗里，便持久难以倾倒，一旦倾倒，便哭天抢地。

可是，那一年它离开了，然后她变得沉默。

若是，那一年，本来应该死，却没有死的，此时死去呢？

冷风吹过的街角，两个身影单薄的少年，倚靠在一起。

"六六死了。"

"啊！怎么会？"

"昨天回到家就看见它奄奄一息地躺在地上，抱去医院的时候，医生说已经没得救了。"陆陆靠在赵季桀的肩膀哭。

季桀像是看见——那只迟暮得像是一团荒草般的六六，在黑暗里，渐渐远去的情景。

"如果我也要一只猫，你也会送我么？"

季桀一阵沉默。

"我要你陪我找，不管多久，都要找到一只能代替六六的猫。可以么？"

季桀愕然，但看见此刻正伤心的陆陆，他也只好点头答应。

第二天林美景也知道了这件事，是赵季桀偷偷告诉她的。

"是么？为什么就突然死掉了呢？"

"应该是太老了吧！六六以前据说被狗咬断过尾巴。"

"噢！"是那只么？多年前在天台看见的，躺在地上奄奄一息的猫，可是没有死，已经是个奇迹了，不是么？

喵！记忆仿似又被划开了一道伤口，喵喵伸着舌头舔舐着，酥麻的触感在心底渐渐上升起来。这些天的一切，突然她有些厌恶家里的那只小猫。

对于它的所有的忍耐，全部来源于赵季桀。

如果不是你——

"美景，你在想什么？"

"噢！没什么？那后来怎样了？"

"没怎样，就死了只猫而已，过段日子就没事了。"

"是么？"呵呵！她在心底笑笑，喵喵失踪的时候，自己是过段日子就没事了么？好像不是吧！喵喵的死——就像是一个年少时的黑洞，将所有的纯真与梦想，疯狂地吸收进去，然后，填成了一个巨大的坟墓。

如果，不再揭开，就会渐渐忘记吧！

"嗯！美景你今天有心事么？"

"噢！没，陆陆呢？"

"怎么了？突然问起他？他跟学校请了假了。"

"死了只猫就要请假？"

"应该不是，早上他打电话给我的时候，声音都哑了，应该是哭的吧！"

"真可怜。"这句话，何尝不是说给以前的自己，但是，在这里，竟然换了另一种语气。

"下课后，一起去他家，好不好？"

"算了吧！我跟他不熟。"

"好歹也是朋友吧！就一起去吧！"

"不要了，我还是回家吧！我晚回家小叔又要唠叨我了。"

"哦！那算了，我一个人去。"

是夜。

空气很冷，林美景将露在被子外面的手伸进被子，然后转了一下身。书桌上那只猫的眼睛，此时透着青光。她想起了多年前，喵喵的那双眼。

闭上眼，突然就想起前几天一直做的那个梦。

喵喵的身躯在黑暗里被撕裂开来，血腥一片。之后渐渐明亮起来的情景里，出现小猫咪的身影……

哈！她猛地坐了起来，大口喘着气。啪的一声开了灯，然后双眼对着小猫咪看。

"你始终成为不了喵喵的替身，它永远是独一无二的，它又不是我的唯一，凭什么你要占据它的位置，凭什么……"她此时像是发疯了般，念念叨叨地，往猫咪走去。

如闪电般，她抱起猫咪，打开门，然后跑到近心城房间的阳台，打开阳台的门。

这之间的时间，不超过两分钟。

她躺在黑暗里，人造灯光迅速灭后的巨大黑暗里，她想起喵喵的温柔的叫声。

还有刚才，小猫咪惨烈地，闪过天际的一声嘶叫。

【5】

这一切的温柔的美景，像是良辰过后的暴烈，渐渐消散在清晨的梦里。

人世不知的一切，沧海桑田。

如果一切可以相安无事，这些被称为年少的地方，会是日后频频回首的地方。

可是，那些被称为缺陷的地儿，一阵阵倒塌下去，在一个个即将来临的夏天和冬天。

我又想起了你，又想起那个，我们共同被女疯子追着跑的日子。

如花和月，我们正少年。

林美景笑着，从学校里走出来，初三的生活似乎没有想象中紧张，而与赵季犍渐渐融洽的感情，却是这个夏天最大的馈赠。他就像是旧日的情谊，填补了喵喵的空白。而那只死去的小猫咪，就像是，一段情的终结。和喵喵之间的，虽然这样说未免太残忍，但是事实如此。林美景就是这样想的。

陆陆却更如路人了，在六六过世之后，他变成了完完全全的透明人，成绩也都刚好保持在能升上本校高中的最低分数线处。而林美景，依然是那个年级的第一。

那一年夏天，炎热得让很多人的心思，有些失神。

犹如摇摇晃晃地，每日站在学校门口处的女疯子，看见年纪正年少的男孩儿，总是龇牙咧嘴地笑。她被人扔鸡蛋，被人嘲笑，被人推来推去，却依然笑着不还手。

这世间最美好的，其实不在于情感的浓烈之间，而是她嘴角处，淡淡的那份笑。

可是，那是多年后的夜晚，醒过来时，才会记得的情景吧！连同林美景也不知道，只有赵季桀独自忍受的秘密之一。

可是，那些长长的年少岁月，遗留下的缺陷，又何止一个呢！你们不知道的秘密，被掩盖在巨大的悲伤与美好之下。

而这，仅仅只是个开始而已。

中考的那一日，女疯子站在人群里，目光决然地看着校门口的方向。

就像是，在等待着每个中考完的孩子的父母一般的眼神，甚至还要温柔。

可是，没人知道她，没人知道她从何处而来。她从来不伤人，也不骂人，饿了就捡路边的食物吃，无论脏不脏。总会消失几天，但不时又出现在学校周边。

而后来，林美景发现她时常跟着他们的时候，是中考已经结束的时候。

她走得很慢，却目光炯炯地跟在他们的背后，林美景只觉得如芒在背，于是经常和赵季桀走着走着，就奔跑起来，企图摆脱女疯子。

可是，她依旧，断断续续地，跟随着他们，像是虔诚的朝圣者。

那一段时间，摆脱女疯子的追赶，似乎成了他们之间，最大的一项挑战。

陆陆像是草原上独自离散的羊，渐渐地在那个看似繁忙的岁月里远离。而那些被称为远离的岁月，其实不过是自我的深思，以及思考。

如同林心城与陆咏之之间，日益浓厚起来的情感。

因为心城的父母认识咏之，都很喜欢咏之的懂事乖巧，而且重要的是，咏之的学习成绩很好，林父林母也希望她可以带一下心城的文化课。所以，陆咏之得以经常到心城家去看他弹琴，很长的一段时间里，他们各自忙自己的，她画画，他弹琴，有时候，会一起写作业。

但是，这一切单纯的幻想，却逐渐被一些所谓的恨所打散。

　　起初是因为心城说，"姐姐好像在谈恋爱"。但如此无心的一说，却引起了家里的一场闹剧。面对林多年咄咄逼人追问以及郑仁燕绘声绘色地讲关于早恋的坏案例，其实这一切，无非是将林美景推向一个自我毁灭的高台。可是此刻，林美景死命拒绝承认——其实那时，根本没有。

　　"我会用我的成绩，来证明我是否说谎。我知道你们爱听你们所谓的宝贝儿子的话，却不会听我的。"说完她砰的一声，关上门，只留下林多年的目瞪口呆以及郑仁燕的面有怒色。心城躲在自己房间的背后，默默听着由那句无心的话引起的后果。

　　——其实，真的是无心，但却在美景的眼里，看成了有心的报复。

　　那一场离散的岁月，在每个各怀心事的少年的心中，埋葬成一片，再也回不去的单纯光景。

　　如有一段岁月可回头，那一定是，那一段不懂得处心积虑，也不懂得所谓的心计的年少时光吧！可是多难得，日子一瞬间就过去了。

　　花和月，山和树，一年一年，盛开圆缺，一直轮回不休。

　　可是年少的时光，过着过着，就不复存在了。

　　只若只若——愿有岁月可回头，即使再陷人间的深河，也有以往的光。

Chapter 06 深河

也许你在寻觅的，是家。

因为除非有家，一个可以出发和返回的地方，你根本不能成为流浪者。

就像希腊神话里的尤利西斯。

——Ronald J.Manheimer《银色的旅程》

【林美景】

"带我走，去你想去的地方。"

"曾经的那些童话，一点点演变成成人之间，互相争夺的美好。"

"我再也不愿相信，这世间的所有美好——会被你一点点带出，甚至是由你亲手绘出的梦境，那些，也许是被加油添醋过的，所谓的爱情的美好吧！"

"原来，当我在试图相信你的时候，你已经再次众叛亲离而去。"

"对不起！对不起！如果不能逃离过去，那就回到最初的自己。"

人间深河，岁月哀歌。

如果写完这些，可以告别如今，回到那个年少的境地，再一次走一遍美好的梦境，我愿意。

可是，一切都回不去了，不是么？——像是我们注定的一些事。

一年又一年。

【1】

当它不再以光彩逼人的气势对世人咄咄相向之时，那并不是它在妥协，而是为了更好的幻变在蓄势，就像，凤凰涅槃那样决然。纵使人情世故阻挡，风花雪月以不理智的方式轮回，它仍然一点点地在悄然改变着。它们有一个个好听的名字，它们统称为城市。可是，这一座座的钢铁森林，却才是众多不温暖的温暖人的家。

而那被称为家的地方，是谁的去向？

他不是世间的流浪者，他曾抛弃自己而去，又风尘仆仆而来。

如离草般的人情，一岁岁枯荣。

春风，吹又生。

那时初年市的第一条地铁线已经竣工，而第二条已经在日夜轰鸣的地底下终日开凿起来，延伸开去的，却是更远的村庄。通往每个目的地的工业怪兽，在地底下每日来回地穿梭。而那巨大的候车大厅，像是供人们参观的人类博物馆，形形色色的人们，络绎不绝。

从深水街到玉兰街，只需要五分钟，两个站的距离。

每天陆咏之都拐过小区外的那条小巷，站在路口处，等着徐徐而来的林心城。

那一年，他们初三。

陆咏之开始背着巨大的画板去学校。

而心城，则开始在每个午后的时分，在学校的琴房里，弹完一曲又一曲的曲子。只能听见的自己的声音，被空荡荡的时光轰鸣而过。

与她认识多少年，为什么认识，这些问题到后来都一一模糊掉，那些有凭借的信物，都一一消失不见，可是不差的是——那些强悍如斯的记忆，一点点昭示着这些年的美好。

初三刚开学，被分配好的，一整年的学习计划，就够累了。

初年市的艺术学校与普通的初中不一样，后者可以只学好自己要学的科目，认真听课，好好做试卷以及练习题，然后考个好分数上个好高中。但是初年市艺术学校不同，从高一开始，便要选取自己拿手的艺术课，而且按初三的毕业成绩决定高中的分班，若是文化课的成绩太差的话，就算是艺术科目太强，也没用。

因此，陆咏之只有拼命地画，林心城勤奋地练，虽然在这之前，两人的艺术天分在学校里有稍微的崭露头角，但是，谁又知道，若是一个月两个月的不努力，会换来怎样的退步。很多时候，不能将陷于某种低迷或者不想努力的状态的时候，来困扰自己，成为失败的理由。

这样的岁月，纵然芬芳，也是可耻的吧！

　　夜里，林心城从书桌前站起来，啪的一声躺到床上，脑子里一闪而过的想法，突然让自己的低迷的躯体，像是打了鸡血般。他想再起身学习，这时郑仁燕却推了门进来，将枸杞银耳羹放在书桌上，看了眼心城，笑了笑问："城城累了？喝完这个再睡吧！虽然明天放假，但也不能太晚。"

　　"嗯！知道了。"

　　郑仁燕依然在那里站着，心城伸手要去端碗的时候看着她，然后又说："妈你先出去吧！等下我自己把碗拿出去。"

　　"不用不用，你喝完，我一起洗呢！"

　　"妈！真的不用，等下我自己洗了。"

　　郑仁燕默默退了出去，在房门口吐了吐舌头。却在走出去的时候，看见林美景仿似梦游般从房间里走出来。

　　"美景，喝银耳羹。"

　　"不用了，要睡觉了。"

　　"也可以喝完再睡嘛！"

　　她径直往厕所走去，没有再理她。郑仁燕愣愣地看了看她背影，然后撇了撇嘴。

　　心城从房间里出来的时候，厕所的灯还亮着，林美景还没出来。他将碗拿到厨房去洗，哗啦啦的水声在夜里显得很突兀，而此时，盖过这哗啦啦的水声的，却是厕所方向，小小的一声开门的声音。心城拿着碗走出去，却在黑暗里看见一个人影突兀地站在那里，手一抖，碗就摔下去了。他害怕地闭上眼，然后跑进厨房，抱着头蹲在角落里，眼睛却一直看着外面，此时，他听见父母的房门开启，然后走了进来。

　　"有，有鬼！"说完最后一个字的时候，心城哭了起来，很大声。

　　此时，将门再次默默关上的林美景，对着空气，狰狞地笑了。

　　即使是无意的一笔，但却是饱满攻击力的戏谑。

　　心城蹲在角落里，依然哭着，郑仁燕和林多年将全屋子的灯都开着，然后将心城拉了出来。坐在房间里，他甚至连床都不敢坐，就坐在书桌前，郑仁燕看着儿子这样，也着实没有办法，于是只好说："多年，要不你今晚就陪心城睡会儿吧！"

　　"啊！不用的，爸！"心城听见母亲的话，才恍然回过神来，然后尴尬地看着父亲说。

　　"可是，你不怕么？"

"仁燕，少说一句。"林多年瞄了她一眼，"你先回去睡。"

她吐了吐舌头，然后耸了耸肩，回房间去了。

心城仍然坐在那里，这时林多年换了一个位置，与心城面对面。

"很小的时候，那时我也很胆小，以前我哥哥老是要欺负我，我每天晚上出门玩的时候，他就站在家门口对我喊，有老鼠啊老鼠来啦！然后我就会快速地跑回屋子。关于这些段子，我都不知道被取笑过多少次了，而且那时候，哪有这么多的白色灯光，而且还这么明亮。那时很多人家都只用煤油灯或者点蜡烛，一到了晚上，我就只敢跟妈妈黏在一起，因为我一走开，哥哥就要吓我，他会威胁我，所以我都不敢跟爸妈说。他们知道我胆小，于是一直让我跟他们一起睡，你知道直到多少岁吗？"林多年说到这里看了看心城，心城摇了摇头。

"十三岁，你肯定会觉得很糗吧！以前，我很害怕那些关于鬼神怪论，害怕一个人穿越黑暗的地方，也很害怕那些生活在黑暗之中的生物，所以，平时做事都强硬的哥哥，都很喜欢拿这个来吓唬我。但是年龄越长，我就越明白，那些往往被人们从口里说出来的恐惧，都会在生活里一点点被消耗掉，其实一个人真正的恐惧，来源于自己的心里。所以，鬼神怪论的很多东西，其实有时候只是心理的投射。爸爸知道，你最近很努力，压力肯定也很大——但是能让这些折射到生活里，衍生成恐惧，我觉得不失为一件好事，因为人的心里，不能积累太多的压力与烂事情。知道什么叫烂事情么？烂事情就是那些解决不开的问题，也没人帮你回答，然后就会慢慢地，积压在心底，变成烂的了……"

"那你哥哥呢？"

"你要叫大伯。"

"他？他最终还是抵不过自己内心的恐惧，而让自己走入人情世故的迷失里。你大娘不在了，生了你姐姐之后，因为手术后处理不当，感染了病菌而去世，你大伯当时闹得很大，其实我们都明白他内心的恐惧，但是，一个人的恐惧，如果跟别人分享不了的时候，他就会将自我毁灭。后来他性情大变，每天酗酒，乱喊乱叫，最后，谁都不能顶住这样的压力，而他自己也恐惧了这个他成长的地方，离开了。"

"然后呢？"

"这么多年，一直没他的音讯，不过，生死未知，但是也找不到了。"

"嗯！难怪第一次见姐姐的时候，姐姐的眼神里，有一种叫做恐惧的东西。"

"其实，刚才你的眼睛里，也有啊！不过，我是要感谢你大伯，他让我懂得了很多，特别是在他离开后的那段时间，年少时的那些情景，都是往后回想起来，跟现在的生活一一对照。如果当时没那些来源于他身上对我的恐吓以及那些岁月里我不知道的认知的话，我不能有今天的感悟。所以，一个人，让

自己恐惧的，永远是自己的内心，可是你不要将自己封闭起来，也不要对自己
失去信心，让自己恐惧，这样，世界万物，人情世故之下，你都会有一颗强悍
的心去支撑。不过心城，今天跟你说这些话，显然太早了。但是，我一直在期
待你长大，可以分享那些，我积累了多年的事情。"

"嗯！"

在这样的连篇的话语面前，所有的恐惧像是被当街焚烧的叛乱教徒一般，
无所依亦无所靠，那些仿似火焰一般，一点点吞噬自己的，是好像藤蔓般滋生
的理智，然后，所有的心事化成尘埃。

"懂么？不要害怕你自己，因为，没什么好怕的。"

"嗯！我知道了。"

"那？"林多年站了起来，看了一眼床的方向，然后用反问的语气跟心城说。

"爸你也回去睡觉吧，很晚了，出去的时候，帮我把灯关上。"心城迅速地
躺在床上。

"咔嚓！"这样的声音，在黑夜里，同样刺耳。

——但是，更刺耳的，肯定是，内心的哭泣吧！还有，内心的嘶吼。

此时的林美景，躲在被窝里，强忍着眼泪。无论再怎么强烈地回想那些关
于父母的记忆，却一点点都捞不起，唯一的那段，是父亲决裂而去，与兄弟姐
妹决裂的情形，而她，依然只能哭。

除了哭，不知道还能做什么？

以前，我不懂得恐惧；后来，我不懂得为了幸福，还可以去挽回一些什么。

岁月跟你开了一个又一个的玩笑，帮你圆了一个又一个的谎言，帮你造了
一个又一个的无心的恶作剧，但是最后自己慢慢走进的，却是属于别人的永和
之乡。

而将自己深深地禁锢在自己的，牢狱之城。

【2】

十一的漫长假期，心城从迷糊的睡眠里醒过来的时候，发现温暖的阳光正
照在窗帘上，风扇扇出的风缓缓地吹着窗帘，于是那些金黄色的斑点，在地上
来回巡礼，像是……

心城突然坐了起来，没有想出的那个比喻，被突然的想法打断——今天和
陆咏之约好了去图书馆。

他翻了身坐起来，然后摸出被压在枕头底下的闹钟。还好——才九点多。
静下来的时候，却突然想起昨晚的细节，关于爸爸说的那些话，只记得部分，

整理起来，大概应该是——"唯有自己，才能让自己恐惧"或者"让人恐惧的，是人的内心"，反正差不多的意思。可是昨晚黑暗中的那团黑影，在眼帘下宛若是一闪而过的岁月，快速得想不起细节。

到了约定的时间，林心城背着重重的塞满着练习册和琴谱的书包出去的时候，林美景才从房间里出来。

真相应当不是用来戳破的，那些巨大的伪装，像是物竞天择的生存法则，可是，就算是戳破了，又能怎样？

"那又怎样？"面对着郑仁燕的逼问，林美景咄咄逼人，"我又不是故意要吓他的。是他自己胆小而已。"

"果然啊！多年你看，我就知道，当时我从心城房间出来的时候，她就去了厕所。去了那么久不是为了图这个是为了什么啊！你说啊！"

"我拉肚子。"简单的一句话，而眼神却说出了下一句"而已"，这些眼神变换间，老练得像是历尽人世沧桑的人。林多年只是拉着郑仁燕说："没事，美景不是都说了，巧合而已么？"

"巧合？哪个字说是巧合了？"

"我说是巧合就是巧合，你回去房里。"

将郑仁燕塞回房间，林多年再次站在林美景的面前，此时的她，转过身去，看着阳台的方向，眼泪在眼眶里，她拼命地忍住。

"美景你跟小叔上一下天台，小叔有话跟你说。"

"没什么好说的。"她转身进了房间，然后轻轻地关上门。本来是要出去的，但是受气成这个样子，还有什么心情出去玩噢！说不定，赵季桀，还在那几条街上，来回地晃荡着呢！说不定，陆陆正从家里啪啪嗒嗒地跑出来，像个捡到松果的小松鼠一般。

可是，她此刻就是不想出去。

两个小时过去了，她坐在书桌前，静静地看那本书，可是，一闪一闪的思绪，让眼睛无论如何也聚焦不了，不断地摇了摇自己的头脑，都还是无济于事。

就那么一丁点的事儿，到底能影响自己多少个分分和秒秒啊！

她站起身，将那本书推到一边，拿起身边的一本书，是一本小说集，有好听的名字——《葵花走失在1890》。那些浓烈如血的情感，一点点注入自己干涸的眼睛，如果，将眼睛形容成一泓清泉，那这些情感，肯定是诱导着那个泉眼开窍的工具吧！

可是这时，伴随着眼泪下来的，是纸张和地板摩擦的沙沙声，这样的声音——就像是以前喵喵在的时候，它老爱玩自己的书的情形。可是美景转过身去，眼神稍微低一些，然后就看见，地上躺着一张白色的纸。

美景：

其实你不要怨任何人，没有人会想要去怜悯你。我知道，当年你爸爸一个人决然离开的时候，我就预料到今天的情形。我不知道那时的那些事，对你的影响有多大，但是我明白，一个从小没有母爱也得不到真正的父爱的小女孩，她的内心，总会有或多或少的阴郁和偏执。所以这些年来，我一直对你宽心对待，视你为亲生——目的就是，让你能真正体会到那些，失去世间最世故的那些依靠，并不是真的要失去自己的人格——当然，小叔并没有在责怪你做得太过分，只是有时候，我会知道你对心城怀有妒忌或者恨意。小孩的世界，大人很难看得透，所以我没有太多的资格去评论太多，只是，美景你要相信，当我们决心把你接回来的时候，就已经下定决定去公平对待你。

而你小婶，她的性格一直都是如此，对我也是，但是，她难得的，也有一副好心肠，人们都说，口直心快的人，心不坏。

而心城，我作为父母，我看在眼里，是很懂得的，心城很想融进你画地为牢的那个圈子里，但是你却仿似越来越遥远。我记得你们曾经好过一段时间，但后来却又渐渐远离。

这些年来，虽然生活在同个屋檐下，但是，彼此间的对话，以及了解，却少又少。最让我们了解透彻的，就是那些居上不下的成绩，但是，美景，纵然我们再怎么肤浅，也不只是要你的好成绩。

我们——希望你开心。

希望你幸福。

昨晚的一切，我并不希望你跟心城道歉，但是我希望你懂得，一个人当学会对他人恐吓的时候，他已经对自己内心，失去了抗拒恐惧的依靠了。

所以，你要牢牢抓住那些，你自己能抓牢的依靠，不要放手。

但是，这些，都是所谓的，坐着说话不腰疼的典型么？纵然这些话语，在美景当下看到，是用了多久的时间写成，而又经过多少的思考写就，然后经过多少的深思熟虑才递进来的书信上，竟然没有一句能感动自己的话。

还有某些话语，更像是锋利的刀子，透过纸张，正中自己的心脏——

我们——希望你开心。

希望你幸福。

【3】

如果那晚，心城没有被惊吓，是否就不会遇见那样的情形，若是真的遇见了呢？

如果那天，美景出门的时候，不是被林多年拦住，那这样的情形，是否会变得更恶劣呢？

如果此刻，你们出现多好。

林心城站在离图书馆三条街远的一条小巷子里，被一群小混混堵在巷口。

退也不是，进也不能。

后面是一堵墙壁，前面是一列人墙，那些人看似眼熟，但却一个都不认识。年龄只不过稍大自己一点点，看上去并不算是很凶神恶煞，但是却拼命地在脸上挤出很凶的表情，身后的陆咏之身体一直发抖。其实自己也很怕，但是不知道他们想要干什么，因为自己身上，根本没有钱，陆咏之应该也很少钱吧！没钱给他们的话，他们会不会打人？心城定定地看着他们，眼神很复杂，心里早就乱成一团了。

而陆咏之此刻的心里却想着，如果心城会功夫多好，说不定此刻就能帮自己突出重围，然后像故事里的王子一样，保护着自己的公主，相亲相爱。

可是，这样的想法却被突然的一声怒吼而打断——"把身上的钱和值钱的东西拿出来，供爷们吃喝。以后，我们会罩着你们的。"那为头的人，看似凶狠，却一脸无赖，边说还边走过来，手摩擦着，像是要讨钱的乞丐一样。可是，身上真的没钱。

"我没钱。"想不到身后的陆咏之先开口说了，于是心城只好跟了一句，很小声地跟了一句说："我也没钱。"

"没钱，没钱今天就不用回去了。"

"那……你们想要干吗？"

"把钱拿出来。"那为首的人，看似要疯了，面对着两个与自己年纪相仿，却单纯得可怕的少年，话都不知道怎么接，绕来绕去，还是绕回到钱上面。

不过，事实上是脑里的毒瘾发作了，如果一天不吃那些被称为"K仔"或者"摇头丸"的东西来刺激大脑神经的话，就会很不舒服。

"我们真的没钱。"心城突然大声喊，像是要盖过那个人的吼声。

"欠打了是不是？"那个人站在心城的面前，其实不过比心城高一点点，却要装出居高临下的感觉。陆咏之低着头往地上看，却看见他的脚，微微地踮起，但是此时她笑不出来，她只想和心城好好地，去图书馆看书而已。

而小巷的外面，刚好路过那一条街的陆陆和赵季桀，此时听见吼声而聚过来——看见是咏之，陆陆想冲过去，而赵季桀却拦住了他。

"别急，让我想想办法。"

"对了，你身上有没有钱？"赵季桀转过身去问陆陆。

"有，一点，但是不是很多。"

"你现在跑回家去拿，多拿一点，这些人我认识，我能解决这个，你赶紧回去，等下你在这里等我。"

"嗯！好！"陆陆走了之后，赵季桀理了理思绪，然后往小巷里走进去。

"哟！兵哥也在这里啊！真巧。"为首的那个人，听见声音转过身来，这时心城发现，眼前的这个人，充其量就跟自己一样的身高。

"这两个人，看样子都没什么钱吧！无谓扫了兵哥的兴了，走，我请大哥去分享点好东西。"赵季桀说完朝着心城打眼色。心城突然记起，这个男的，好像就是上次和姐姐一起的那个。而陆咏之更是记得，他就是赵季桀，和哥哥很好的那个。

"可是，他们是艺术学校的，还穿着校服呢！艺术学校的会没钱，我才不相信。"

"那你没听过，穷人都想飞上枝头当凤凰这句话么？说不定，他们父母很穷，把所有的积蓄都拿去给他们读书了，哪还有什么零花钱。"

这句话，像是说对了一半，因为陆咏之家中的情况，事实是这样。

在外做生意的父亲，其实赚不了什么钱，而母亲的画廊，仅仅够日常的开销而已。自己画画，用的钱很多，而且艺术学校的学费什么的，都很贵。所以，真的没什么零花钱。但是，林心城不同吧！他爸爸的琴行，是全初年市最大也最出名的，心城自从拿了钢琴比赛的亚军之后，父亲的生意更是蒸蒸日上。可是，赵季桀说这句话，也是为了自己解围吧。

"那是！"那位叫兵哥的人想了很久，然后才笑着和赵季桀搂着肩膀走了出去，最后，还不忘了回过头来说："今天算你们好运，好朋友找我，没空陪你们玩，下次记得给我带钱，不然见一次，打一次。"

"好啦好啦！兵哥，就别吓唬小孩子了，说不定，今晚回去他们就尿床了呢！"

说完众人哈哈大笑起来，留下陆咏之和林心城两人面面相觑，不知道该做何表示。

直到他们都从小巷走了，这时的陆咏之才从身后走出来。

"我记得他，他是我哥哥的朋友，应该也是同学吧！"

"嗯！我也见过他，上次，他和我姐姐一起，还有另外一个人。"心城此时似乎是在深思，然后才恍然大悟说，"啊！我想起来了，那个就是你哥哥，那天和我姐姐在一起的那个。"

"啊！我哥哥和你姐姐都认识？"

"应该是吧！那天看见他们一起，就是我比赛的那天。"

"这个世界真小。"

"还好啦！都是在初年市，而且，都在深水街，说不一定，他们还是同班同学呢，所以认识也没什么啦！"

"可是，那个人怎么认识这些人的，应该也很坏吧，我哥哥成绩很好的，应该不会和他同班吧！"

"唉！那些人再怎么坏，也都是学生啦，只不过比我们大一两岁而已。"

两人似乎将之前的害怕都去除了，然后慢慢走出小巷，慢慢地走向图书馆的方向。

"嘿！其实刚才那个站在我面前的兵哥，刚开始还很凶神恶煞，后来，那个人出现了之后，他仿佛变矮了，真好笑，所以他应该也没大我们多少。"

"对啊！他站在你面前的时候，是踮脚尖的，我看到了，哈哈！"

"难怪。"

其实，那个时候，你紧紧抓住我的手，其实我没有很害怕。

后来，你身体在发抖的时候，我更坚定了，我不能害怕的决心。

因为，我要保护你。

【4】

那一日，午后，初年市的警笛，响了很久。后来，随着夜色的加深，慢慢地消失。

这些，看似很遥远的警告，属于青春的无心一笔，像是与他们擦身而过的信号。但是，这些看似与他们漠不相关的事情，却在冥冥之中，千丝万缕地联系起来。

那一天，赵季桀和兵哥他们走了之后，陆咏之与林心城慢慢地走去图书馆学习，虽然他把最后那句话，说得那么可怕。而他们也真的因此，胆战心惊了几天，出去的时候，都尽量往人多的地方去。而地铁，真是一个好选择，整天来来去去的人。一旦埋在人群里，便觉得莫名的安心。心城是如此觉得，而陆咏之也是这样觉得。

地铁站用短短的时间，占据了人们日常生活的绝大部分，越来越多的人，上课和上班，都选择地铁，愿意拥挤，也不愿去坐空荡荡的公车。其中，速度快是一个因素，而且普遍的人都觉得，地铁比公车更有人情味。地铁的广播，带着初年市口音的普通话，日复一日提醒着乘客该注意的东西。这让人觉得很窝心。而越来越多的街头艺人，开始到地铁站来表演，拉二胡的弹吉他的，吹笛子的，还有一些残疾人，就坐在过道那里。有时人流量太大的时候，他们会发现地铁的工作人员，会把他们叫到别的地方去。语气温和，一点都不像是公车上的用力大声喊的司机。这些，让他们感到有人情味多了。

后来，心城叫陆咏之去问赵季桀，他们都很想知道，后来发生什么事了，因为，确实是再也没有看见那一帮人。

可是赵季桀什么都没说，陆陆也没说，只说他们只是恶作剧而已。而对于怎么没有看见他们的问题，却没有回答，只是淡淡地说了句，小孩子，别问太多。

真可笑，原来我们依然只是小孩。陆咏之转述给心城听的时候，这样说。

其实，真相往往不明确，是因为持有者，拥有不想与别人共享的心情。

赵季桀是如此，而只知道事情的一点小眉目的陆陆，更是如此。

可是，他记得那天的初年市的警笛声，是为他们而响起的。而事情的来龙去脉，依然要从赵季桀，详细说起。

因为他自己，抗衡着命运，自导自演了对于他们那个年龄来说，最阴暗的大戏。

赵季桀先是将他们哄了出去，在街道上闲逛，想以此转移他们的注意力，但是兵哥的毒瘾一旦上来了，就很难控制，于是内心痒痒地跟赵季桀说："你不是有好东西要跟我分享么？在哪里？"

"哟！这么着急的兵哥，真是少见，安啦！你们先找个地儿，安全点的，我给你们去买，行不？"

"你知道我们要什么？"

"具体的，还真不知道！哈哈！兵哥说吧，小弟这就去帮你们办了。"

"你认识人？"

"不算认识，但是要拿到，现在是很容易的。"

"那也是，那我们去找个地方，然后再好好等你。"

"好咧！"

安置了他们之后，赵季桀越想越气愤，想除了这帮人，却总是找不到机会，现在，机会终于来了。

他们曾经欺负过陆陆，也曾经围堵过林美景，每次，都是自己嬉皮笑脸用钱给过去了。可是，这一次，一定要，来点狠的了。

他在路边的小店找了电话打，接电话的那人懒洋洋的，劈头就问："要多少？"

"不多，各两百就可以了。"

"哪里碰面？安全不？"

"安全，绝对安全。"报了地名之后，赵季桀赶紧跑到原来陆咏之他们被围堵的小巷去，这时的陆陆已经站在那里，手拿着钱，焦急地走来走去。

"陆陆，给我四百，然后你去买饮料，要大瓶的，两瓶就够。"

赵季桀往另外一条小巷走去，这时的午后，秋风仿佛要发威地吹起来似的，吹得赵季桀心里凉飕飕的。其实，他也是害怕的，这样的，毁掉人的一生的事，第一次做，但也是最后一次了吧！因为，不成功，便成仁。季桀在路边的垃圾桶，看见一顶很烂的帽子，于是捡起来，拍了拍黏在上面的脏东西，然后扣在头上，压低了帽檐，往前走去。

那人已经在那里站着了，季桀慢慢地走过去，那人似乎有点动作地走过来。他戴着墨镜，也戴着帽子，看来都是有防范的人。

"你是？"

"嗯！我是。"

"四百。"

"给。"赵季桀将手里的钱给了出去，然后伸手接过两小包东西。

"上面有说明，自己看着办。"墨镜男的声音很浑厚，看来是已经上了年纪的人，赵季桀拿着那两包东西，往来时的路走去。似乎，那人，在说完最后一句话的时候，还说了一句"合作愉快"。

这是最后一次了，如果，不是为了你们，为了曾经被轻轻伤害过的你们，我绝对不会伸手去碰这样的东西。

将东西放进口袋里，然后将帽子丢掉，还是原来的垃圾桶。季桀走回原来的小巷的时候，陆陆站在那里，等着他。赵季桀有一瞬间恍惚地看着他，他像是最虔诚的光，站在原地，不动，虽然像是风中的，摇摆不定的灯那般，但是眼神里坚定的等着自己回来的光，却是那么明亮。

"陆陆，把饮料给我，你先回家，我有点事要做？"

"我跟你一起去。"他的眼神很坚定，但是却被赵季桀冷冷地拒绝，这时的他，像是要扮演导演一样的角色，要面目可憎地去导演那些悲惨人的命运。

"不行，你先回去，等下我去你家找你。"

"你有什么事，可以告诉我么？"

"可以，你在家里等我，等下我告诉你。"

陆陆没有再说什么了，只是看了看赵季桀又说："最近，我好像又看到女疯子了，你自己小心点，不要被她追。她好像更疯了。"

"嗯！知道了。"

这些，岁月里埋下伏笔的死亡，像是一个个的地雷，埋在青春的地里，稍微一动，就粉身碎骨。但是，年少的躯体，总是可以经得起考验，可年少的情感，却是那么薄弱，因为某些东西的缺失，而不可补救。

比如亲情，比如爱情，比如不信任，甚至被欺骗。

秋天打着叶儿，好看地飘了个旋儿，吹向远方去了。

【5】

或许有一天，当我们不再想起这些伤悲那些大喜的时候，应该是彼此老去的时候吧！因为每一次，说起那一次的事情，都像是提心吊胆的经过。我需要每天，给自己加油打气，才能更好地自信下去。很多时候，我宁愿相信，我是为我爱的人，做了一件正确的事，而不是，害了他人一把。

那一天，黄昏的时候，赵季桀往陆陆的家里跑去，慌乱地敲开他们的门。他抱着陆陆，陆陆显然是被吓到了，然后也无所适从地抱着他，他的身体在发抖，像是在哭。他慢慢地掰开季桀的手，然后让他进屋，才将门关上。那时家里没人，陆咏之出去，祝冉忆也在店里，但是应当都差不多时候回来了，所以，陆陆将赵季桀带到房间。

他看见赵季桀红着眼睛，但是却不问他为什么，只是呆呆地看着他。

仿佛要看穿他的眼睛似的，还不断地发散着"告诉我吧！告诉我吧"的信息。

"我害了人。"赵季桀哭了，声音哽咽了起来，陆陆有点不知所措，只是走过去，抱了抱他。

"我相信你。你做的是对的。"很自然地，没有来由地冒出这一句，语气里，拥有笃定的情感。

赵季桀抬起头来，眼眶红红的，与往常那个阳光的元气少年，大相径庭。

——其实，我们每个人的心里，都住着另外一个小人儿，当我们静下来面对自己，或者遇见对的人或事的时候，我们就会让他释放出来，渗透到我们的灵魂去。

"你应该相信我，我做的这些，都是因为你们。"

"嗯！我相信。"——其实，是你们，而不是你。但是，你们里面，也包括了，我和她还有他们吧！那我是因为他们，而被囊括的一切么？

"陆陆，答应我，不要告诉任何人，这件事。"

"嗯！你不说，我也不说。"

"其实，刚才的警笛声，都是因为他们。"

"他们？"

"就是他们，刚才围堵你妹妹的那些人。"

"嗯！他们也围堵过我。"

"所以，我将他们送进了监狱。"

"啊！你怎么做到的？"

"我可以不说么？"赵季桀坚定地看着陆陆，他不想道出的那一切，太过沉重，"你要相信我，我做的一切，都是在我们的认知里，正确的一切，就像是我们看过的那个电视剧里面，为人民除害，却不愿被人知的那个人一样，我也是在做这样的事。不过，仅此一回而已。"

"嗯！我相信你。"

房间外面的光线，在时光悄然流逝的间隙里，默默地暗去。他们就在黑暗里，静静地坐着，那个话题结束了之后，那些突然静默下去的一切，包括情绪——都像是经历过巨大的海啸的鸟儿，在生死边缘挽救回自己的生命的此刻，躲在树梢上，悄然地抖动身上的水。

不知道，过了多久，房间外面有人走动。应该是陆咏之和母亲回来了。

陆陆站起来开灯，然后才再坐下来。

赵季桀躺在床上，眼睛都没有转过来，就问陆陆："你什么时候看见女疯子的？她之前不是消失了很长一段时间么？我以为她死了。"

"就在刚才，我回来拿东西的时候，看见她在深水街上晃荡。呵呵！怎么能这样认为呢？"

"噢！说不定她都忘记我了，然后目标就变成别人了。"他看了他一眼，然后想了想，才又说，"她没人照顾，每天吃垃圾里的食物，疯疯癫癫的，很容易就死去吧！"

——像是，被社会遗弃的渣滓，然后就悄无声息地腐烂在轰轰烈烈的时光里。

——可是，用渣滓来形容正确么？这样的词，用在不同的人身上，拥有不同的意义。可是，就因为你不了解她，你就能如此说她么？这样不公平——这样不公平。

"希望！嗯！也是。哈哈！"陆陆笑了出来，有些许朋友间的幸灾乐祸的语气。

"希望假期结束后，不要再看到她了啦！以前老是被跟，好烦的，整天追着我跑，然后又不能跟你一起好好走，好不容易找了一条新的路，过不了几天又会被发现，她的精力可真旺盛。"

"哈哈！是啊！像不会累似的。"

"几点了？"

"嗯！快七点了。"陆陆看了一眼书桌上的闹钟，然后转过身去看着季桀说。

"啊！我要回去了。"他从床上坐了起来，笑了笑，然后从床上站起来。

"在我家吃啦！"

"算了，下次吧！等下回去晚了，我妈又要唠叨，她很凶的，你又不是没见过。"

"但她还不是因为疼你。"

"嗯！我回去了，拜拜！"

季桀打开门，陆陆跟在他身后走了出来，被枕头压扁的后面的头发，看起来有些奇怪，陆陆伸手去弄那一束头发，季桀突然转过身来。陆陆愣住，然后才说："后面的头发凹下去了。"

"哈哈！没事，不管它！"

然后匆匆地就走了出去，穿过大厅的时候，季桀看见陆咏之在沙发上坐着，看见他的时候，用很奇怪的眼神看着他。像是怀疑的，又像是感激的眼神。

赵季桀尴尬地点了点头，然后微笑了一下，就走了出去，陆陆给他开门，然后想要关上门的时候，咏之走了上来。

"哥哥，我来关。"她说着，便走了出去，然后带上了门，陆陆愣在那里，不知道她出去做什么。

"那个，等下。"赵季桀听见后面有声音响起，然后转过身来。

"嗯？你叫我？"他指着自己的胸口问。

"嗯！那个……今天，后来怎样了？"不知道怎么问，只好吞吞吐吐地拼凑出一些大概的词语，他应该能懂吧？对着他讲话，貌似好难，为什么对着心城就不会这样，同样是男生啊！陆咏之在心底想，然后轻轻地叹了一口气。

"噢！没事啦！那帮人我认识，后来我们一起去聊天了，然后就散了，我就回来了。"

"就这样？"

"嗯！不然怎样啊！"

"嗯！那就好，谢谢你！"

"不客气。我先走了，再见。"

"再见！"陆咏之转过身，然后看见陆陆站在后面，望着赵季桀的背影发呆。

"哥哥！"

"嗯？"

"你知道怎么回事么？"

"小孩子，别问太多，回去吃饭吧！"

冷冷的话语，像是蕴涵着无数的秘密。

霓虹灯和路灯开始交替出现的夜晚，他走在清冷的空气里，第一次，感到那些寂寞的感觉。并不是没人相伴的寂寞，只是因为，内心有了个无比可怕的秘密，却无人能与之分享。那些沉淀在内心的东西，会一天天消失不见吧！如果可以的话，我也不愿意再记起。

他边走边想，那群人，现在应该在监狱或者叫劳动教养所的地方了吧！

今天下午，他将那包药粉倒进大瓶的饮料里的时候，手一直发抖。后来，他将那包毒品放在兵哥的口袋里，另外拿了几颗放在他的手心里——不过，这些都是在他们已经迷糊了之后的事。

当时，握着那个公共电话的时候，其实内心是挣扎，而且害怕的吧！如果，以后没人与之分享怎么办？内心要一辈子禁锢着这个秘密。如果，他们回来再次报复怎么办？要用怎么的勇气去面对以仇恨的心理与真相抗衡的他们。如果不这样做，那之前的一切准备和内心的决心，都得不到付出了。

他默默按了110，然后报了地址、事件的主要内容，最后，决然地挂掉电话。

慢慢地走出那条街的时候，他觉得，整个世界，仿似剩下他一个人，好像，出卖了他们，就像是出卖了全世界。

看见陆陆的那一刻，他像是得到救赎般，但却不愿将秘密与之完全共享。

【6】

视觉如果可以自由切换，人身如果可以自由更换，思想灵魂如果可以自由更替的话——那该多好，那样，我就可以懂得你那时的寂寞与仇恨。我就可以知道，你为什么对我始终执著；我也可以不那么快地，将你否定掉。如果可以，那么我的后来，也不会有这么多可怕的寂寞，需要他时时刻刻来填满我的内心。

又见秋流到尽，又流到冬。

每年的这个时候，深水街上那些小小的树，便开始落叶，其实叶子不多，就小小的一些。落叶最多的，还是冬快过去的时候，那些落叶像下雨一般，纷纷落下来，然后堆满了街头。这样的情况会持续几天，过后就剩下光秃秃的叶子。一场春雨之后，就开始挂满了绿色的芽。这样的情况再过一个星期，某个阳光灿烂的清晨，你会发现，满眼都是嫩绿色的叶。

但是这时候，想那时候的事，似乎还太遥远。

远看着冬天就要再次来临的时候，再一晃眼，就接触到那些冷飕飕的风了。

女疯子再次回到初年市的时候，是在秋天的一个夜晚，那一夜，她睡在地铁站里面。虽然冷冷的白炽灯照得她难以入眠，但是却还是在下半夜，慢慢地入睡。她的梦里，有一个小小孩，在欢乐地奔跑，可是她永远都看不见他的正脸与侧脸，他只是一个小小的背影，欢乐地奔跑。可是，那究竟是她童年的自己，还是现实的思念。她不知道，事已至此，她早就神志不清。

每日清晨她都会出现在深水街，没人知道为什么，那个冬天以来，她都很固定地站在那里。她等赵季桀来，然后跟着赵季桀走，她再也不追他了，就那样慢慢地跟着，从深水街到学校。然后下午放学的时候，又看见她在学校外面蹲着，等着季桀出来，她依旧跟在季桀后面走，这样跟回深水街。但是她只跟到深水街，然后在那里默默地站了很久，直到夜深了，才离去。

这个表面上看似静默的城市，人心各自的轰鸣，却在人类学中，添了美好和残酷的一笔又一笔。

岁月不知，人事与世故，所以，沧海桑田。

她躲在那个冬天的地铁站内，饿了乱吃东西，渴了会去喝自来水，整天穿着那件衣服，已经残旧不堪。

后来，地铁站里来了另外一个常住客，但是他与女疯子不同，他看似神志不清，但是他还会拉二胡，他手上的那把二胡，很破旧，像是稍微一用力，就会被折断似的。

他默默地睡在另外一个角落里，不与女疯子说话，事实上，两个已经神志不清，甚至连自己都不认得的人，是无法交流的。只有在争夺地盘或者争夺食物的时候，才会发出那样的争斗，但是他们没有。女疯子白天出去，晚上回来，他则一整天都在那里，拉着那首残旧的二胡曲。

他拉的那首二胡曲子，一直没有换过。

从心城第一次看到那个二胡乞丐开始。

他后来没有住在深水街那个站，人们都不知道他为什么，会跑到玉兰站去，而那个站就是心城的学校所在的那个站。每天早上，心城看见角落里蜷缩成一团的他，然后下午放学的时候，又会看见坐在原地拉着二胡的他，心城每一天经过，都会迟疑地看一下他，恰好有零钱的时候，就放几毛钱在他的碗里。他不会说谢谢，仿佛整个人，沉淀在那首曲子里。他拉得很用力，似乎是为了生命拉出的乐曲，心城很担心他将那把二胡都扯断。

周日那天，心城在梦里醒过来的时候，耳旁刚好就响起那首二胡曲。遥远得像是玉兰传来的声音；近在耳旁得又像是从窗台外面传来的声音。他在那里躺了很久，直到二胡曲子完毕，然后再换下一首。可是，遥远的玉兰，那个二胡乞丐，只会弹那首陌生的，但是却感觉熟悉的曲子。

心城躺了许久，又一首曲子终了的时候，才恍惚想起这是在家里，然后他才起身，穿好衣服打开房门往外面走去。林多年坐在阳台上拉二胡，这样的清晨，许久未见了。记得以前，很小的时候，父亲还没去琴行的早晨，会坐在阁楼上拉二胡，有时是顶楼的天台。他会拉一首很熟悉的曲子，但是也只听过几次。父亲是个业余的二胡手，其实很多乐器，他都略懂一二，不然琴行也不能做得如此风生水起。年少时的那些曲子，像是清梦一般，轻轻地入侵已经沉寂在睡眠中的意识。不断地拨弄着记忆的末梢，那首熟悉的曲子——心城记得很清楚，父亲也弹过，很好听的，可是，那位二胡乞丐也拉过。

那件事，还没跟父亲提起过。

心城想着，自己呵了一口气，然后往厕所走去。

洗漱出来的时候，父亲还是在阳台上，再次弹着梦里的那首曲子。

"爸！这曲子叫什么？"心城站在林多年的前面，看着外面的景色问。

"嗯？对这曲子有兴趣？"

"挺好听的，我们学校那里的地铁站，也有一个乞丐在拉这首曲子，我想肯定是名曲吧！那么好听，所以才来问你——而且，他只会拉这首——反正也不知道，我每次看到他，都是这首。"心城说到最后，挠了挠后脑勺，然后笑笑。

"你说是这首曲子？"

"嗯！是啊！"

"那就奇怪了！"林多年喃喃自语，心城奇怪地看着父亲，不明所以。只听见父亲又问，"他怎样的？多大岁数？"

"噢！大概，不知道怎么说，反正看起来比你老，然后衣服很破，胡子很长，二胡也很破，一拉，像是要被折断一样，而且，他拉二胡超用力的，拉的时候，还浑身发抖。"

"他现在还在那里么？"林多年情绪没有来由地低落，手扶着二胡，看着外面，思绪似乎掉进了往事里。

"应该在吧！"

"带我去，我去换衣服，你也换身衣服，带我去看看他。"

"为什么？"

"别问为什么？赶紧去。"林多年将心城推进房间，然后自己快速地跑进房里。

走进地铁站的时候，心城紧紧地跟在父亲的背后，他不知道为什么父亲那么着急，只好跟着父亲。

地铁到玉兰站的时候，心城走在前面，林多年的眼神，跟随着心城的脚步，四处地浏览着。

"爸！有什么紧要的么？"心城还是忍不住问。

"你带路就是，等下再说，他平时是在哪里的？"

"还要再外面一点，嗯！快到了。"因为今天是星期天，没有学生上课的缘故，所以地铁站内来往的人群，并不是很多。这时还是早上，心城担心那个乞丐可能还在睡梦里。

"他平时几点开始拉二胡？"

"不知道，我每天早上来上课的时候，他都还没起，下课回家的时候，他就在了。"心城边走边说，回过头来看父亲，父亲的眼神很焦虑，像是丢失了心爱的玩具的小孩，"好像听到二胡声了，他应该起床了。爸！你听到了没？"心城边说，继续往前走，可是身后的人，却没有反应，心城往后看去，只见父亲呆呆地站在原地。

"爸！你怎么了？就、就快到了。"心城显然是给父亲这没有来由的神态给吓到了，说话都吞吞吐吐了起来。

"嗯！我知道了。"说完他径直往前面跑去，心城愣了一下赶紧跟上。

其实，那首曲子没有名字。

但是我们都很熟悉。

其实，我做梦都没想过，会再次遇见你，那一年离开之后，你再无音讯。人世的悲凉，莫过于亲情的分离，甚至生死病老都不知。

——在看见他的那一刻，林多年的积聚多年的眼泪，终于落了下来。

他似乎要倾尽全身力量拉的二胡曲，一声声如同刀子一般，切在往日的记忆之中，翻出白色的肉。

【7】

如果一个人，面对往事的时候，还能安然不露表情，那么他的一生，或是寡淡的吧！若是，你的一生，经历过亲情和爱情的离散之后，再次面对那些记忆里以为再也不能面对的旧面孔的时候，你也会像他一样，此刻全身发抖，那不是在生气，那只是无法找到适合的一种情绪来表达此刻的心情而已。

——林多年就是如此。

二胡曲还在安然地拉扯着，而林多年站在他的对面，隔在他们中间的，是来来往往的人流，林心城看着父亲，再看看乞丐，不知道该做些什么。因为此刻的父亲，看着乞丐，眼泪却拼命地掉下来。

"爸！你怎么了？"他始终想知道，这些情感的来源，以及想要宣泄的一切，是为了什么。但是林多年只是摇了摇头，然后用袖子擦了一下眼泪，看着心城说。

"你记得么？我跟你说过大伯的事的。"

"嗯！就是我大伯？"

"嗯！那你知道，他为什么不在了么？"林多年边说，边走，扶着心城的肩膀，心城随着父亲，渐渐地往乞丐的身边靠去，继而喃喃自语，"这首曲子，是你爷爷教的，这首曲子，只有我和你大伯会，其他人都不会，因为它没乐谱。你还记得家里的那把二胡么？那是你大伯以前很喜欢的，他经常坐在房间里，一拉就是一天，即使是同一首曲子——他那时拉的，就是这首曲子。"

"那——他会是大伯么？"

"我不知道，所以我才站着，没有冲过去，那首曲子，太久远了，我不确定别人是否也会，我不敢去确认这样的巧合性。"林多年终于走近他的身边，然后静静地坐在他身边，他抬起头来，朝他笑了笑。

突然，心城看见，父亲用力地把他抱在怀里，然后全身发抖地哭了起来。

他呜咽的声音里，只叫着一个名词，形容至亲的名词，他叫——哥哥。

心城听见的此刻，愣住在那里。

下一刻，神志不清的大伯显然是受到了惊吓，一把推开，抱着二胡就站了起来，满脸戒备地看着父亲。他是不认得自己的弟弟了，这么多年来，他忍受的孤寂、悲伤以及疾病，已经让他彻底迷失在荒芜的世界里，那个世界里，永恒地放着一首曲子。那里曾经有个小小的人儿，静静地坐着，拉着二胡曲子。

"哥！我是多年。"父亲往前一步，他就退后一步。

人群已经喧闹起来了，人们渐渐地将他们围起来，心城站在人群当中，不知所措，他不知道怎么去为父亲声援这一切。

"你们帮我叫下警察吧，他是我哥哥，我找了他好久。"他在哭，声泪俱下地对周围的人说。

待警察来的时候，人群已经将他们围得外三层，里三层了，心城被挤到人群的最外面，像是与这认亲闹剧最不相关的人。后来随着人群渐渐散去的时候，父亲已经随着外面的警笛声，消失不见。地上除了那把破旧的二胡，别无其他。

心城走过去，将它拿了起来，轻轻地拿在手里。

跑回家的时候，林美景在房间里，母亲在厨房里忙活。

心城站在厨房外面，很焦急地跟母亲说："爸爸找到大伯了，现在不知道被警察带到哪里去了，妈妈我们出去找找。"

"什么？"郑仁燕显然是被这突兀的消息惊吓到了，已经十几年不曾听见的称谓，再次出现在耳边。

"爸爸……找到大伯了，在地铁站。"

"啊！你快去叫你姐姐，我去换身衣服。"

心城转过身，然后就看见站在房门的林美景，显然是自己的声音太大了，她已经听到了。她毅然地转身，往外面跑去，心城见状，也要跑出去。他附在房门上，大声地对母亲说："妈，我和姐姐先过去警察局，你自己过来。"

随着快速的一声关门的声音，整间屋子，再次回复到寂静的状态。

到警察局的时候，父亲和大伯已经不在了。问了相关的警察，才知道，大伯因为精神不稳定又受了惊吓，所以控制不住情绪，发疯似的打人，打了安定之后已经被送往医院治疗。问明了医院之后，心城跟美景说："姐，你先过去，我等我妈过来。"

"嗯！好。"林美景往医院的方向跑，可是此刻的自己，心情竟然是麻木的，纵然日夜再怎么期盼自己的亲生父母出现。但是父亲以这样的状况出现，多少是有些难堪的。而且年少时，对父亲的知道，是少之又少，外婆不肯说，连母亲的照片也都没见过，更别说父亲的了。所以，面对这样一个在记忆里不可割舍，但是却又记不起清晰面容的人来说，要用怎样的一种心情去面对。

快速跑到医院的时候，林美景发现自己不知何时，已经让眼泪盈眶，但是也没有落下来。

问明前台之后，才慢吞吞地往急救室的方向走去。其实，具体的状况也不知道，只是在心城刚才的只言片语里，拿捏到一些具体的情节。比如一个乞丐，和一个中年男子，这样的搭配和这样的出场，应该很能让人记得吧！所以，她轻易地就问到了具体的位置。

同一城市的另外一个地方，赵季桀和陆陆正被女疯子跟了很久，他们想要摆脱她，但是又不忍心。因为她只是跟着，像是虔诚的朝圣者一般，一步一个脚印。季桀他们快的时候，她也会跟着快起来。只是季桀觉得，她的步伐，没有记忆中轻快了。以前很爱追着自己跑，一追就是几条街。

季桀皱着眉头，然后转过身去问："你为什么老是跟着我？"

明知道她不会答，因为这个问题，已经问过很多次了，但是每次都只是定定地看着他，目光清冽，满脸油污。身上莫名地发出臭味，而此刻的心城还看见，她裆部的位置，结了一层深红色的痂，那是血凝固之后留下的痕迹。他痛苦地转过身，不知道该说什么。

"儿、儿子。"女疯子轻轻地说，可是声音太轻了，轻到被冷冽的寒风一吹，就消散掉。

"走吧！她应该是觉得我们太帅了吧！"赵季桀无奈地朝着陆陆笑笑。

"那我可不帅，而且她只是跟你而已。"

"别再挖苦我了，好烦的。"他说着，再往后看了女疯子一眼，此刻的她，竟然露出甜美的笑容，季桀别过脸，然后继续往前走。

她应该是，被抛弃，然后又失去孩子，所以才疯掉的吧！她肯定是，以为自己是她的儿子罢了。

赵季桀这样想着，然后搂着陆陆的肩膀，往深水街走去。

冬天的风，越来越冷了，明明已经到中午，可是气温还是很低，寒风吹过的时候，甚至有点刮人皮肤的感觉。

仿似刀子。

心城和母亲赶到医院的时候，手术室的灯已经灭了，林多华被推了出来，然后被安置在高级病房里。医生说，他的情绪很不稳定，肯定是受过一定程度的刺激以及疾病的伤害，才会造成今天这样子的状况的，所以，很多事情都不能急，需要彻底查清为何，才能进一步治疗。

心城和母亲站在病房外面的时候，看见林美景坐在里面，眼睛盯着床上的人看。心城往床上看去，大伯已经被刮了胡子，脸什么的也洗干净了，换了一身病服睡在床上。父亲坐在床头，手握着大伯的手。

母亲走过去，扶着父亲的肩膀，他转过身来，眼眶红红的。心城看见此刻的大伯，确实与父亲有些神似，不过，他更像爷爷。

离家十几年，在这期间，谁都不知道他发生过什么事，遇见什么人，然后又有什么改变，才走到今天的这个地步。而他，又走了多远的路，才走到他们的身边？一个人，回首自己的一生的时候，一定会是充满坎坷的吧，但是记忆突然断开的时候，要怎么拼接，才能找回往昔的一切？

此时的他，安然地睡着，像是不知世事的孩子。

如果时光可以就此，回到久远的过去，那一个下午，他拉了一个下午的二胡，然后满屋子都是那首曲子的余音——父亲淳厚的笑容，还有母亲甜美的絮絮叨叨。

被禁锢的梦，无法回到的过去，就此凝结在午后的日光里，外头清冷的风，继续吹着。

【8】

天气，越来越冷了。

很快，就要冬至了呢！

陆咏之背着巨大的画板在风里走着很不方便，身躯单薄，常常会被风带着走，于是心城都帮她拿着那个画板。原本巨大的画板背在心城的后背上，更像是为他量身定做的。

那一段时间，陆咏之在画一幅巨大的画，从春天开始画，每一个季节用一种颜色，然后用不同的画法上色，但是四幅画又要彼此能拼成一幅图，因此是个有趣的挑战。但是陆咏之却不着急，因为这只是答应自己，需要长久的时间造就的一件事。而心城知道的时候，却跟她交流起了意见，比如，在画之前，可以确定要画的东西，或许要打好文字稿啊，定位要画什么的，这样更有利于保持画面感的统一性，可以确保在画的时候，不会完全乱了套。而陆咏之只是安静地听着，对心城的话，她一直都是这样的倾听态度。只不过能否听进去，这还不是自己可以自由选择东西。毕竟在画画这件事情上，她可比心城内行得多，就像是自己略懂的钢琴，之于心城来说。

"好啦！我知道了，我想一年画一部分，四年刚好可以画成四部分，然后我再用一些时间，把它们整合在一起，那样就能成为一幅好看的，而且又代表我记忆的画了。可是，你知道为什么要用四年么？"

"为什么？"

"因为那时刚好高三啊！画完最后一幅，我觉得，我肯定是没法读到大学那样的地步了，读大学需要很昂贵的学费，哥哥也要读大学，到时家里肯定供不起，如果供不起的话，我就不读了，去帮妈妈打理画廊，我还可以自己画画卖给别人当装饰。而这幅画，到时我送给你吧！你会喜欢的吧！"

心城愣愣地听着，他从没有想过，他这么熟悉的女孩子，内心竟然有这么深远而且懂事的想法。一时间，他不知道怎么回答，过了很久，才答："嗯，喜欢。"

"哈哈！你呆呆的样子真逗。"

心城的脸，刷地红了，在寒日的空气里，渐渐暖起来的，不真实的脸颊，在她的玩笑里。

那是一段，很淡然的年月。

天气越来越冷的那些午后，他记得咏之经常在画室里安静地画画，每个有空的午后，他上完钢琴课，都会从琴房出来，走到陆咏之所在的画室。有时候，就看见她静静地发呆，眉毛纠结成两团；有时是甜美的笑容，下笔飞快；有时是无聊的表情，在颜料盒里玩弄着水彩。

只是，在往后的日子，迁徙或者逃离，每当想起那样的情景，心城都会觉得那是梦境。因为往事太清晰，但是却不可追，于是，就美好得像是不能触碰，一碰就破碎的梦境。

那天，她开始为《四季》的第一幅上色，将所有的浓烈色彩糅合在一个平面里，还要勾勒出不同的季节特定的姿态，但是那时，她还没有想好要用人物去体现，还是单纯用静物。

心城从琴房出来的时候，路过画室，世界安静得仿佛只剩下他的喘气声。

然后转头就看见咏之背对着窗画画的身影，停留了许久，他还是静静地，推门进去。

"刚才听到琴声停了，就知道你会过来。"咏之快速地回过头看了他一眼，然后说。

"刚好路过，看见你在，就进来了。"心城像是被探了秘密，然而这次真是无意。

一段沉默过后，心城又问："是作业么？画得这么勤快？"

"你何时看见我为作业发狂了？"

"哈哈！陆才女确实不必。"心城玩笑似的说道，然后又看了看她，低声地问："我去小卖部，你要喝水么？我去买。"

"嗯！照旧。"

心城轻轻关了门，沿着走廊走出去。长长的那条路，一个人走过的时候，就会想起，两个人走的时候，其中一个人的影子，被身后的落日，拉得比另外一个人长——然后就笑着去踩另外一个人的影子的黄昏。

冬至依然吹着冷飕飕的风而至。

赵季桀已经一天没看见女疯子，他没有觉得不适，只是觉得奇怪，前几天还跟得很频繁。上课的时候，从教室的窗口望出去，还能看见校门对面的马路，女疯子走来走去的身影；回家的时候，她有时还会跟到家门口；夜晚学习的时候，有时从窗台上看下去，她也会在楼下走来走去。她很安静，不叫喊，也不出声，就那样徘徊在夜的深处，人世的边缘，他有跟妈妈提过这件事，然后母亲只是脸色惊讶地看着儿子，然后又说："可能是其他村走出来的吧！这年头挺多疯子的，别管太多了就是。如果觉得她骚扰到你了，可以赶走她的。"

"那倒不必。"

——可是，如果赶走你了，就不会发生那样的事情了是吧？

其实我也不知道。

昨天，听林美景说，她找到爸爸了，不过现在在医院，神志不清。她只说了这些，其他的一律就没再说了，我知道她很爱她爸爸，但是她倔犟地说完的时候，没有哭，反而嘴角露出一点微笑。那些稍纵即逝的微笑，是为幸福锦上添花的标志。

可是，冬至的第二天，人们发现女疯子死了。

那晚的最低温度，降到了零度边缘，天气预报接连发出了几个寒冷的警告的时候，那时的她，竟然没有想到，她就在这个寒冷的夜里，被冷死。就像那个卖火柴的小女孩一样。

她蜷缩在墙角，外套外翻，露出青紫青紫的发胀的肚子。模样很可怕，嘴角还残余着一些呕吐物。

季桀站在她面前，来往看热闹的人群，渐渐地将她包围住，在喧嚣的人声里，他突然觉得很难过。

转身的时候，他觉得眼睛涩涩的，温热的液体在脸上一滴两滴滑过，消失在冬日的空气里。

林多华昏迷了两天后的午后，在暖暖的冬至的阳光下，清晰地醒过来。

他看见周围的人，然后看了看身边的一切，一个激灵就坐了起来。

那天被心城从现场带回的二胡，放在他的床头，他看见的时候，仿佛是如获至宝般，一下子抢了过来。抱在怀里，不停地抚摸。

医生来了，林多年站了起来，跟随着医生走过去。

"哥哥！你还记得我吗？我是小年。"父亲看着大伯说，努力地想要他记起这些。可是，若是这么容易的话，他也不必落到如斯境地。只是林多年太了解他哥哥了，从小他就倔犟，说一不二的性格。当年他离开的时候，那么决裂，说不定，就再也不会想回去了。所以，可能他是记得这些的，只是不想回去面对，也不知道如何面对。

他只是摇了摇头，用惊恐的表情看着林多年，然后抱着二胡紧靠着墙壁。

"他记不得我，医生，有什么办法么？"

医生叹了口气说："精神之类的疾病，急不得，现在你们需要做的，是要他重新接受你们，然后才能配合着让我们治疗，以让他记起以前的人和事。但是，我们还不知道他精神失常的原因。所以需要进一步详细观察。这段时间，你们要多点时间来陪着他，让他接受你们，这是成功治疗的第一步。"

"我们知道的。"心城看见父亲沉重地点了点头，然后看见医生作了一系列的例行检查之后离去。他仍旧坐在床边，而大伯此时抱着二胡，摸了摸这，又摸摸那的，像是在抚摸自己的孩子。心城转过头看见林美景红着眼眶。此刻她的心里，却是在想着——如果，我可以说，这是活该么？当年一走了之，今天成了这般模样，失去至亲，也失去了原来的自己。

可是，所有的一切，仍然是不了解。

只有林多年，才最明白哥哥最初的悲痛，但是后来他所经历的一切，却在岁月里，成了谜。

那一年，他从石村离开后，沿着北上的城市一直走，但是没走多远，就在其中一座城市停留了下来。他身上没有多余的钱，第一天到了新的地方，便马不停蹄地去寻找赌博的地方。他依然离不开酒精的麻痹，那个晚上，他赢了不少的钱。可是就在神志不清地往宾馆走去的时候，却遭受脑后的一击，然后眼睛一黑，差点倒了下去，他回身，看见几个像是赌馆里的人。他大吼，然后就要冲上去打他们，就在他抢起手中的酒瓶要砸下去的时候，就看见手快的对方抢过酒瓶，往他的头上砸来。那一刻，他只觉得头昏脑涨，暖暖的液体，从头上流了下来。昏迷过去的那一刻，他看见妻子美好的笑容。

然后，他不知道什么时候醒来的。没有死，其实已经算是万幸的事，他身上没钱，医院已经够仗义地救了他。从医院出来后，他身上没钱，不知道往哪里去，刚开始他坐在路边发呆，肚子很饿的时候，他去抢别人的东西吃。渐渐地，他越来越记不起以前的一切，脑袋越来越痛，特别一到刮风下雨的夜晚，头会痛得像是要裂开。

若是将他的这十几年，放到特定的镜头前的话，很难放大那种靠着神志不清的灵魂活下来的生活情境。

生存是人最大的本能，但是生活，却又是一门更大的本事。

但是对于生存与生活来说，他都是迷糊不清的。

他哪一年，获得了一把二胡，然后如获珍宝般拉起了二胡的曲子，谁都不知道。

他哪一年，记起了那些弹过许多个夏天，许多个午后的，父亲教会的，只有弟弟和自己才会的曲子，他也不知道。

他就那样出现了，仿佛漆黑的夜里突然出现的黑猫一般，谁都不知道，它何时出现，经历过什么而来。

因为他们于人世而言，都是没有见证人般的存在。

她的死，他的重生。

他们是世间没有交点的两个人，却像是生命里殊途同归的两个人，最终走向却是如此不同——像是童话里的青蛙，好命的被一吻，就能变成王子，不然就当一辈子的青蛙，徐徐老去，然后——死。

【9】

美景每次从医院离开的时候，都带着莫名的心情，她不知道该怎么去面对她的父亲。其实，深夜里，躺在床上的时候，有那么一刻的恍惚，是觉得自己会再次幸福。脑子里有期盼——可以有属于自己的父亲，可以慢慢得到的属于自己的宠爱。可是，这样的幻想，在日以继日的治疗里，慢慢破灭。

医生已经确诊林多华为不可恢复的精神性失忆，因为长期以来的自我抗拒性的逃避——而且脑子以前受过伤，没有得到很好的治疗，还伴有间歇性的神经痛，在这样的折磨下，很多人都会选择不再去思考，不再去记起往事。所以，在这样惰性下，他渐渐失去了记忆的能力。但是，希望能通过治疗，让他的头痛症得到缓解，以后说不定能记起些东西，但是不一定是以前的事，能记住当下发生的事，已经很不错了。

可是，能让你再次接受我，也不错吧！

她仍然有这样的念想。

再一次和陆陆与赵季桀一起去学校的日子，是冬至过后的两个星期。陆陆看起来，比之前距离没有那么遥远了，不过大部分的时间，仍然是看着赵季桀发呆。美景依然和赵季桀有一句没一句地聊着，唯独聊到女疯子与林多华的事的时候，常常会出现某个人的大段的沉默。比如赵季桀说了女疯子去世的消息后，林美景的长篇大论，又及，林美景说了找到父亲的事之后，赵季桀的苦苦追问。

其实，相似的事情很多，只是，各自的心境不一样而已。

那些没有被经历过的事件，在别人的眼里看来，或者就是一件淡如水的经过而已。就如同看见电视上报导的车祸或者灾难，经过画面性地截取之后，再由千年不变的主播的语气说起来的事故，像是无力的一击，软软的，心底只是淡淡地惊呼一声"噢！原来也有这样的事"，然后就别无其他了。

可是，经由他说出来的，关于女疯子死去的消息，林美景真的觉得，一点都不可悲。

"以前她老爱追着我们跑，整天不消停地追，烦死了。而且啊！你还老是被同学们嘲笑呢！说你是她失散多年的儿子，难道你都不记得了么？她死掉了，不是还更好，以后就不会有人追着你满街跑，你也不用担心别人会用这个事情嘲笑你啦！"

"可是，你知道么？当我站在她的尸体面前的时候，我竟然哭了。"

陆陆惊讶地看着他，林美景也觉得很惊讶。

"你该不会是真的以为她是你亲妈了吧！"陆陆取笑似地说，冷冷的声音，让赵季桀的情绪为之一震。

"才不会。"他无力地笑笑，"或许是那个场景太恐怖了吧！我没见过死人，没见过那么可怜地死去的人。冬至日，本来是各家各户小团圆的日子，但是她却在那个最冷的冬日，静静地去了。想她死的时候，肯定很寂寞很痛苦。所以……"

"所以你就感动得哭了么？"

"那不是感动，是感伤。"

"有什么不同？这时还要咬文嚼字啊！"

"当然不同啦！感动是好事，感伤是坏事啊！"

"噢！感伤也可以是小情绪。"

"你们别玩文字游戏了。林美景你倒是说说你亲爸。"看见林美景和赵季桀两人斗得不可开交，陆陆此时冷冷地说。林美景愣了一下，然后安静地看着他，表情很复杂。他总是用很少的话，去刺探人们心中最柔软的所在。

"对啊！都没见你说说你爸。"

"没什么好说的！"是啊！有什么好说的呢！他连自己都不认得，更别说自己的女儿了。所以，一点能说的点都没有。

"为什么？"

"没为什么？"

"一定有为什么的吧！"

"真的没为什么啦！"

"骗人！"赵季桀瞪了她一眼，然后装作气鼓鼓地说，"不肯说就算了，我和陆陆也有事不想告诉你。"

"屁啦！讨厌！他又不认得我，连自己都记不得，有什么好说的。"林美景像是发怒又像是发泄情绪似的，用很大的声音喊道，此时的陆陆愣住，连赵季桀本来装完想要笑场的情绪，都被她此刻的愤怒所震慑。

"对不起！"陆陆先道歉，转而无辜地看了看赵季桀。

"那个，我们不是有心的。"赵季桀伸手去拉她的手，她轻轻地拍开他的手，于是就那样尴尬地落在那里。

"没什么好对不起的，本来，他跟我就没有什么关系，你们爱把那个所谓的父女关系扯上，我也没办法。反正，我是自己活了快二十年，他一直没在我身边，现在不记得更好，我也省事，不用浪费心思去试图讨他欢喜。你们说是吧？"她边说，边走，头一直很低，像是要附到胸口。

他们此刻真的不知道该答什么，印象中的她，一直很坚强，很少有事情能打击到她。成绩很好，待人虽然冷冰冰的，但是却也不轻易得罪人，彼此相处，也很融洽。本来以为是个有架子的女生，却意外地好相处（但也许是遇到对的人吧）。只是，这是第一次如此窥见她软弱的一面，来自于亲情。

我们一生，有何其多的缺口——供软弱进入，就会有多少的对应的情感与之呼应。亲情的羁绊，爱情的离散，友情的淤伤，都让这些缺口一再决堤——它们需要一年一年的时间来修补，所以这些都是，成长的必修课。

若是那年的春光无限好，你不愿离去，那又如何让时光流到秋，秋又流尽到冬。成长是必然的、伤筋痛骨的事，一年又一年接续着花好月圆的轮回，一次又一次，感伤着，岁月不能长少年。

"别这样！"陆陆打破尴尬的氛围，其实林美景抛出这样一段话之后，也没想过要他们回答，只是内心真的堵得难受，如果，可以找个安静的地方，我宁愿只对你一个人，安静地倾诉。

是你，不是他。

"其实，我和我爸爸也不亲，他对我很严厉，我从小就怕他，那种怕，随着岁月的增长，慢慢地变成厌恶。还好他一年就回来几次，见面的机会很少，虽然这样的想法与抗拒很不好，但是，这些不是我能选择的东西。童年的那些巨大的阴影，就像是暴雨来临时的乌云，再怎么驱赶，也是徒然。"陆陆第一次，说这么长的话，不过他的语气依然很冷静，像是在说着别人的故事。

"那我比你们幸福，我爸爸对我很好，小时候恨不得将我捧在手上，像个宝。倒是我姐姐，更像是个局外人，但是她很坦然，我们的性格都差不多，可能是环境使然，爸妈都是很开朗的人，虽然爸爸对我很偏爱，但对姐姐也不差。所以，我觉得，我很幸福。所以，我很体会你们的那种心情。"赵季桀此时也开口，面对着陆陆的述说，他觉得这个话题一旦开了一个口，就要全盘托出似的。只是这样的话题，这样的沉重心情，往日没有，也不想再有，所以，这次可以诉说的话，也未免是一个好的突破吧！

"身在缺失亲情的家庭里，你会渐渐地失去那种对家的依赖，但是，他们的那种羁绊，却让你永永远远，感到疼痛，在那样的疼痛之下，我也不知道该恨还是感激。"美景无奈地笑了笑，她是很感激面前的两个人，用自己的事，来帮自己解开这样的那样的心境。

"其实，不管是恨还是感激，亲情的那条线，将我们连在一起的时候，就是无法改变的东西了。"陆陆依然淡淡地说，只是，这时候的他嘴角露出一点点的，微微的笑。赵季桀看着他，突然觉得很美。

"嗯！"美景突然像是被触动一般，不知道该如何接下去。

于是，三人就这样静默了下来，冬日的清晨，风很大，吹着三个身躯单薄的少年，头发飞舞。

那样的青春岁月，各自的深情倾诉，在人间的深河里，沉默着鸣唱着岁月的哀歌。

在时光的另一头，蛰伏着冷藏了一个又一个冬天的感情，如果，将它盛放到色彩上的话，该是怎样的复杂颜色。

初三还没结束的那一年冬天，其实冬天也快过去了，深水街那些小小的树，开始掉叶子。

又见冬流到春。

陆咏之将那张画好的《春》，固定在巨大的画框之上，然后包装好，放在床底下。等着中考考完，夏天开始的时候，就可以画《夏》，可以慢慢画，一直画过整个高一。这样的安排开来的计划，想想都美好。那天心城说钢琴复试没问题的话，文化课一定要追上陆咏之，这样高一才能搞到同一个班级里。因为陆咏之的艺术课和文化课的成绩，都成正比，而心城却落下一个很大的差距。他的艺术课的成绩太好，几乎是年级拔尖，而文化课却处于班级的中游位置。所以，三月份提前考完了艺术课之后，就可以和陆咏之一起，把文化课追上来，就算不能追平，至少也要保持在差距十名的范围内。

只是那时的理想，多么美好，一个承诺，就能利用年少的毅力好好地守着。

后来怎么追，那些细微的东西，都追不回来了。

又谈何强大呢？

【10】

"那个暗黑空间里，到处都是血腥的味道。似乎不能睁开眼，一睁开眼，就是黏稠的质感，似乎整个人，被汹涌的血液般的液体包裹住，就像是母亲的子宫。慢慢地，那些液体退去，出现巨大的光源，诱惑得眼睛慢慢地睁开。眼前的飞禽走兽，说不出名字的说得出名字的，全部都朝着一个方向奔去。那里有一个巨大的黑洞，所有的生物，被巨大的黑洞所吞噬。定定地站在那里，没有往前也没有后退，像是没有思绪的人。接着，那个巨大黑洞消失，出现一幕巨大的画卷，画卷上是著名的《最后的晚餐》，透着厚厚的画卷，他似乎能看见画的背后，被插中心脏死去的人——那个模样，看来熟悉，只是无论如何，就是想不起，他狰狞的眼神，仿似一把刀子，插进此时睁开的双眼。"

——陆咏之在暗黑的夜里带着情绪醒过来，她做了噩梦——梦里的那个人，最后死在自己的视觉里。

——那是自己的父亲。

她翻了个身，想继续睡，然后发现眼眶有泪流了出来。前段时间听妈妈说，爸爸身体不是很好，忙完这一项工程，就要回来修养身体。但是一个月的时间过去了，还是没有回来，而且不知道有没有给电话回来。陆咏之再次翻了个身，无法睡着，一闭上眼睛就是那双直愣愣地瞪着她的眼睛。

后来不知道怎么的，慢慢地睡着了，第二天醒来的时候，头疼得紧要。

早上走出巷口的时候，还意外地发现心城在那里等他。

"今天晚了，不好意思！"

"哈哈！没事！每天还不是你等我，今天让我等等也好。"

"嗯！"陆咏之打了个哈欠，然后淡淡地答了一句，真是打不起精神呢！

"怎么大清早的，就没点精神，昨晚去做贼啦？哈哈！"

"当了回偷梦贼而已。"陆咏之用细细的声音说，却没有让心城听到。心城转过头来问："嗯？你说什么？"

"没、没说什么。今天的太阳好漂亮！"

"明明就不漂亮，看了一眼头就晕了。"

"有点情调好么？"陆咏之鄙视地看了他一眼，心城微微地笑了起来。

下课的间隙，陆咏之无力地趴在书桌上睡觉，心城看见她的背影，闷闷地发呆。

血被扩散开来，刀子被插进男人的胸口，然后，她就醒了！

"啊！"陆咏之在课室里，轻轻地叫出声来，还好因为课室很吵，所以没有很多人听到，倒是心城是真真确确地听到了。他走了过去，问她怎么了。她没有说，只是摇了摇头，然后又低下头去，这次，眼泪从浓密的睫毛间，渗透了出来，滴在自己的校裤上。

心城站了一会儿，看见她微微发抖的身躯，却不知道该做些什么，于是只好默默地走回去。

这样的状态，持续了一天，傍晚一起回去的时候，陆咏之还是那样的表情，闷闷地，心情很沉重似的，问她发生什么事了，总用没事来带过。后来心城便不再问，两人第一次破天荒地，安静地走回家。

回到家后，陆咏之将书包放在房间里，然后坐在大厅里，拿着遥控器，对着电视不停地换台。

直到祝冉忆回来，灯光啪的一声亮了的时候，她才默默地放下遥控器，看着提着几袋子东西的母亲。

"妈！爸不是说要回来么？"

"噢！前阵子说的了，可能最近忙吧！"

"嗯！那他最近来电话了么？"

"这个倒是没有，估计也是太忙了，忘记来电话了吧！"祝冉忆边脱鞋边用怪异的眼神看着女儿，"怎么突然问起这事，想你爸爸啦！"

"昨晚梦见……"梦见什么了？母亲随即问，但是要怎么答，就说梦见爸爸死了么？这类赏巴掌的事，还是少做点。

"梦见爸爸了！"

"呵！傻女儿。你爸是太忙了，说不定这两天就会来电话了，他的宝贝女儿啊！惦记着他呢！"母亲的语气里，散发着恬淡却又甜蜜的味道。

"他前段时间，不是说身体不好？"

"不清楚，他也没说是什么毛病，我问他，他说没什么大碍，可能这段时间好点了吧！"

"他又说要回来。"陆咏之低落地说。她和哥哥不同，哥哥怕爸爸，但是她却很黏他，小时候，爸爸总爱和自己玩，逗自己开心，却意外地对哥哥很严厉。

"你爸很忙的，一个人要负责那么多东西，哪有那么多空！"

"噢！"

那些——用时间和关心，换来的金钱。

他们再用这样的金钱，换来关心和亲情。

然后消耗在这日以继夜的时光里。

这是，人间的深河，社会的哀歌。

活于尘世的每一个人，都挣扎在这样的河流中。

它漂流着金钱、权力、邪念和贪欲，还有千千万万的情感流向。

他抓住那一条浮木，却失去另一个依靠，渐渐地，沉入岁月的长河，掩盖生命的长度。

Chapter 07　六号地铁

世界正用一种神秘的方式，处理每个人的悲哀。

——几米

【赵季桀】

我终于知道，为何站在冬至的街道看着冰冷的你的身躯的时候，眼眶里会饱含着泪水。

可是我从不知道，我们纵然相隔如此近，却被分离得宛若几辈子那么远。

你说，下辈子再见，命运还会如此不堪么？

可是，我是幸福的，你也应当拥有过幸福的时刻吧？

安德烈说过——"有笑的时刻，就有笑过的时刻；有笑过的时刻，自然接着就有回忆笑过的时刻"。所以，如果你幸福过，那这辈子，直到离开了，还是在回忆那些幸福过的时刻么？

那么，它是多久，一年？两年？还是只有两个半月？

只是，它可能永远是个秘密了，或许，藏在为数不多的人的心中，就这样消失了。

可是无论如何，我与你的血液曾澎湃过，我们曾有过生命的追逐，不管目的如何——但是，往日回忆起来的时候，都觉得是——笑过和幸福过的时刻。

愿你安息，永远的。

忘记哪一年哪一月哪一日出生的，你的季桀——这也是个秘密。

【1】

　　冬至过后的那些天，天气是极致的冷，黑夜也渐渐地延长蔓延开来。每天早上七点起床的时候，天色都是暗的。只记得夏天的时候，偶尔有一日七点起床，那时的天色很好看，橘红色的彩霞挂在天边，太阳还没出来的时候，整个天空清秀得像是没有见过世面的孩子的眼睛。

　　陆咏之拉了拉肩膀上的书包带，走到厨房拿过早餐的饭盒然后轻轻地开了门，走了出去。这时候，陆陆还在睡梦中，她再也听不见六六以前哀怨的叫声了，一年之前六六还在的时候，每日清晨陆陆去自习的时候，六六总会在陆咏之的半睡半梦间，哀怨地叫几声，然后听见陆陆出门去的声音，接着是关门。

　　每天早上都要等心城五到十分钟，果然赖床是男生的专利，以前哥哥也会，爸爸好像在家里的时候也会，总是要妈妈叫了一次又一次。这时心城揉了揉眼睛，然后从街道的那边走过来。

　　咏之看见他的时候，只是淡淡地看了一眼，然后就往前走。

　　在五步内，心城就会跟上来了，这样的默契，比任何言语更重要。

　　虽然平常一路上，也没什么话说，但是，此刻陆咏之的心里，却总是膨胀着一些近日来的梦境。

　　那些梦境很奇怪，如果不再提起，就会慢慢地消失，像是不曾存在过的洗洁精泡泡一般。只有这样无比清醒的清晨，才会依稀记得那些奇怪的梦。

　　"我梦见我爸爸死了。"陆咏之闭了闭眼睛，似乎是下了巨大的决心似的说出那个梦的开端。

　　"啊？什么？"心城还在揉眼睛，不明真相似的看着咏之问。

　　这样的话，大概再说一次也会觉得很突兀，于是陆咏之继续愣愣地看着他。

　　过了一会儿，心城才在迷糊的记忆里，渐渐拼凑出简单的句子——"你说，你爸爸去世了？"

　　这时，陆咏之惊讶地看着心城，果然迷糊有迷糊的错，而且是巨大的错，她叹了口气，继续说："我是说，我梦见了，我爸爸去世了，不是……"

　　"噢！不是真的，你吓死我。"心城这时集中精神地听她讲，她还没讲完他就接过去讲了。这时陆咏之不屑地看了他一眼："是你自己不听清楚的，我以为你还在睡觉呢！"

　　"明明是你太温柔。"

　　"明明是你……"陆咏之想要反驳，但是转念一想觉得没必要，然后又低下姿态来问，"你说，这梦是不是不吉利？"明明刚才还是发怒似的声音，这下子，再次记起那个场景的时候，就弱了下来了，语气宛似撒娇的小猫咪。

"不一定吧！我之前看过《梦的解析》，因为我有一段时间也老是发怪梦。"

"呃！你还看这个？"

"嗯！梦的解析说啊，其实梦见坏的东西，并不一定是坏事。我记得梦见死人是什么来着。我记不太清楚了，你让我想想！"

"嗯！"该不会是编造出来的，想要哄人开心的话吧！陆咏之闷闷地想。

"我是记得一部分，据说梦见死人，是表示你打算忘记一些不快的往事，并准备从失意中再站起来。不用害怕，如果梦境是快乐的，这是吉祥之梦，如果是悲伤、严肃的则是骨肉将有意外。寡妇梦见已故的丈夫，会恪守贞节，史册留名。梦见自己参加葬礼去凭吊或追思死者，表示自己将怀孕或近亲中有人将生小孩。"

"呃！可是这些都怪怪的，我又没不愉快的往事，我又没骨肉，我不是寡妇，我又怎么会怀孕？"说完最后一句看见林心城莫名地看着自己，陆咏之撇了撇嘴说，"我是说没那么快啦！这么看我做什么？"

"嗯！其实还有的——"心城转换话题，继续往下说，"梦见死人从棺木中走出表示很久没有联络的朋友会突然来访的预兆。梦见与死人说话表示一些小愿望能够达成，正在进行中的事情会成功，或正在讨论的事情会有好消息。但若梦中死人哭泣的话，则表示一切不顺利，愿望也无法达成。梦见死人进入家中是幸运将至的预兆。梦见自己抱着尸体，是大吉大利，有很好的财运：若尸体有臭味则事业更繁荣，若为死尸生蛆则得大利，可能能发大财。梦见自己抱着骷髅表示将受人毁谤或被人诈欺。梦见自己死亡表示财产将会愈来愈多，一切顺利的吉兆。梦见某人死亡若是梦见还活着的朋友死亡，则你将会有好财运。梦见火葬表示可期待的好事会到来。梦见与死人交谈，会扬名四海。"他说着这些句子，像是背书一般，哗啦啦地从脑子里倒出来。陆咏之蹙了蹙眉头，没说什么，低着头不知道在想什么。心城看着她，然后笑着说，"所以我说嘛！梦见死人并不是什么大不了的事，反而是好梦呢！"

"可是，那是我爸爸！"

"安啦！你爸爸会长命百岁的。"

陆咏之听心城说完这句话的时候，像看见外星生物一般看着他。

"只是，我有点想我爸爸了！"声音低低的，好像被风一吹就要散似的。

"嗯！你爸不在家？"林心城刚从刚才的讨论里走出来，接着又听见咏之说。

"他在其他的城市做生意，很少回家。"咏之耸了耸肩，然后说。

"那确实是会想的。"林心城说完还呵呵地笑了一下。

"但是他经常会打电话来。"陆咏之说。心城看了她一眼，然后看着前面快走出深水街拐弯的地方说，"那还好啊！至少还可以跟他说说话。"

"可是最近他都没来电话了，快半个月了。"

"可能忙啦！你就不要想太多了。"

陆咏之貌似没听到她的话，又兀自地说："所以我才会梦见他，所以梦见那样的梦之后，才会很担心。"

"不会有事的。"

"我只希望他好好的，我并不想他赚那么多钱，反正我也不想读大学，不用花那么多钱。"

"咏之，别想那么多了。"心城说完去搂她的肩膀，咏之这才回过神来，对他笑了笑，然后耳根刷地红了。说不出是什么感觉，像是寒冷的冬天里，被吹进衣服里的一股暖气一样。

"我妈说他忙，我觉得也是。"咏之又找理由安慰自己似的道。

"就是！"心城无可奈何地看着她，又笑了。

清晨七点半还未到的时候，就看见赵季桀从深水街的街头走了出来，后面还跟着陆陆，过了一会儿，还看见林美景的身影。心城闷闷地走着，不时回过头去看几眼，直到走进地铁站。没有想要去问为什么，因为大伯回家后，林美景的话，似乎更少了，而且每次看到大伯的时候，喊出的"爸爸"那两个字，像是石头一般，硬硬的，没有一点感情色彩。

【2】

林美景拖着沉重的身躯，走在清晨七点多的街上，从初中毕业后，就没有这么早起过。最早也是七点半，可是这时七点半还不到，人就在街上晃荡了。

陆陆更是夸张，像是没有睡醒一样就被赵季桀拖出来，整个人走着走着就黏在赵季桀的身上了。其实，林美景挺羡慕赵季桀的，每天都有那么好的精神。无论前一天，玩到多累，逛到腿快断，第二天睡醒了看见他，还是像充了一晚电的玩具一般。

不过还不是为了要弄什么高中入学的体检，据说是一个年级的两个班级轮流着来，今天就刚好轮到他们三个了。虽然不同班，但是被分到一起的时候，三个人还是觉得格外的同命运啊！

走过清晨七点多的早餐店的时候，赵季桀闻着包子的香气，突然停下了脚步，然后经过了一整晚的消化的肚子，此时咕咕地想。陆陆依在肩膀上，幽幽地说："老师说，等下要抽血的，不能吃早餐。"

林美景听了鸡皮疙瘩起了一身，以前打针都很害怕，何况这次是抽血。她记得以前每次打针，外婆都是轻轻地抱着她，她很怕痛，打完就哭。后来到了初年市，每次生病小婶或者小叔带去看病的时候，再打针她一声都不吭了，似乎如果出声的话，就失去了自己的自尊。

但是虽然这样，她每次看见针，还是会没有来由地，从心底发抖。

还好人也不算很多，因为只有两个班级，要测试的项目很多，一平摊下来，就显得人影稀少。

抽血的那一块，还是哭倒了一帮女生。但是美景想不通的是，之前都在垂醒状态的陆陆，在看到抽血的针的那一刻，眼睛睁得比任何时候都大。而且，抽完血的那一刻，他默默地哭了。这一点，只有美景看到了，因为那时，赵季桀还在抽。不然肯定会被作为笑点笑很久。美景排在季桀后面，陆陆站在远处的角落里，双手不时抚过眼角。肯定很痛吧！美景想，然后手紧紧地握住。

赵季桀起来的时候，美景拉了拉他的衣角说："你在旁边可以么？我怕！"

"嗯！好！"他答了一声，然后若无其事似地看着站在角落里的陆陆，他此时已经转过身来，对着赵季桀龇牙咧嘴。季桀转过头来，看见陆咏之正看着自己。

她眉头紧紧地皱了一下，然后很快就消失了。像是，没有存在过的记忆一般，被轻轻地抹去。

因为上午体检的缘故，所以一二节并不用上课，他们很快将所有的项目测完，交了体检表后就匆匆走了。

"饿死了饿死了，去吃包子。"赵季桀不停地嚷嚷，美景愕然地看着他，陆陆显然还没从那疼痛里回过神来，依然皱着脸。

"我不饿，痛死了，刚才我都哭出来了。"陆陆愣愣地说。

"你哭了？"林美景像是若无其事般冷冷地问。

"哭也没什么大不了的啦，我也觉得很痛呢！"赵季桀像是有心帮陆陆解围似的，一下子搂过他的肩膀。

呵呵！怎么觉得，这个动作，很是突兀。美景低头不语。

早上九点还不到，街道上人其实也不算多，学生都去上课了。剩下的三三两两的学生，估计是刚体检完出来的，他们也不认识。随处可见的几个熟悉的面孔，但也像是陌生人般，轻轻闪过身边。

那一日的所有契机，都像是埋伏在岁月里的地雷，在适当的时机，被轻轻地引爆的时候，所有的真相，便粉身碎骨。

【3】

像是从贫穷里衍生出的忍耐，被社会扭曲的人格，在繁华的生活里，逐渐透射出贪婪的因子，那些藏在人心最深处的跳动的分子，像是巨大的癌细胞一般，一旦被诱引。便一再地分裂开来，无迹可循。

在医院的那段时间，他像是时间最原始的一颗情感原石，就像重新出生在这个世间的婴孩，却在一日一夕之间，渐渐成人。当那些往常的情绪被释放，记忆却宛似断线的风筝般再也寻不回的时候，那颗原石像是烈火下的蛋壳，四分五裂而去。

因为社会太残酷，岁月太难挨，纵使人有阴暗面，却往往藏拙在最深的心底。

林多华每天晚上从噩梦里醒过来的时候，便要大口大口地喝掉巨大的杯子里的水，然后紧紧抱着那把已经被翻新过的二胡。虽然他再也不能记起以前的那些事，但是目前的一切，他还是欣然地接受着。他是他弟弟，她是他女儿，她是他弟媳，他是他侄子，这一切，美好得像是过去曾给的福气。但是他，却从不去想为何自己没有妻子，纵然欲念再怎么强烈，他也斗不过一片空白的记忆。

就比如——表象往往是欺骗的根源。

林美景每次要与自己的父亲，那个消失了十多年的父亲说话的时候，他都是一脸漠然的表情。这些空窗的记忆，让他无法给眼前的这个女子充满聚精会神的注意。

可是林美景也觉得无奈，每次都是小叔逼着自己与父亲多谈话，但是每次都变成自己的自言自语，她说她的猫，她说她的读书生活，说到无话可说。往往说到最难过的地方，便要停下来，不停地告诉自己那些都是过去，那些都是过去，如果不再想，就会像是没发生过一般。

像是那些远古的珊瑚礁，如果它们有记忆，它们也记不起那些漫长的岁月里，是怎么生长出来的，它们肯定会懒得回忆，然后就渐渐地接受现状，那些漫长的过去，就像是没有存在过一般。

日子是一天天无声地堆积起来，转身两个月过去。

这期间发生的事，没有大没有小，一切似乎淡淡的。

在林美景的世界里——那颗小地雷轻轻引爆之前，是林多华的一点点的"反叛"。

没有原因，也没有来由，他开始是嫌弃客房旁边的心城的房间的钢琴声太吵，而整天唠唠叨叨，说三道四。林多年或许还是顾着哥哥的，便要求心城太晚的时候，不要弹琴。在这点上面，郑仁燕虽然表面上没有什么反应。但是看着在自己家里白吃白喝的林美景和林多华这父女俩，气便一点点地累积起来。

"心城要考高中了，钢琴不好好练，怎么能考个好成绩呢？"

林多年看了她一眼，又转过身去，看着外面，沉默不语。

"以前是谁整天逼迫着他练琴练琴，连一声劝告都不给我说的，现在呢？啊！"

不知道该回答什么，毕竟这么多年，一直在寻找的，不就是世间的至亲么？虽然他记不起以前的那些，但他还是和自己流着同样的血液，这些小小的东西，只能妥协。

"医生说过，要给他好的环境，不能刺激他。"他叹了一口气，默默地说道。

"那心城呢？心城的环境谁来给呢？"

"我知道你一直看不惯他。"他抬头看了妻子一眼，然后又说，"你就不用一直强调慈母的形象了。"

"我慈母了？如果我是慈母的话，他应该是不肖子对么？就你是严父，不准我管一下了？"她双手叉着腰，标准的发怒动作，林多年拽了她一把，她站不稳，于是坐在床边，"而且，我就事论事，我肯定没看不惯他，反正……"

"反正什么？"林多年转过身来，与她四目相对，"反正他是我哥哥，他受了那么多年苦，就不能让他享下清福么？"

这会换郑仁燕沉默了，她就算想说他们两父女白吃白喝什么的话，也说不出口了。

其实，郑仁燕开始大声反驳的时候，路过房间外面的林美景，刚好听到了，房门透着一条细细的缝。她站在那里，在郑仁燕沉默的时候，转身轻轻地离开了。如果那一刻的目光中有泪的话，也是为了感慨这么多年来的，寄人篱下吧！可惜，再次回来的你，所谓的世间唯一的依赖，并不是真正的依靠。你的出现，对我来说，仍然是一枚窘迫的棋子，刚好步在青春的棋局上。

因为他，竟然不知道哪里听来的关于林美景谈恋爱的八卦，或者是自己去证实过。林美景站在大厅的中央的时候，眼神其实有几下是扫射到心城的身上的，但是心城无辜的眼光又感觉不像是在装可怜。

但是这事也着实是空穴来风，如果真的有看见，也应该是捕风捉影般的污蔑吧！

林美景下午放学回到家，就没看到父亲在家。

直到吃饭的时候，他才回来，可是没等到开饭就怒眼瞪着林美景。

美景没办法，转头去看电视，但这个动作似乎是惹到林多华了。他站到林美景的面前，几乎是动用了全身力气般拧着林美景的耳朵，就直接拽起来。她大声叫了出来，眼泪很自然地，就从眼眶里出来了。

"爸！你放开我。"

"你……你还有脸。"他表达仍然是不清晰，双眼怒瞪，林美景只觉得很恐怖。

"哥你怎么了？"刚从外头回来的林多年一看到这情形就马上冲了过来，郑仁燕从厨房里端着汤出来，赶紧放在桌面上，也走了过去。林心城从房间里走出来，愣愣地看着此刻被扯着耳朵的林美景。他看不见她的脸，但是此刻应该很痛吧！心城没被扯过耳朵，所以不知道。

"你干吗拧我耳朵？"美景一下子推开了他，耳朵上的痛楚一下子冲到顶端，然后才慢慢缓了下来。可是她已经哭了，眼泪却停不下来了。她转过身去，看着心城，心城面无表情地看着她，不知道发生了什么事。

"哥！你说，发生什么事了？"林多年赶紧抱着林多华的身体，不让他冲过去再对林美景做什么事。郑仁燕则走到美景身边，轻轻地将她牵到沙发上坐下。

"哥！你说，别急，美景做错什么事了？"

林美景愤怒地瞪着父亲，眼眶红得像一只兔子。

"我不知道，我……"他俨然是受到了言语的阻滞，此刻抱着头，不知道该说什么好。

"哥你慢慢说，别急。"

他大口大口喘着气，林美景别过脸去，心城在后边，也缓缓地走了过来。

"她才多少岁啊？"他说完又停下来，双手按在大腿上，双眼盯着美景的侧脸。

"才多少岁啊？就学人家……那个叫什么，对！相好，就跟人家相好了。"边说他的手指还边举起来，像是要戳破眼前的那张关于早恋的脸。

"哥你想说美景谈恋爱了？"

"我不管那个叫什么，我看见他和一个，噢！不是，是和两个男的好上了。"

"那个是我同学。"林美景依然没转头过去看他，只是看了看心城，心城依然一脸无辜地站在那里，不说一句话。

"同学？同学要那么亲密，天天在一起？"林多华站了起来，林多年又将他按了下去。

"你跟踪我？"

"我就是看见了。"他可不知道那些太高级的词汇，他只懂得眼前看见的一切。

"我再说一次，我没有谈恋爱，他们只是我同学。"林美景说完站了起来，看着父亲，之后又看了一下小叔。林多年大概懂她的意思，之前和心城好的那个女生，也是很好的同学关系，纵然这个年纪要恋爱，也是管不着的事，只要求，他们不要将事情搞大而已，但是关于恋爱这个事情，他还真的是没好好想过。

"不要用这样的语气对我说话。"林多华这下终于站起来，挣开林多年的控制范围内，冲到美景的眼前，一巴掌就打了上去。

"啪"的一声，林美景后退了几步，心城见势赶紧上来扶住她，她稳了一下重心，然后靠在心城的肩膀上，哭了！心城呆呆地，不知道该做什么。

林多年和郑仁燕的脸上，满脸惊讶。

此刻，只有林多华的那张发怒的，但是看起来却像是与这件事情没有一点关系的脸。

"大伯，我也替姐姐说一句，那两个人，我都认识，他们是姐姐很好的同学。"林心城冷冷地说，然后扶着林美景往自己房间走去。

她还是一直哭，显然是痛。

但是林美景知道，这一巴掌，一下子掌碎了她所有的，一点点构建起来的，对于父亲的幻想。

也让她彻底从这个家庭的闹剧里醒过来，那一刻，她觉得自己是这世间多余的一块。放在哪里都不适合，自从喵喵失去的那一年开始，所有的一切，都像是在手中，却随时都要失去的拥有。如今，走到如今，连与自己血脉最亲近的父亲，也在这样的悲催世界里，被自己的所谓情愫，一点点掌碎了。

这样的人生，真是有趣。

——可是，我并不觉得可悲，因为可悲的是你，你失去了所有，你害怕，你想利用这些，来转移你的注意力而已。

【4】

这清寂的空间，何时显得窘迫不已？

连最初的自己也不明白，为何独来独往，一直不想沾染这些所谓的争吵的自己，也会再一次，碰见这样的境遇。如果不是你，那这一切，会更好些么？你根本就不是我的父亲，即使血液里流淌着同样的 DNA 组成，但又怎样？

你的记忆里，没有我！

"我觉得，我不要再看见他更好，或许说，我根本没有这样的父亲，让世上的人，都当我是从石头里蹦出来的好了。以前外婆也爱这样跟我说，每次我问爸爸妈妈在哪里的时候，她都会告诉我，你是从石头里蹦出来的，像孙悟空那样。以前我是相信的，可是后来外婆的谎言被一再戳破，但我仍然认为外婆是这世界上，最美好的人，连她说的谎，也那么美好。心城，谢谢你刚才接住我，我不敢看见他们，很多东西，或许在大人的眼里，是错的，因为他们，总是同一战线。"

"姐！"心城第一次，靠这么近的距离，听她说话，而且是掏心掏肺的一段话，他突然显得不知所措。林美景站在窗台前，心城就站在她后面不到半米的地方，如果她转过身的时候，就四目相对了。

心城靠着床，坐了下去。

"其实我很恨命运安排的一切，先是让我失去了妈妈，然后是爸爸离家出走，我像是没人要的孩子，但是可惜那时我不懂事，不然我肯定也一走了之算了。后来小叔从外婆那边接回我，你知道我当时多不舍得吗？"林美景转过身来，眼眶里都是眼泪。

"我知道！"心城还记得，她怯生生地来家里的第一天，就坐在老家的阁楼上，听自己弹琴，一句话都没说，跟在妈妈的身后。

"可是后来，我还是没有选择，我还是跟着你们，来了初年市，后来我接回了喵喵，再后来我失去了喵喵。那时开始，我觉得这些所谓的安排，都让我的命运变得一团糟。我开始讨厌你们，讨厌这个城市。"林美景擦了一下眼角的泪水，然后再次转过身去。

"其实我隐约知道，你是为了喵喵而不开心，但是我没想到……"

"后来我越想越幼稚，可是我已经回不去以前的那条路，我还记得刚来的时候，有一段时间我们相处得很好，可是我不知道是什么原因，后来，一切都感觉是所谓的使然了，我再也不想去理会其他的东西，我只想好好读书，然后离开这个城市，去国外也好，去没有你们的地方也好。但是，后来出现了赵季桀，他是第一个让我对同学这个词改观，然后进一步发展为朋友的男生，以前，我一个人，独来独往，被他们当做是高傲的女生，不可一世。但是那些，对我来说都没什么。我可以完全忽视，反正我都一个人，为自己而活了那么久。但是，走在今天，我显然是错了。我的命运，并不是自己能说什么就怎样——它突然判定了一个父亲给你，然后还是没有封存着你的记忆的人，这样的境遇，你知道吗？心城，那就像是，冬天里的雪人，而你却要去将它当活人看待。"

"姐，别这样，大伯也是为你好，他是急性子，出发点或许是对的，只是方式用错了而已。"她开始用"他"这个冰冷的称呼，来称呼自己的父亲，心城只觉得很难受，但说不出为什么，可能是她的这些话，可能是因为觉得大伯的一生，其实也很可怜。他那天，如果不是亲眼看到父亲的泪水，他或许一辈子都想象不出，这世间还有尚存的巨大的感动让他去流泪——可是有，他亲眼看见了。所以他相信人并非草木，任何一个人都有浓烈的感情，只是，释放的点，事关多少而已。

"心城，你错了，他就是回来讨过去失去的一切的，他先是嫌弃你钢琴吵闹，为此小叔和小婶也吵过，我亲耳听到的。"

"没事，我少弹一点，在学校补回来就是，一家人，总要和睦相处的。况且医生说，大伯他不能受太大的刺激。"

她没再说话，就站在那里，然后轻轻地拉开椅子，坐了下去。

心城默默看着她的背影，这时，房门轻轻开了，心城猛地回头。

父亲在门口做了招手叫他出去的姿势，心城站了起来，走到门口。

"你先出去吃饭，我有话跟你姐说。"林多年拉过心城的手，心城再次掉头，看了一眼美景，此时，她也别过脸来，看了他一眼。

后来林美景会想起那天的时候，都只是觉得，遥远得像是梦境。

那像是一场成年礼，一场关于父女之间的决裂的形式。

但是这样的了结，必得以惨烈的方式，而这样的方式，只能说是，对自己的惨烈。

那天之后，父亲再次住进了医院，再次出院的时候，小叔给他租了一处房子，刚开始是小婶每天去给他打扫卫生，送饭送菜。但是，渐渐地，小婶忙不过来了，小叔就请了个小保姆照顾他。

事情如果，能这样渐渐安定下来，也好。

但是，那些星罗棋布的人生地雷，就像《伤心太平洋》的海浪一样，一波还没平息，一波就来侵袭。

【5】

那一次去体检的报告，来得很缓慢，大概是因为学生太多的关系吧！学生太多，医生的人手有限。所以等到结果下来的时候，刚好是那件事情发生后的两天，那一整个星期，林美景的脸都是肿的，赵季桀问过她，但她只是淡淡地回答说是和父亲吵架，然后被打的。而陆陆却像是没看见似的。反正这些事，他觉得，不关心更好，关心了不知道如何去处理关心后的情感。处理感情这件事，他最不在行的了！

陆陆也不是没女生追，相反的，刚开始上高中的那会儿，很多女生给他写信，直接表白的也有，借口说要交朋友的也有，一有什么节日就扑上来送礼物的也有。但是都给他一一回绝了，就这样，一而再再而三地，有勇气的女生也越来越少了。于是他也只剩下，和赵季桀好了。

体检报告拿到手的时候，林美景死死地捂在胸口，看都没给他们看，女生的测试是最隐私的。

而陆陆和赵季桀的体检报告，却像是作业本一样，在两人间传来传去。

陆陆是 O 型血，传说中的万能血。

而赵季桀是 A 型血，传说中的超级惹蚊子叮的血型。

刚开始，林美景抓住的点，其实是关于惹蚊子叮的，只是淡淡地说了声，"噢！季桀你以后可以帮我挡蚊子。"那时季桀还没看报告，他正在看陆陆的报告，这时陆陆也凑过头来看，然后淡淡地说，"噢！A 型血。"

那一刻，林美景看到季桀有点不自然的表情，甚至是呆掉的表情。

美景没多注意什么，然后又径自说："但是也不怕，现在蚊子越来越少了，去农村还比较多。"美景以为是拿这个开玩笑而让他觉得不自然，但是说完这句看似解围的话之后，他的表情也没有舒缓，而依然是僵硬的。

"喂！你傻愣什么？"陆陆应该是看不过去了，看着呆在原地的赵季桀说。

"老师教我们生物的时候，是讲过血型配对的事吧！我记得他说过，O 型血和 B 型血的父母，可能生出的孩子，不然就是 B 型，不然就是 O 型，绝不可能是 AB 或者 A 型的。我没记错对吧？"他说完了看陆陆，然后又看了看林美景。

美景想了想，然后点了点头。

"嗯！有问题么？"陆陆想了一会儿，然后才开口问。

"我爸是 O 型血，我妈是 B 型血，我记得，我姐姐也是 B 型血，你说我怎么可能是 A 型血啊？"赵季桀似乎是要抓狂了，大声地吼了起来。

"可能是……"林美景刚想要说，但是赵季桀和陆陆两人却一声说一句各自的观点，将美景想要说的话，岔了过去。

"医生搞错了吧！"陆陆说。

"我不是……"但季桀只是说到一半，然后看着陆陆，想了想也觉得有道理。

"不然明早我陪你再去验一次，去别的医院，专门验，这次人那么多，可能医生搞错了。"林美景试探性地问。

"嗯！也好！"他叹了一口气，如释重负般，像是沿路逃亡的罪犯，再次找到一条全新的，可以供自己继续逃离的路。

"那我陪你去吧！明早。"陆陆看了看美景说，似乎在对美景说，"你就不用去了。"

"嗯，你们去吧！我就不去了。"美景微笑着说，过了几秒，又笑着说，"真可惜，说不定医生搞错了，还以为你可以帮我们勾引那些蚊子呢！看来没机会了啊！"

"你倒是会幸灾乐祸。"陆陆像是嘲讽般地说。

此时的赵季桀像是被按下静音的音乐一般，虽然歌词在磁带间流动，但是声音却全然，消失在吱吱走动的机器里。

"或许，又有这样的可能呢？"美景在电话那端对赵季桀说。

"或许什么？"

"或许你爸和你妈验错血型啊！你知道的，以前哪有这么兴血型这事儿。"

"我爸妈那就没错了，我爸以前受过伤，还缺过血，那会儿是我妈捐的血给他，所以我记得清楚，肯定不会错的。我宁愿相信，我的那个是医生搞错。"

"那你问你姐了没？"

"我才不会跟我姐说，她那个大嘴巴，她是 B 型吧！上次体检的时候，她说过。"

"嗯！那你不要先告诉你爸妈了！"

"我又不是傻的。"赵季桀不痛不痒地自嘲了一下，然后突然想起林美景脸上的巴掌印，又问，"你爸为什么打你，你那天都没说清楚，不是说他不记得你了么？"

巨大的沉默。

林美景隔了很久，又听见赵季桀"喂喂"的声音，这才再次开口说："他记得我倒好，记得我就不会打我了，没什么事，就是我犯了一点错，他就上来一巴掌，痛死了。"

"肯定很痛啦！那么深的巴掌印，我看着都觉得可怕。"

"你爸妈没打过你么？"

"没！连骂都很少，他们很疼我，从来不打我，也不骂我。"赵季桀淡淡地说，像是失望的语气，一点都不像是炫耀。

"真好！"她感叹道。

"有什么好的，我宁愿像你一样，你爸会打你，我宁愿理解成那是关心你，恨铁不成钢的方式，但是我没有被这样对待过，我有时会觉得，他们对我太好了，我觉得不像是一个人，而是举世无双的宝物，被他们温柔地捧着……"

那天晚上，他静静地说着这些，连电话都没挂，美景在那边，静静地听着，过了一会儿，传来轻轻的打呼噜的声音，轻轻地，像是漫过耳际的潮水的声音。

她轻轻地盖掉电话，然后掉入巨大的安静里。

黑暗中，宛似有无数游动的鱼儿，嗖嗖嗖地穿过脑海，然后冒出了很多记忆的泡泡！

那一天，小叔进来后，直接坐在床上。

然后说："美景，其实……"他叹了口气，"其实你爸很爱你的，以前他……"

"我知道，是以前，但不是现在了。"林美景眼光犀利地看着他，像是受了伤的小兽般，惧怕陌生的呵护。她转过身去，不再看着小叔，然后冷冷地说，"以前的那些，我一点都不记得，我只记得我因为他的离去哭了很久很久，那时我多少岁我不记得了，我的童年，关于父亲的印象，我就只记得这点。现在，你要来告诉我，他爱我，在我被他冠上莫须有的罪名，然后被扇了一个耳光之后？"

"他也是着紧你！"

"着紧？他是太想证明我是他女儿了吧！他估计连我的生日都不记得吧！连我妈的样子都忘记了吗？"林美景的声音似乎哽咽了，但是她还是继续说，"事实上，我也不记得。从小，家里就没有她的照片，外婆也坚决不给我说他们的事，到了这边以后，我能知道的机会，更少了。你说，走到今天的这个地步，是谁的错？就算我早恋，就算我吸毒犯罪，又能怪谁呢？"

"美景，没必要把事情上升到这么严重的程度去，你该知道的，你想知道的，小叔告诉你，好么？"林多年去扶她的肩膀，但是她还是不为所动，他叹了一口气，然后说，"你等我一下！"

连一滴泪还没来得及掉下，他就再次回来了，手中拿了一张照片，递到她的面前。她并不接，只是愣着让那双手在空中悬着。他再递了一下，说："这是你爸妈的结婚照，我留住了。"她其实知道，只是不想接，接了看了又能怎样呢？看见那些陌生的脸，记忆又不会复苏起来。

林多年见她还是没接，于是拉过她的手，掰开，然后放在她的手里。

她静静地拿着，然后说："小叔，谢谢你！"莫名其妙地，她笑了起来，嘴角的弧度很小，但是看得出，笑得很勉强。她脸上的巴掌印，深深地印在那里，林多年看着，心也是一阵一阵地纠结。心城长这么大，他还没真正打过他一次。他也从未好好地看过这个孩子，她那么安静，安静得像是家里的一个摆设一样，但是却隐隐地牵动着心里最内疚的那一部分。

"美景，如果小叔当年忍住脾气，或许就不会有今天的闹剧，这么多年来，一想起你爸爸离去的背影，我就觉得很内疚。"林美景不知道该接什么，她连事情的来去因由都不清楚。

"我也不知道该说些什么，你爸当年闹到众叛亲离，自生自灭，整天喝酒闹事赌博，吵得家里永无宁日，这一切，在你妈妈去世后变得一发不可收拾起来。后来你爷爷和奶奶也看不过去了，家乡的那些邻里都觉得他这么做太过分，那时你妈妈去世都两三年了，所有的事情，都被局外人遗忘了，我们当时都没有读懂他心里的痛，所以争吵，他一怒之下就离开。但是如果我当初去挽回，或者跟着他的脚步去，可能就不会变成今天的这个局面，当所有人的气消了之后，再去寻找的时候，他已消失在人海里，我找了他十几年，叫人怎么打听，在电视上放广告，都找不回他了。直到两个月前，初次看到他的时候，我都难以接受这样的事实，我害怕他回来，也想他回来。我觉得自己没有面目去面对他，可是他竟然记不起我了，也记不得你们了，知道这个事实的时候，我更宁愿他记得这些，记得自己是恨过我们的，毕竟这样，对你太不公平了。"他说到动情处，眼泪还是落了下来。林美景第一次看见小叔哭，这个平时沉默安稳的男子，竟然在自己面前落了眼泪。

"没必要。"林美景看着小叔，他立刻抬起头来，眼眶红红地看着她。

"我说没必要，没必要对他感到愧疚，当年也不是你将他逼上绝路，所有的一切，都是他自己选择的。小叔你没必要自责。"说到最后一句，林美景的语气淡然了下来。他没说话，而是盯着林美景看，林美景拿起手中的照片，有一滴泪，落在上面。

"其实，你长得跟你妈妈很像。"

"嗯！我看得出来，但是她比我好看。"林美景笑了，抬起头来，然后问，"小叔，能告诉我妈妈的事么？"

"什么事？"

"她为什么会去世？"

"一定要说么？她已经不在了，让她安息吧！别说了！"他站起来，欲要离去，美景抓住他的手："小叔，让我知道。"

他其实没有想走的意思，只是站了起来，然后走到窗边。

他叹了口气，然后才缓缓地说："你妈生你的时候，不是很顺利，后来需要剖腹产，刚开始是挺顺利的，你出生了，全家都很高兴。一个星期后，出院了，但是在家坐月子的时候，就开始肚子痛，那条疤痕肿得吓人，而且还流脓。刚开始没多注意，以为是一般的感染，就自己买了消毒药水消毒，还服消炎药。但是一个星期过去了，还不见好转。于是又折腾回去医院，可是那时，已经是严重感染了。你妈去世的那天，你爸哭得死去活来的，直接晕倒在医院。当时你爸追究医院的责任，但是已经离院太久了，追究起来，也很难，医生一口咬定是出院后感染的。后来，你爸就……"他这次没哭，像是说着别人的故事，冰冷得不想投入任何感情。但是林美景还是感觉到他的声音哽咽了起来。

但是她也没有哭，她更像是在听一个很遥远的故事，不带自己的任何感情在里面。只是，再次想起看到父亲的第一面的时候，她的心里，还是被疼痛一击，说不出那是什么感觉。

我们对过去，永远有太多的未知。就像是这浩瀚世界，我永远都不知道这界限在哪里一样。如果有很多很多的明天，那又要如何注定？

谁都不知道吧！

如果当时知道是严重的感染，或许就没有后来的悲剧，没有那悲剧，就没有现在的一切了吧！

但是世事太悲催，给你美好的一切的时候，也会抽走太多的如果。

没有你幻想的如果，只有，明天会怎样。

其实我也不知道，黑暗中，林美景睡了过去。

这街道的另一端的赵季桀，也默默地闭上眼，黑暗中，女疯子奔跑的身影，再次闪过脑海。

【6】

这些那些还没来得及想要发生的事情，总是往着未知的情节发展，就连在睡梦里，渐渐醒过来的赵季桀也不知道。就连此刻已经坐在床头，准备下床的陆陆，也不知道。就连此刻在睡梦里，做着往日美满梦的林美景也不知道。他们都不知道，这强大的命运，到底要逆转到什么时候？

被时光隐瞒的一切，在记忆的地壳里，即将震荡而出。

你未知的黑暗中，那只手悄悄地伸往那个遗忘在大厅角落的书包。她嘴角闪过的莫名的笑，让这夜，显得更黑了。

赵季桀七点多起床，想要出门的时候，被赵之贺堵在门口。

她晃了晃赵季桀的体检报告，眼神傲然地说："这是你的吧？"

"给我。"他显然还没料到被她拿去后的后果，可是还没夺到手的时候，她又开口："你果然不是我亲弟弟。"

"还给我。"他一把扯过那个报告，然后走了出去，他瞄了她一眼，然后门砰的一声，被关上。

她是说，"你果然"而不是"你竟然"，这一切，难道不知情的只是自己么？那自己到底是从哪里来的？他摇了摇头，依然不敢去想这一切。再抬起头的时候，就看见陆陆。

"走吧！"他走上去，然后说。

一整个上午，陆陆都陪着他，第一次，他安静得像是身份与自己倒置似的，可是陆陆也没有多说话，问了几句该问的话，然后就安静了。

第二次的验血报告，第二天可以出来。

寒假快到了，最后一个周末过后，就要考试。

黄昏的时候，心城和咏之依然从地铁站里走出来。寒风像是热情的海浪，将处于虚空的他们包裹。心城看了看陆咏之，不禁缩了缩脖子。

"真冷！"咏之也缩了缩脖子，好像这个动作会传染似的。

"是啊！寒假就要来了呢！"

"春节也是。"

"春节太远了。"

"寒假也太远了。"

"那什么最近？"

"家最近？"陆咏之指着深水街，然后笑着说。

"错！——是深水街最近！"

"无聊。"

"谢谢你陪我无聊！"心城耸了耸肩，看了看她。

他们走路一向都很慢，无奈这时又是寒风迎面吹来，于是走得更慢，走进深水街的时候，风好像小了一点，但还是冷。

心城像是想起什么似的，又转过头来问："你爸来电话了么？"他突然想起陆咏之的梦，然后又想起陆咏之的爸爸。

"嗯！昨晚来了，我问他什么时候回来，他说最近。没说确定时间。"语气仍然难以掩饰低落的情绪，陆咏之低着头说。

"回来就好啦！"

"可是——他说话的声音好虚弱，就像是——"

"像是什么？"

"像是那晚的梦一样，透露着虚弱的喘气的声音。"

"也许工作忙，然后很累呢？"

"也是！"

"你想太多了，梦本来就是没有的事！我前晚还梦见大蜘蛛了呢！"

"啊！蜘蛛，很恐怖。"陆咏之愣了起来，看着他。

"对啊！我梦见我打死了那只蜘蛛，后来今天早上我就又去翻了一下周公解梦，那里头说，梦见蜘蛛，是表示经济即将进入困境的人。哈哈！我都没赚钱呢！我自己哪来的经济危机。"

"那，万一你爸爸或者你妈妈一不开心，就不给你零用钱呢？"

"这，应该不算吧！不过，这两天我都有钱花啦！"

"你讲这个故事就是为了证明我那个梦并不是坏事是么？"

"嗯！所以不要想太多啦！好好考试，然后等你爸爸回来好好宠你！"林心城说完还捏了一下她的脸颊，滚烫滚烫的。陆咏之笑了笑。

【7】

萧萧的寒风仿似冰碴碎成的刀片，一刀刀划破那些人世的美好。

他们在这冰冷寂静的冬天里，一点点承受着那些所谓的命运。

这个家，仿佛更安静了。

林多华搬出去住了，林多年每天早上去琴行的时候都去接他。似乎要将一部分的生意交给他似的，但是他连表达都困难，刚开始也不能帮到什么。可是林多年还是很有耐心地教他，请的那个保姆是个年轻的女人，读过一点书，可以教他简单的算术。关于这一部分，他倒是学得很快，慢慢地就能熟练地算一些简单的数。他先是让他在店里整理乐器，后来让他帮忙收银，遇到难的，他也会过去帮他。他渐渐地学起二胡，林多年给了他很多乐谱，包括以前父亲教会给他的那些，他都记录在纸上，整理成小册子给他。但是他因为已经遗忘了很多，所以拉起来依然吃力。不过也因为底子好，所以以林多年教起来也不难。

或许，以后也可以开个二胡培训班给他，他那么喜欢。林多年看着哥哥专心拉着二胡的情形，有些投入地想。

心城晚上又开始关在房间里练琴，为了他的升中考。陆咏之的那幅画，夏天的部分已经在上色了，但是依然神秘地不想让他看。心城每次去她家里，她都将画藏得好好的。而她的理由只是——艺术家都不舍得让未成品出镜，所以，一定要保持最高的神秘度，以保持到时候揭晓的时候的新鲜感。心城只有无奈地笑笑，但是他也在练琴的间隙，自己尝试着写曲子，这样，到时候，也能互相辉映了。

而林美景，每天晚上都会在房间里学习。虽然很多东西都在悄然间改变了，但是对这个家的很多态度，她还是和从前一样。甚至不知道，该去改变什么。或许这样也挺好，她双手捂着脸。然后想起赵季桀的脸，最近，看过太多人的第一次的哭，但是在看到赵季桀哭的时候，她还是被吓到了。

第二次血型报告出来的那天，陆陆没有陪他去，他一个人去了，完了之后，他打电话给林美景。她赶到医院门口的时候，只是见他哭得不能自已，从知道结果开始，就坐在那里。他先是沉默然后陷入深深的自我寻找里面，再接着情绪崩溃大哭，然后才想起美景。

他最终还是知道了自己的身世——但也仅仅只是知道，他不是父母的亲生儿子而已。那天林美景坐在他身旁，抱着他，他就那样哭。美景也不知道该说什么话去安慰他，反正事实就在眼前，她也是如此直白的人，甚至当父亲出现的时候，她虽然难过，却也从来没有煽情地想要去证明什么。但是她知道，这世间最痛的，永远是亲情，而不是什么虚幻的爱情。

可是，为什么你哭的时候，我也很难过呢？她抱着他，眼泪也默默地流出来，冬日的医院角落，阳光照不到这世间互相怜悯的两个人。

直到晚上，他也消停了，没哭，也不说话，就和林美景一起走了回去。他手中握紧的那份验血报告，他所用的力度，就像是想要手刃自己的命运一般。但是无论如何，他只想知道真相，而不是要离开。他哭很多时候是因为怕，而不是为了自己的身世而可怜。事实上，他比很多人幸福，父母对自己的偏袒，甚至超过姐姐赵之贺。所以，一定不能做傻事离开，我只想知道，过去的那些年，究竟发生了什么。

美景在分别的时候，轻轻地抱了抱他，她说："不用怕，至少还有我。"

"谢谢！我不会舍得离开的。"

嗯！我不会舍得离开的，因为还有你们。

这岁月如此美好，谁舍得打破冬天冰莹的湖面，去窥探夏天的热闹欢腾的流水呢？

赵季桀平静地回到家，平静地吃晚饭，席间很少说话，他在强忍，怕一说话，就眼泪掉下来。赵之贺依然是慵懒的神情，而且在饭桌上也不时地扫了他两眼。他不想知道她的神色里代表的是什么，或许她知道自己的身世，但是父母不让她告知，这个应该也是个理由。但是竟然这样，没有血缘关系的话，也无谓与之争斗。

吃完饭他回房待了很长的一段时间，他躺在黑暗里，静静地回想这么多年来的一切。

从记事起父母就很疼他，对他几乎没有任何想要责骂的理由与借口，宠爱得就像是一件宝，而不是需要管教的孩子。想到这点，季桀更是笃定地相信，他们如此对他，肯定是因为自己不是亲生的缘故。因为，自古有名言——子不教父之过（虽然自己一直很乖巧，但也难免犯错，但是他记得，每次犯错的时候或者和人打架的时候，他们都宁愿选择笑脸或者给别人赔笑脸认错，而却从来不打自己不责骂自己）。

很晚了，大厅里的电视声音也消失了，他起床，然后走到父母的房间去，轻轻地敲开了门。

他的手里紧紧握住的验血报告，连自己都感觉到自己剧烈地在发抖。

父亲疑惑地将他带了进去，他平静地走到母亲的前面，然后抱了抱她，他说："妈妈我爱你。"然后就哭了，他明白自己，原来还是抵挡不过亲情的肆虐。他把手中的验血报告放到一脸疑惑的父亲面前，然后说："学校体检，有验血，我不相信那些，我自己又去验了一次。"他抬起头，就看见母亲迅速红起来的眼睛。

原来这一切，还是要昭然若揭起来。

"我就知道，这一切始终瞒不了，就算我们对你多不忍心，你还是会知道这一切。"母亲只是哭，但也无可奈何。

"你姐姐下午就跟我说了，她说你去验血了，其实，这么多年来，我们也准备好了有一天，你会知道这个事情。所以我们尽量对你好，因为只有对你好，才不会让你在知道之后，会……"赵父说着，声音也几度哽咽，但是他强忍住了，毕竟在公司里，他还是能呼喝其他人的总经理。

"不会的，爸，我不会的。"赵季桀眼神笃定地望着父亲，抢先一步接过父亲还没说完的话说。

"我不会这样做的，只要我活着，你们依然是我父母。"他继续说，身边的母亲只是哭，赵父拍了拍妻子的肩膀，然后说："季桀，我知道你很懂事，只是，你要体谅我们。"

"我只是想知道真相，知道为什么会这样，可以么？"

"可以。你坐下来，我们慢慢告诉你。"赵母站起来，搂着赵季桀往床上坐去。赵父也在旁边坐了下来，开始漫长的叙述。

"其实，我们也是迫不得已，又刚好有那个契机，所以才会遇上你。"赵父开了这样一个头，然后看了看妻子，又继续说，"你妈妈当年生了你姐姐之后，就没有再怀过孩子，后来医生诊断出不能生育，当时我们很崩溃，很难接受这个事实。那时的观念比较落后，你奶奶和你爷爷想要抱男孙的欲望很强，我们也别无他法，后来，因为某个契机，认识了家乡的一个婶婶，她知道你妈妈的情况，便问要不要买一个刚出生两个多月的男孩，当时我们是反复想了很久，后来还是答应了下来，你母亲便开始了漫长时间的假怀孕，但是，毕竟这种事情也很难瞒得下去，于是，我和你妈妈商量去了外地发展，这样一来，就可以有借口说一两年不回家。所以，季桀，其实你的真实年龄，还要比身份证的，大一岁，那是因为我们为了配合那场戏，而想出来的办法。当亲戚们看到一岁多，但是却已经会讲流利的话以及稍微懂事的你时，都赞不绝口。可是季桀，这么多年来，我和你妈妈，都是真的爱你。因为，不仅仅是你的出现为我们解忧，而是我们相信，你的出现，一切都是美好的转机。那之后我的生意也越做越好，所以才有今天的一切。"

"季桀，你不要怪妈妈一直瞒着你，因为我知道，这对你不公平，如果你还想知道什么，直接问吧！我不会怪你的，也不想继续瞒了。只是你要相信，妈妈真的爱你！"赵母说到动容处，又落泪，季桀强忍着内心的震撼和泪水，伸手将母亲抱在怀里。

"我只想知道，我的亲生妈妈，是谁，即使只让我看一眼她的照片都可以，我并不期待相认，因为我真的爱你们。"他放开了母亲的手，然后躺在床上，声音呜咽了起来。

"但是，我们也不知道。或许，可以找当年的婶婶问问，她或许可以找到一些线索。明天爸爸陪你回去，好不好？"赵父拍了拍他的肩膀，然后将他拉起来。

"好！"

不然，我又能怎样呢？我不能怪你们，我不能怪自己，也不能怪造化弄人，因为这一切的怨恨，都会让我自己看起来像个笑话。如果幸福的定义，只是有人疼爱，有家的话。如果幸福不是——能和与自己流着相同血脉的人在一起的话。

"嘀嘀！"黑暗中，赵季桀听见手机响的声音，他翻过身去，拿起来。

"没什么事吧？别想太多了，好好睡！"是美景发来的。还有一个未接来电，是陆陆打来的。他看了看时间，已经快十二点了，很晚了。他按了按键盘，然后将手机关机，沉沉地闭上眼。

"没事！无论如何，我还是幸福的。"他默默地对自己说。

其实，煽情的话，也是分时段的，此时，无论再怎么狗血煽情，也许也抵挡不过那颗猛烈跳动的心以及冲击着自己脑子的情绪吧！

就让今天过去好了，也许明天……

【8】

陆咏之觉得很奇怪，以为今天去上学的时候，只看见哥哥一个人去学校，没有看见另外的两个人，之前很长的一段时间，都看见他们一起的。或许有其他事呢！末了，她这样想。

心城看见咏之在发呆，于是碰了碰她的肩膀问怎么了。

"噢！没事！在想今天早上的题而已。"

"是挺难的。"心城感慨了一下，还有几天就要期末考了，全校都在紧张地备考当中。

"其实还好啊！回头你不懂的，我教你。"

"好！"心城笑了起来，笑容很好看。

他们在玉兰街的街道上走着，刚上完早自习出来在外面的路边摊吃早餐。吃腻了食堂偶尔出来吃些路边摊也不错，而且，不知道要美味多少倍。这个体会，应该是每个吃过食堂的学生都有的感慨吧！但是就在刚才，陆咏之看见哥哥陆陆一个人穿过玉兰街，往学校的方向走去。

"心城你姐姐呢？"

"我姐姐，怎么了？"心城疑惑地看着陆咏之，在想她怎么会突然问这个。

"噢！没什么，我刚才看见我哥哥一个人去学校，平时他们都一起的。"她边说边往初年市中学的方向走去，这一带是学校区域，来来往往的穿着各类学校校服的学生混迹其中。

心城耸肩，然后说："不知道，应该是刚好今天没在一起吧！"其实他真的不知道，虽然后来与姐姐的心结解开了一些，但是关于沟通之类的动作，还是很少。她又恢复了往常的她，甚至，往常得不像是有过亲生父亲回来的这个人间细节出现一样。连心城都很佩服她的淡然。

可是，每个人，有每个人的思念，每个人，有每个人的待客与处事的方式，性格不同，所显现出来的态度，也截然不同。林美景就是这样的人，将所有的东西都藏得很深，虽然外表很冷很坚强，但是内心却很炽热且脆弱。这样的人，应该是最真的，但是也是在一念间，最容易变坏的人。

但是，岁月的死胡同，一直没有将林美景引向那里。

赵季桀清晨就坐着父亲的车回那个从没有去过的乡下，母亲也跟着一起回去了。赵之贺今天早上出门的时候，意味深长地看了他一眼，或许眼神里，还带着些许怨恨。赵季桀只是淡淡地转过身，没有看她。

车程两小时，其实说远不算远的地方。

下了车之后，父亲和母亲径自找到了那位婶婶的家，这么多年，还好她没有搬出去。可是家乡已经残旧不堪了，人烟也很少。赵父与赵母一坐下，就面露难色地直奔主题。那位婶婶看了看赵季桀，然后看了看他们两夫妇，觉得有些不可思议。因为养父母带着自己的孩子回来找亲生父母的，还是第一次。

"其实，她也不知道去哪里了，前几年就开始发疯，她丈夫吸毒没理她，后来她因为失去了儿子，精神有些问题。后来这几年都没怎么见过她，有相熟的人跟我说过，她一个人也不知道怎么生存下来，她的婆家那些人都不理她了，她来那个的时候，连一张垫的纸都没有。这些事情，我每每想起就心酸，这么多年，我觉得我就做过这件坏事。那一年，我也不知道，与他们也不熟，他们从外地搬来这个村，后来有一天他丈夫抱着一岁多的孩子上门来，就说要托我卖了，自己养不起。我之前也是有做过类似的事情，但是那一次，刚好想到你们两夫妻，就好心问了你们，结果成了。作孽啊！这孩子现在坐在我面前，都这么大了。"她看了赵季桀一眼，但是不敢直面他，又生生地将头扭过去，看着他们两夫妻。

"我想看看她。"赵季桀安静地说，他必须克制住这些。他从来没有能力选择自己的命运，是他的父亲决定了他这一生，别人再怎么错，也只是一条帮助着自己走过那些往年月的桥梁而已。

"对！有照片什么的么？一张就好，给他看看吧！"

大婶只是面露难色，她的心里，还是很忐忑，因为这么豁达的夫妻，还真的很少见，而且孩子也没有很歇斯底里地恨她。这样的境况，似乎平静得有些不像是生活。她这一生，住在这狭隘的乡村里，见过太多人的起起落落，生死离别，你争我斗，可是，如今看见这么平静对待这种事的人，还是有点不知所措。

"照片我记得是有，那女的，还长得挺清秀动人的，照片应该少不了有一两张。但是我要去找别人要，他们以前住过的那个家，后来住了别人，因为男人后来吸毒也去了，女的也疯了，就留下那个家。邻居只好将他们的东西收起来，放在自家里，就等着那个女的，有一朝能回来拿，可是，应该是回不来了吧！她也不留恋了。"她说完，抹了一把泪，哭了起来。

赵季桀此时隐忍的眼泪，也滴了下来，他背过身去，擦掉，然后又转过头来。

"那，麻烦您了。"赵季桀跟大婶说，赵父从进来到现在，不发一言，手只是紧紧地握住季桀的手。

"这孩子，太懂事了。"大婶怜爱地摸了摸他的头发，季桀并没有拒绝，而是安静地看着地上。

"我这就去找，你们等着。坐坐先！"

屋子里，兀自安静了下来，远处有几声的鸡犬鸣叫的声音，小孩子哭泣的声音，但是，都淡淡的。没有车水马龙，没有喧闹的声音。季桀闭上眼睛，想要从脑海里，初生的记忆里，拼凑出母亲的形象。但是，这样没有凭据的拼凑，最终也只是和自己的面貌重叠起来而已。

那差不多半个小时的时间里，像是过了很久很久一样，季桀闭着眼睛，很多的情绪，嗖嗖嗖地往脑子里面去，可是又一点都抓不住。

赵父和赵母坐在季桀的身边，紧紧握着他的手。

季桀淡然地笑笑说："我只是想看看而已。"

赵母捂了捂季桀的手，然后说："我知道，我们都知道。"

其实有时候，过多的解释，只是为了安慰自己贫瘠的内心。这人世间，我唯一能依靠的，或许懦弱地说一句，永远都是你们。并非我自私，也不是你们无私，只是，亲情不一定是需要血缘的对吧！如果可以这样安慰自己的话。成长到如今，年少也回不去了，无知也回不去了，那再用这颗装满往事的心，去接受若是存在的他们的话，也是很难很难，比拒绝更难的事吧！

大婶回来的时候，手里拿着两张照片。

递给赵季桀的时候，她还在喘着气。

"麻烦您了。"季桀有礼貌地说道。

"这孩子，真懂事。"

可是，季桀说完的时候，看完第二张照片，他的眼泪就下来了。

那一刻，所有的东西，所有的情感，都瞬间决堤一般，任眼泪冲了出来。他跌坐在地上，就那样大声地哭了起来，紧紧地拿着那张单人照。照片里的母亲，青涩地微笑。

赵父与赵母似乎是没有预料到这样的情况出现，所以都显得很是惊愕。赶忙将季桀从地板上拉了起来，但是他就像是动用了全身的力量在哭一样，他们将他从地上扶起来，就像捞水草般，捞了起来，然后放在椅子上。

"孩子，怎么了？妈妈知道你难受，但是你别为难自己，如果哭能好一点，就哭吧！哭完，就没事了。妈妈对不起你，妈妈也不能为你做什么，妈妈千不该万不该当时……"

"别说了，再怎么也不能说当时。"赵父此时突然开了声。

"我……我从没有……想过要怪你们，在来之前，或者现在。只是…只是，我根本控制不了我自己，有些事情，很难受。爸，我好难受！"他突然往赵父那个方向扑去，依然就那样搂着他，一直哭着。

这人间的悲凉，惨状，或许会因人而异。但是，你们是被这世界分拨到一起的亲人，这一辈子，就必须这样相互扶持地走下去。

即使，诸多风雨，很多阻碍。

因为，再也回不去了，你们不知，我也不想纠缠。就让那些昔日的血脉，在身体里依然流动，然后，结成一个巨大的痂！

回去的时候，季桀还是带回了一张照片，就是那张让他哭出声来的照片。

照片上的她，与他有淡淡的相似。毕竟，他们曾经，是血脉相连的两个人。

关于后来的一切，如果它只是一个秘密，那就，永远都只是一个秘密吧！

那让这照片与那影像，成为自己心底的，永远的一个伤。不要再出来，也不要作为一个羁绊。

【9】

后来，生活还是在继续。

地铁依旧在蔓延，新开出的那一条地铁线（六号线），蔓延至遥远的乡村。巨大的地铁线路，就像是一张巨大的蜘蛛网，以初年市为中心，渐渐地蔓延开去。它的起点是石村，但也可以说是终点，而它的另一端的遥远乡村，有个美丽的名字，叫清风里。全线需要一个多小时，沿线二十多个站。

可是为什么没有永和呢！咏之问。如果永和和清风里连起来的话，太远了吧！干脆造铁路好了。心城笑着说。可是地铁很快。咏之反驳。但是地铁造价很贵。心城鄙视地说。这你也知道？

当然，我爸爸说的。

这一句，刺进了咏之卑微的内心里，她不再说话了。爸爸说，很快就回来了，可是都快放假了。很快就春节了。

这一段时间里陆咏之与林心城依然忙碌地准备期末考。

赵季桀消失了一天后回到初年市，陆陆问及的时候只是借口说回家探亲戚，而问起血型的事，也只是愣了一下，然后说医生弄错了，自己也是 O 型血。可是，这一切，所谓的真相背后，林美景也只是略知一二而已。

可是，如果我不问，你也是不会说的吧！

但是，美景还是忍不住问了。

"只有你知道吧？你没跟陆陆说吧？我不想让其他人知道，对不起！"

"我理解。真相究竟是什么？"

"我不是我爸妈亲生的。"赵季桀说。

"这我知道，我是说你知道你亲生父母了么？"

"知道。他们都死了，应该是。"赵季桀没有哭也没有笑，淡淡地说，仿佛在说一件事不关己的事，这样的淡定和残忍，让美景听起来觉得很不可思议。但是，此刻他的内心应该很难受吧！她的心底，有个声音在呼唤她，不要再揭了，不要再揭了。可是，她还是忍不住："你去找他们了？"

"嗯！知情的人都说他死了，我妈……那个女人也失踪了几年了，应该也……"

"那，你爸妈呢？"

"都说死了。"赵季桀很大声地嚷道，这让林美景还是略为惊讶，即使她知道，如果再问，可能会引起他情绪的波动，但是，也太情绪化了吧！

"我是问，你现在的爸妈。"

"他们很好。"他瞬间又恢复了正常的语气，听起来却比之前的更低声。

"对不起！"她看了看季桀，然后耸肩说。

"没事，我没那么脆弱。"他自嘲地说。

"你明明很脆弱，刚才还崩溃了呢！"林美景鄙夷地看了他一眼，然后说。

他沉默，瞪大眼睛看着她。

"而且——"林美景拉长了语气后，却又突然停止，像是要勾起赵季桀说话的欲望似的，但是他依然瞪着她，"我是说，而且，你的眼眶好红好肿，昨晚哭过？"

"要死！等下陆陆来了不准说我哭，说我眼睛发炎就好。"他转头看了他一眼，然后又接着说，"还有，这事不要告诉他。"

"噢！"那么紧张干吗？可是，或许有些事，真的是适合有些人知道的吧！那是不是，从今天起，只有我知道你的这些话，连陆陆都不知道了？嗯！应该是吧！美景边想着，然后笑出声来。

莫名其妙的女人。赵季桀嘀咕了一声，然后就沉默了。

陆陆又是一个人走去学校，他没用手机，赵季桀等不耐烦了打电话去家里的时候，已被陆陆的母亲祝再忆告知去学校了。可是，再等了几分钟，还是没来。

"他怎么还不来？"美景看了看巷口，然后问。

"不知道，他妈妈说他去学校了，我们走吧！"

一到学校就看到陆陆坐在座位上，他看到赵季桀的时候愣了一下，然后看着他，眼神里的潜台词便是你怎么也来了。可是赵季桀回望他，眼神里也似乎在说，我不该来么？

"你怎么一个人就跑来了，害我们在那里等了好久。"赵季桀写纸条给他。

"你昨天不是说回乡下探亲戚么？我以为你还没回来，你昨晚又没给我电话。"陆陆回。

"那你不会和林美景一起来啊！没必要一个人走吧！我昨晚回来晚了，所以没有给你电话。对不起咯！"

"傻的！我跟林美景又不熟。难怪今天眼睛红红的。上课！好好听课。"

赵季桀看了看黑板，突然觉得很累！那句"难怪今天眼睛红红的"应该是以为昨晚回来晚了，然后晚睡吧！嗯！如果是这样的话！

可是，应当忽略的那些，或许是你们不可以承受的那些——但是，我不是你们。

【10】

考完期末的那几天，林心城和陆咏之都去少年宫，咏之画画，心城在发呆，他有时帮她调颜料。然后调着调着就在旁边发呆了。后来陆咏之在图书馆借了本书给他，让他在旁边好好看就行了。那本书，是《肖邦夜曲集》。她画到累的时候，转过头去看他。还看他有模有样地在空气里，弹钢琴。

"心城，明天你不用陪我来画画了，你回家练钢琴，我回去的时候，再去你家里找你。"回去的时候，陆咏之边走边说，心城看着她，心想该不会是——

"你是怕我看到你画'四季'的全过程吧？所以把我赶回家练琴了？"

"你想太多了，量你也看不到全过程，现在进行的部分，只是四分之一里面的四分之一还不到呢！我是看你在空气琴键上弹琴的样子太滑稽了。"

"切！装神秘。其实噢！我也有……"

"有什么？"

"不告诉你。"心城差点就说出正在写的那首曲子，但是快要说出来的时候，却突然想起，如果写不好呢？更何况还要保持神秘感呢！不能说不能说。于是就刹住车了。

"装神秘。"

"对啊！和你一样！"心城挑了一下眉，然后似笑非笑地看着陆咏之。陆咏之轻轻地拧了他一下。

"啊！你摸我。"

才说完这一句，心城摸了摸微微发红的皮肤后，再看向陆咏之的时候，她的脸已经红了起来了。

真是受不起调戏啊！心城暗暗地想。

"那真的就这样了？你舍得整天看不到我？"心城附在她耳边说。

"不要脸了啦！"陆咏之别过脸去，黄昏的阳光下，心城看到她的耳根都红起来。

"好啦！不逗你了，那你要来我家里看我练琴。"

"嗯！"

"哎！明年要中考了呢！我们还是一起吧！"

"一起什么啊？"咏之瞪大眼睛看着他问。

"学习啊！"

"嗯！"真无趣。低落的情绪又起来了，像是热胀冷缩般。

有些低落与欢喜的情绪，都说不清诱因是什么，有时，仅仅是因为很无关紧要的一句话，但是因为触动了心里的某个莫名其妙的点。于是就开心了，于是就难过了。

之后的那天晚上，咏之因为听到父亲打电话来说三天后会回来的事，所以显得特别高兴。

而那时，已经接近年关了。

高兴的事，自然也不只是这一件。

最近去心城的家里，林美景偶尔还会有笑脸给她。貌似心城和姐姐间的关系，没那么僵硬了。而且哥哥陆陆最近的心情也挺好，也很长一段时间没有因为看到猫就整个人沉默起来了，他在房间里，老是抱着电话不放。但是又不知道他打给谁。陆咏之只是有时担心爸爸会来电话，接不到。所以有时候，她就会敲他的房门，叫他不要打太久。可是有时他会很不耐烦。

后来咏之提建议，要妈妈去买部手机，虽然手机对他们家来说，仍然是新鲜品，但是据说心城家的人都有了。不过不同，他们家境好。但是陆咏之因为想多点联系父亲，于是也鼓动母亲去买一部。虽然没有抱着母亲会买的心态，但是第二天看到妈妈在路上用手机打电话回来的时候，还是有点惊喜。

心城弹钢琴的水平越来越厉害了，有时去家里，都会听到邻居赞扬的声音。但是也不知道心城知道与否，反正这些是好事，好事不一定要当事人知道。如果是坏事的话，自己应该会帮心城挽回一成吧！如果有那个能耐的话，咏之笑了笑。然后按了心城家的门铃。

"是咏之啊！进来吧！心城在他姐姐房间里。"

"嗯！"咏之很有礼貌地微笑，然后走了进去。但是心底还是啊了一声，心城在他姐姐的房间里，还真是没有想象到的状况。

"心城！"咏之看到站在书桌前的心城，林美景像是在跟他说什么似的，而心城盯着桌面不动。此时心城听到有人轻轻地叫自己的名字的时候才回过头来，于是就看到陆咏之，美景也顺势转过身来，看见咏之笑了一下。

"姐姐！"嗯！没有听错，咏之竟然呆呆地叫出这个称呼。

美景倒是没有什么反应，心城咧开嘴笑，然后说："你也进来吧！我有一道题不会，所以问姐姐了。"

"嗯？这会儿还有什么题？"

"寒假作业啊！"

"噢！我也听听！"陆咏之凑了过去，站在心城的旁边听了起来。心城的手搭在咏之的肩膀上，午后的阳光，透过窗帘照了起来。空气清凉，但是这样的温度，让这样的情景倍感舒适。

如果，寻常往日，不能有这样的美好。

那么是因为——遇到的那天，应该是日日夜夜盼望着出现的美好吧！

不远处的家里，陆陆和赵季桀坐在床上，录音机里放出的音乐，他们轻声地哼着。

就像是，中学时代的，每一对好朋友，每一群好朋友都会做的事一样。

……

你我为了理想，历尽了艰苦。

我们曾经哭泣，也曾共同欢笑。

但愿你会记得，永远地记着，我们曾经拥有闪亮的日子……

Chapter 08　最初的姓名

道路是否已终结？

她的名字是否已改变？

——阿多尼斯《最初的姓名》

【祝冉忆】

祝冉忆。祝冉忆。往后的世界里，大概只有你会这么叫我了。

可是我知道，即使我再怎么握住这最后的救赎，也是无用的事。因为你会离开，几十年后，或者几年后。离那一年之后的很多很多的时间过去了，连你都忘记了我们离开那个地方的初衷。

但是我还记得，毕竟那里，始终是我的一条伤疤，它永远都好不了的。

如果我们像那一年的之前那些年一样，永远不会老，不要再守着那一年的苦痛活一辈子，该多好。

这个世界上，我最怕失去的就是你。

你不要走。

我是祝冉忆，以前的那个名字，应该要你来还给我。

【1】

那个暗黑空间里，到处都是血腥的味道。似乎不能睁开眼，一睁开眼，就是黏稠的质感，似乎整个人，被汹涌的血液般的液体包裹住，就像是母亲的子宫。慢慢地，那些液体退去，出现的巨大的光源，诱惑得眼睛慢慢地睁开。眼前的飞禽走兽，说不出名字的说得出名字的，全部都朝着一个方向奔去。那里有一个巨大的黑洞，所有的生物，被巨大的黑洞所吞噬。定定地站在那里，没有往前也没有后退，像是没有思绪的人。接着，那个巨大黑洞消失，出现一幕巨大的画卷，画卷上是著名的《最后的晚餐》，透着厚厚的画卷，他似乎能看见画的背后，被插中心脏死去的人——那个模样，看来熟悉，只是无论如何，就是想不起，他狰狞的眼神，仿似一把刀子，插进此时睁开的双眼。

——他露出，绝望的眼神。

"啊——"陆咏之在冰冷的空气中，醒了过来，那夜的噩梦之后，依然死死地相随，没有断——就像是隐患的疾病，隔了很长的一段时间之后，再次袭来。

爸爸后天就回来了！她默默地想，然后再次睡了过去。

清晨醒来的时候，头脑很浑浊，她摇了摇脑袋。好重——她靠在墙壁上休息了一会，然后伸了伸手和腿，就去洗漱。母亲看到她的时候，被吓了一跳。

"怎么那么早就起来了？"

"要上早自习啊！"她一边走一边含糊地答道。

母亲赶紧走过来，捂了捂她的额头说："你没发烧吧！都放寒假了，还早修。"说完然后又摸了自己的额头，这下才惊呼了一声说，"果然是有点低烧了。"

"不是吧！今天不用上早自习？那我回去睡觉了。"

"赶紧穿衣服，去医院。"母亲将她拉回房间，然后把衣服给她。但是这会儿她还没有很清醒，只是听见母亲说，要叫她换衣服。她拿起床边的衣服，突然觉得眼皮好重："为什么要去医院！"她独自喃喃地说着，又放下了，又躺了下去。母亲在外面等了好久，于是直接推门进来了。看见她躺在床上，顺便又摸了下额头。果然是发烧了。

"咏之，醒醒，我们去医院。"祝冉忆抱起她，却感觉有点吃力。昔日的小女孩，一转眼间就这么大了。突然，她眼里又闪过旧日的种种。片刻后，她下意识地从中逃离出来，告诉自己不能再回首。

拿过沙发上的包包，然后不管陆陆还没起床就直接扶着咏之出了家门。

深水街上还好有一家规模不算小的门诊，普通发烧感冒还是去那里吧！只是这——还是有点重了吧！陆咏之整个人都倒在祝冉忆的身上，她不得不在心底轻轻抱怨。

医生看了之后，说没什么事，就普通的受凉然后导致的感冒发烧而已。得打个点滴才能好得快点。

祝冉忆在陪着她打点滴的时候，只是听见她嘴里一直叨念着爸爸、爸爸的字眼。她笑了笑，然后看见手机的时间已经快九点了，于是打了个电话回家，跟陆陆说咏之生病的事，并叫他自己解决早餐。陆陆在电话里迷迷糊糊地答了几句，然后就挂掉了。

祝冉忆坐在那里，突然就想起自己少女时代的事。

但是要回忆起那段美好的岁月，还是得穿越那段长长的，荆棘之路。其实自己比任何人都清楚，一旦走过来了，再回首的时候，虽然痛，但也无伤大碍了。只是，不明白这样的自己，是怎样一步步形成的。人们说成功的结果不重要，重要的是过程。可是，如今自己却觉得，这过程来得漫长，一步步都很艰辛，但是此刻却觉得不堪回首，只重结果罢了。

那一年，就那样离去，然后，再无回首之意。当年带着自己离开的那个人，也渐渐忘记了事情的初衷了吧？或许还是你不舍得提起，那是我的伤。

你还没来得及掀开我的红盖头，人生里，我们第一次一起去办的证，不是结婚证。

多可惜。

【2】

"妈！我要喝水。"不知道自己发了多久呆，等女儿轻轻地叫出声来的时候，才慢慢地回神。

"来！慢慢喝！"她站了起来，回忆里最后的景象在脑海里一闪而过，雨夜里，她跑过那道长长的小巷。

她站到咏之的身边，然后扶起她的身体，她大口大口地喝水，缓了一下神，声音沙哑地说："妈！我怎么了？"她已经醒来有段时间了，只是一个人躺了很久，看见母亲在发呆，然后看见自己在打点滴，知道是自己病了，然后就觉得口渴了。

"医生说没什么大碍，感冒发烧打点点滴就会好的了。"她温柔地笑着，然后摸了摸咏之的脸。

——她又想起年少的那个自己，那么执著。但是，执著也证明了后来所种下的一切因，都是正确的果。

最后一瓶点滴还没完的时候，心城探着脑袋就走了进来，咏之躺在床上斜着眼角看着他。心城看见祝冉忆还是不好意思笑了笑，然后说："阿姨好！"

"妈！他叫心城，我同学。"咏之无力地看着母亲说。

"嗯！你们好好聊！我出去帮你拿药，等下可以回家了。"她说着，然后退了出去，不时还看了看心城。

"你怎么来了？"

"打电话去你家，你哥哥听的，说你不在家，说你病了。"

"那你就来了啊？"她的声音很沙哑，而且低低的。

"对啊！然后我就央求要他告诉我在哪家医院或者门诊，不过他很不耐烦地说深水街的门诊，然后就挂掉了……"心城越说声音越小，好像不好意思表达似的。

"嗯！他平时就那样，不管他。"陆咏之惨然地笑笑。

心城挠了挠后脑勺，貌似已经是招牌的动作了。

"你怎么了？"

"我妈说是发烧感冒，打个点滴就没事了。"

"怎么身体那么弱的啊！平时上体育就爱偷懒。"

"哪有，就几次偷懒而已。"

"几次还算少啊？"

"这是女生的特权。"

"女生的特权真多。"心城耸肩，然后笑了笑。

这时，咏之的脸又红起来了。

阴冷的冬天，天气在接近午后的时候，却阴霾了起来。像是冻结的河水下面的泥土的颜色，灰色而黑。

即使你多么抱怨生病的此刻，心境也没有卖火柴的小女孩那般悲凉吧！真正的悲凉是那种想要得到温暖，却一直袭来寒冷的感觉吧！

如果过去的一切只是一个点，不被拉扯开来，成为一条射线的话，那么现在的一切愿景，是否还有岁月可回头？

其实，我一点都不后悔，错的，常常是命运而已。就像我母亲说的一样，她对命运坦然，所以一直不曾埋怨过去，更不可能埋怨我。

可是如果能这样想的话，即使我死了，你们也不会那么自责吧！

黑暗中，陆琼工轻轻地，闭上眼睛。他的耳边，还飘着前几天打电话回家时，女儿陆咏之的笑声呢！就像是，很多年很多年以前，你的笑声一样。

【3】

轻若昙花盛开的声音般的气息，渐渐地，就那样弱了下去。寒冷的冬夜，人越来越少了，他衣着光鲜，满身酒气地靠在大街的转角。突然他觉得好冷，心像是被沉重的寒风灌注胸口一般，堵塞着，透不过气来。也许是很累很累了，他突然只想睡一下。

于是，就那样睡过去了。

陆咏之刚退烧，躺在床上画画，因为无法将颜料拿上床，于是就在纸上慢慢勾勒关于秋天部分的草稿，她一般都会在草稿纸上画好整体的构图，小图，确定了整体的走向和氛围后，就可以在正式的纸张上慢慢地勾勒出完整的线稿，细细修改之后，然后才上色。现在她回去看春天那一部分的图，就像是少年的笑一样，青涩但是自然的，而渐渐地看到的，是越来越上手的犀利流畅的笔触和饱满浓烈的色彩，特别是正在上色的夏天。或许，"四季"就是这样吧！像是田野一般，播种、成长、果实，然后枝丫渐渐萧索的过程，然后，再一年的春天。就像是一个轮回。

她在纸上画了几个小图，局部的，土地要怎么体现，秋天的地应当是贫瘠的，而果实应当是饱满的有浓烈的色彩的，天空应该是晴朗的但是又没有很透彻的那种感觉。河边的水，也应该渐渐地缓和起来，没有夏天那么热烈。可是，秋天的时候，明年的时候，画里深藏的主角，又应当是怎样的神情呢？卡住了，她停了下来，想要再想想。突然，时钟和眼皮一起，很有节奏地敲打神经末梢，直接地就传到大脑皮层。她轻轻地颤抖了一下。十一下时钟敲过去了，她停下手中的笔，突然想要去睡觉。

她走出大厅，看见母亲在大厅里看电视剧，肥皂剧里的人哭得死去活来，而她却缩着脚，淡然地看着电视剧，仿佛在看一场人来人往的邂逅一般——脸上的神色波澜不惊。咏之想，如果这样悲催的情节发生在上学期间的话，第二天的班里肯定会分成意见不同的两派，各自为喜欢的角色辩护，但是明眼人都知道，明明那个在哭的，胜算会高一点。

咏之站在那里傻想了很久，祝冉忆突然转过身来。

"永远都不要为这种事情哭，多不值得。"她突然淡淡地说，咏之愣了，里面讲的貌似是一个女的，被一个男的甩了，而女生发现和他好上的，是自己的好朋友。此刻她发现了之后，正在哭天抢地，摧枯拉朽地想要毁灭那对"狗男女"之间的感情。陆咏之看了看电视屏幕，然后对母亲淡淡地说："这种男人不值得，这种朋友也不值得。"说完就径自走进厕所，准备刷牙睡觉。

哗啦啦的水声，渐渐淹没了大厅里的电视的声音，好像母亲已经转台了。

陆咏之再次走出去的时候，母亲已经回房了，电视关掉了，她站在那里，仿佛刚才那个情节，从没有发生过一样。其实，不是没发生过，初一的时候，有一个经常给咏之写信的男生，曾经告诉过她喜欢她。那时的陆咏之不知道该怎么办，于是没有回信。可是一个星期后，同班的好同学，却跑来跟自己说他跟某某在一起了。那时的陆咏之才觉得，所谓的情窦初开的早恋是多么可怕，仿似发春的六六般，每天晚上都要叫好多次。而那个男的，应该同时跟班上的很多女生传信吧！可是那时的自己，不知道为什么，觉得无所谓，因为本来就没兴趣。可是就在刚才，站在大厅里的时候，母亲跟她说——"永远都不要为这种事哭，多不值得"。其实那一刻自己才懂，那时因为没有那样的喜欢，所以才没有那样的伤心，也没有这样的体会，可是如今，她懂。后来，与男生相恋的那个好同学，坚持不到两个月就和男生分飞，而男生亦在不久后转学。转学后，关于他的流言，才渐渐飞出来。

真相其实不可怕，因为它没有与自己沾边。

那时的陆咏之，只是这样淡淡地相信。可是她心想，那么优秀的林心城，应该也面临过这样的事吧！

她笑了笑，然后进了房间。

发烧后的头脑，依然有点混沌，虽然烧已经退了。可是，吃了药之后，应当会好很多的。

明天会更好一些吧！铺好被子，弄出一个窝，然后关掉电灯的时候，每次都能准确无误地，钻进那个棉被窝里去，既温暖又舒适。

【4】

也许是前一天太累了，整整八个小时，都没有做一个梦。可能有，但是一点都不记得了，不被记得的梦，都是无关紧要的（感觉少女病真严重，越来越多废话了，陆咏之心里暗自想）。

于是还不到八点钟，就睁开了眼睛，透着窗帘看了看模糊的窗外，光线好像没有那么足，因为这样看出去，漫天都是阴晦的色彩。她伸了伸懒腰然后站了起来，顺手拿过放在床边的大衣穿上，感觉真冷。

还没有拉开窗帘，身后的门就被打开了。

咏之转过身去，看见母亲站在门口，眼睛红红地看着自己。

"妈！怎么了？"印象中，母亲没有过这样的表情，这样的她，就像是被欺负的受委屈的女生一样，眼睛红红的。

"琼工他不在了！"她擦了下眼泪，动作很利索，她刚才的那一句话里，意思不明，陆咏之站在那里，看着母亲的神色，然后又傻傻地在脑里组织起这几个简单的词。

"琼工是爸爸的名字，妈妈说，爸爸不在了。"她独自呢喃着，"可是不在了，是不在……"她惊恐地睁大眼睛，然后看着母亲，"爸爸不在了？不在哪里？"对于她，这个词，很陌生。可是对祝冉忆来说，这个词，太浅。

"不在世上了，他死了、他死了……"母亲突然腿一软，坐在了地上，她刚才的那个问题，似乎是刺到她的软肋。

　　昨天混沌的脑袋尚未完全恢复清醒，而这一次的重磅炸弹，像是要再次轰起脑海里的蘑菇云似的。陆咏之站在那里，感觉像是过了几个世纪的时间，她用力地回想过去的种种，然后又用力地想想没有父亲的未来的种种。终于，她只是缓缓地走过去，蹲在地上，抱着母亲痛哭。

　　陆陆听到哭声的时候，站在母亲的背后，他神情漠然，冷冷的。

　　但是，又像是难过的。

　　陆咏之抬起头来，哭着说："哥！爸死了！"

　　"谁说的？"虽然有惊讶的表情，但是比起咏之来，显得还是冷静了些。

　　"妈说的。"

　　陆陆看了看坐在地上哭得一塌糊涂的母亲，然后伸手去扶住她的肩膀："妈！爸在哪里？我们去找他。"

　　祝冉忆听到这句话，才慢慢地转过身来，喃喃地说："好！我们去找他，可能打电话来的人，发现的不是你爸爸！是认错人了，我们去找他！对！我们去找他。"她突然又不哭了，这次像是在笑。

　　可是等她站起来，再次往外走的时候，手里握着的手机再次响了起来，她看了看那个熟悉的号码，然后接了起来。

　　"喂！陆太太么？我是琼工的朋友，念慈，上回过年去过你家的。"

　　"你也知道琼工的消息么？"她愣住，然后淡淡地说。

　　"我早上突然接到电话就赶过来了，我昨晚还和他一起喝酒来着，怎么突然他就……"说着说着，那边也哽咽了起来。

　　"好！我们现在过去,到了，再给你电话，那边，就麻烦你了。"陆陆和咏之呆呆地看着母亲越发镇定的语气，像是在询问一幅巨大油画来货时的语气。

　　回过神她对陆陆和咏之说："你们准备下！我去收点……东西——我们去龙城找他。"虽然话语间，稍有迟疑，但是越发冷静的语气，让咏之就越觉得不寻常，那些巨大的悲伤，像是隐藏在厚重的岩石之下的滚烫的火山岩浆。

【5】

　　或许是没听过那种哭泣的声音，断断续续的，像秋天的雨，一阵比一阵凉。

　　此刻，咏之也在跟着母亲哭。陆陆看着母亲有时落泪，有时笑的表情，这样的转换间，每次都让他的心情越发冰凉。他不知道母亲这样的情绪里，包含着多大的悲伤，也无法探究，对于母亲的很多东西，他都不了解。从小，他问过外婆外公的事，而她告诉自己和咏之的时候，都说自己是孤儿，后来在乱世和父亲相遇，就这样一辈子。听起来像是很美好的爱情，可是，那个故事却在自己的心里，日显薄弱，说不出哪里感觉不对，但就是奇怪的感觉。或许，是因为他们之间，太安稳，安稳得不像是平常的夫妻。

"哥！你不哭么？爸死了，你都不哭，白费他那么疼你。"咏之在身旁絮絮叨叨地说。陆陆望向窗外，其实很难受，那种哭不出来的感觉。虽然从小与父亲不亲，甚至对他有心理阴影，被骂过被打过，从小便与他不亲。但是即便这是怎么铁铮铮的事实，也抵不过他是他父亲的这个事实。他向来严肃，可是在背后对自己做的那些事，或许，只有当事人的自己不知道吧。

"我、哭不出来。"他转身过来，看着咏之说，表情傻愣着。咏之哭了一路，眼睛都有点红了，他从包包里掏出皱皱的手帕，帮她擦了擦眼角的眼泪。

"留点力气吧！还没看到爸爸，不要让他走得太难过。"他抱着咏之轻轻地在耳边说。身旁的母亲此时又笑了，宛若疯子，像是沉浸在自己的世界里一样。可是他们不知道，那个世界里，他们的母亲曾穿越那个无尽的黑暗血腥的夜，奔进他的怀里，然后什么都不知道，就这样逃离了一生；那个世界里，他带着她，穿越永和村的每一条巷道，他说我要带着你，把以前的一切都遗忘，然后我们好好开始。

你要记住，你叫祝冉忆，要记住。

——你要记住，你叫祝冉忆，要记住。

刷刷刷响过耳旁的风声，让她从最后的回忆里回过神来。

她看见咏之应该是哭累了，眼睛红红地依靠在陆陆的肩膀上睡着了。

"陆陆你也眯下眼吧！还有十几个小时呢！要养好精神，我们去找他！"她说完这句，此时又哭了起来。

火车外刮得淋漓尽致的风，哗啦啦扯过撞上快速奔驰的火车，像是无心却作用甚微的阻挡一般。在那样的时刻，他们怀揣着这世间最不能承受的伤痛，各自进入的梦乡。

而再次醒来的时候，是夜晚，头上有白色的灯光摇来晃去。

陆陆肚子咕咕地叫了起来，揉了揉眼睛叫醒了身旁的咏之，而母亲却不在床铺上。他下了床去找，只看见母亲端着两盒泡面从火车的茶水间走过来。陆陆走过去接她手中的面，往回走的时候又听见母亲说："还有一个，我回去拿！"陆陆往回走，叫醒了咏之起来吃泡面，然后自己一边吃，一边等母亲回来。

一个小时后，就到龙城了。

他们从来没有到过这个地方，但是一下车的时候，却感觉都是父亲的气息。

——可是越往目的地而去，气息就越来越淡，越来越淡，就像是离去前往天国的魂魄一般，最后轻得宛似一缕青烟。

　　快接近十一点了，走出火车站的时候，电话响了起来，母亲接了之后才知道是爸爸的手机——是他朋友打来的。她差点就开口叫"琼工"，只是那头急切的声音打碎了这种恍惚。

　　"嫂子你们到了没？我现在在火车站门口等你们。"

　　"到了到了，你再等会儿，我们马上出站。"

　　咏之和陆陆都不记得他的模样，印象中来过一次，但是依然很陌生，因为陆陆和咏之都是怕生的人。

　　你知道么？如果一个人很怕生，那他会越来越对新鲜人物没有兴趣，那他就会渐渐地，遗失了对记住人的那方面的记忆。如果是这样，如果一个人懒惰呢？那他也会越来越丧失那种懒惰的对立面所对立的东西吧！其实，他们就像是这样人。朋友的群体很窄，咏之将全部的注意力用在画画上面，所有的感情，花费在心城的身上。而陆陆，他倾其一生，也只是想要得到，那样的一种感情吧！像友情的，可是又像是亲情。

　　陆琼工的尸体在医院的太平间，这些都是那位叫念慈的叔叔帮的忙，之所以焦急是因为要等亲属确定身份，然后要做后事的处理，比如要火化等。这之间的琐碎事情，不是朋友就能搞定的。

　　坐上车之后，直接去殡仪馆，那一路上，陆咏之才闻到这个城市的味道。

　　很重很重的油污味，游荡在鼻息之间的，是浑浊的空气。也许是因为前一日的感冒还没得好彻底，所以此刻的脑子里，依然重重的。往事不断袭来，她突然想起，父亲在电话里，压抑住的喘息。抬起头的时候，她又哭了出来。

【6】

　　医院太平间的白色灯光，冷冷地打在他的脸上，其实人死后，脸色并不是白的，而是那种接近枯木的颜色，土黄的。此刻父亲的尸体，因为被冷藏过，加上白色灯光的照射，一切变得非常突兀。

　　陆陆依然哭不出来，当站在他的面前的时候，陆咏之整个人趴在他的身上，一点都不怕，一边的母亲，已经呆若木鸡。可是只有陆陆，依然缓慢地，迈开自己的步伐，走向那个曾经他怕了很久的男人身边。可是他，依然一点眼泪也没有。如人们常说，大悲若喜，那应当是母亲刚才在脑里所想象的父亲的一切。若是大悲若风，那应当是风可无所不及么？可是此刻自己的心里，像是压着一块大石头，将这二十几年来的情绪，全部堵在胸口，哭不出来。

　　他还是走了过去，摸了摸父亲的脸，然后扶起哭得几欲昏去的陆咏之。母亲，也渐渐停止了哭泣，她颤抖着，帮父亲盖上白布。三人搀扶着，走了出去，一旁的念慈叔叔看在眼里，也只是心疼。他驱车将他们带到先前陆琼工所住的房子去。然后交代了第二天离院以及是否要火化的事宜便离去。

祝冉忆一个人站在冰冷的冬天的走廊，刚送走了念慈，然后从口袋里拿出手机，这个噩耗，她仍是没有准备好该怎么和两老说。而且，是否火化的事宜，也需要他们来定夺。

电话拨过去的时候，响了很久都没人接。

因为是打到邻居家，然后才去唤两老来听，于是语气一定要放好一些。在那短短的一分多钟里，她像是经历了一场暴风雨般的冲击。她觉得这一辈子，恍恍惚惚地，欠他们太多了。所以到了这样的关头，也难以释怀。

来听的，是陆老。老人家的声音听起来颇为疲倦，似乎是刚睡下然后又被叫醒。祝冉忆特别交代，一定要两老来听，有急事。于是邻居便这么去叫了。

"爹！"祝冉忆刚叫出这个称呼，便哽咽了，她当年执意要这么叫他，因为她觉得这世上，他们对她的大恩大德，无以为报，能付出的，只是没有血缘关系——但是却用亲情维系起来的一生。

"冉忆啊！这么晚打电话来？有急事？"老人只是淡淡地问，像是每一个普通的，只是聊聊家长里短的电话的语气。

"爹！妈在吗？"她努力克制住，然后试探性地问。

"在，在我身边呢！"老人伸手去握住老伴的手。

"嗯！你叫妈听，我跟妈说。"她不知道，一直坚强的他，此刻知道了这个消息后，要以怎样的心情和语气来回答，她难以想象。

"冉忆，这么晚了，事很急么？我和老头子都在被窝里暖着呢！这给你一唤，魂都丢了。"陆老太拿起电话就一串，祝冉忆只是听着，她宁愿她说多些话，然后来缓和自己的情绪，也让自己多些时间可以准备好该说什么。

"妈！琼工这段时间打电话回去么？"

"我想想啊！"陆老太放下话筒，然后问旁边的老伴说，"最近儿子给电话来了没？"他只是摇了摇头，然后看着她，他依然看不出所谓的事情的端倪。

"冉忆啊！你爸也说没有，我记得他也是上个月打回来过一次。是不是琼工出什么事了？你好好说。"陆老太的方向对了，但是祝冉忆觉得她再怎么能猜出端倪，都不可能想到儿子这么年轻就去世的消息。可是，拖不了的，该对不住的，从二十几年前，就已经欠下了。

"妈！我对不住你们！我没照顾好琼工……"她突然哭了出来，连要继续说下去的话，都断了。陆老太听到这句话，和这一声哭，整个人也愣住不知道该怎么办。此时陆咏之站在母亲的身后许久了，陆陆扶着她的肩膀，他只觉得咏之一直在发抖，他不知道是她冷还是难过。咏之轻轻地拿过此时哭得说不出话来、并且手扶在墙上的母亲的手机。

"奶奶，爸爸走了，他走了。"她也几乎是用吼的将那句话说完，像是此时不说出来，就永远都没有勇气再说一般。而老人此刻像是被镇住了一般，无论是声音的强度，或者是消息的重度。

"妈！我对不住你！我没有好好照顾他，我……"祝冉忆将电话抢过来，靠在墙上将那句话说完，咏之此时也只能哭，不能别的了。陆陆一直压抑的情绪，也终于找到了缺口，但也只是小小地释放，一行眼泪从眼角流了出来，挂在皮肤上，缓缓落下。痒痒的，感觉像是挣扎在沼泽地里的生物，一点点无望地下陷——眼泪也是，啪的一声，落在地上。

一块千斤重的石头砸在心上的感觉是怎样的？或许就像是，此刻的陆老太一样吧！她握着电话，呆呆地说了一声"琼工死了"，然后就差点恍神昏了过去。

"冉忆，好端端的，怎么会？"陆老接过电话，直接问，虽然此刻也很震惊以及难过，这突然而来的消息，太难以接受了，但无论如何，他也是个看过太多生死的人，尽管是自己的儿子。

"医生说，是心肌梗死，突发性的……"她吸了吸鼻子，然后继续说，"先前他有过过度劳累导致昏厥的症状，但是他从来没有和我说过。接到他突然去世的电话的时候，我怎么也不相信，但是……"她又觉得难过，那些情绪像是拥挤在喉咙，堵塞了发声的位置。

"我对不起你们，我没有好好照顾他。"末了，她依然是说出这句在脑里回转了无数次的话语。

"现在，不要说这样的话了，冉忆，无所谓对不对得住了，这辈子，一切都是命啊！"

对啊！这一切，都是命，以前，你跟我说过，是这句话，将我包容。如今，多年以后，依然是这句话，将我的悲伤全部包容在里面。只是，这样的命运，是捉弄，还是不屑于当时就该去了的自己苟活了这么多年。然而此时，她依然不能让自我倒下去。她依然要站起来，处理丈夫的身后事。

何况，她还有两个孩子，他们是这人世里，拥有自己身上血脉的人。

不能再失去了，我不想再一次，感觉一无所有。

盖下电话的时候，脸上的泪痕都干了，接近年关的寒风，像是片片凌厉的刀子般，划过悲伤的脸庞。

二老年纪都已高，根本经不起十几个小时的折腾，而且尸体也不好保存，医院那边是希望尽快处理。面对着这样突然的消息，最难以承受的永远是女人。这团悲伤，仿似一团墨色的臭水，冲进女人如水的心里，即使被冲淡了，但散发出来的难过气息，让整个人，痛不欲生。

那夜，她在梦里，又重回二十多年前的黑夜，那天的夜，也很黑，很冷。

她在黑夜里奔跑，胡同很小，刚下过雨的屋檐滴着水。尘世安静，她内心却翻滚着无数的残暴与喧嚣。血和尖叫，混乱在脑子里，视觉和听觉的片段搅乱在一起，极像这混乱的脚步。

她从家里逃出来的时候，裙摆上的血一直掉下来，她不敢回头，一回头就会看见绝望的眼神。

那一瞬间，她想起无数黑夜。

以及，无数的脸。

但在下一刻，渐渐模糊了下去。

【7】

再也不能看见，你魁梧憨厚的身影与脸庞。

就像再也不能看见，我梦里萦魂梦绕的小时候喜欢的动画片一般。但是这一切，如果可以换回来，我宁愿守着往日，将它们一部部，一集集全数归还给岁月。

可是，你还是再也不能回来了，是吗？

陆咏之紧紧地抱着骨灰盅，冰凉的瓷壁像是一针又一针的醒神剂般，不停地将她从往事里抓出来，扔在如今血淋淋的，需要自己去面对的现实里。原路返回的清晨，母亲累倒在下面的卧铺里睡觉，陆陆则靠在上铺的床位，依靠着床杆眯着眼睡着了。咏之一直睡不着，一闭上眼睛就是父亲的脸，以及那之前的每一夜的梦。

心城说梦都是相反的，可是如今，却在现实里，遇见那个梦。

即使不尽相同，但是结果一样。

爸！陆咏之抱着骨灰盅，轻轻地喊。明知道一切都回不来了，尘归尘，土归土，一切都不复存在了。曾有的那些疼爱，偏爱，都消失了。我再怎么日日夜夜，挂念着你回来，你也回不来了。就这样化做灰，整日守在悲伤开始的地方。

心城，多日不见，你还好么？

她依然紧紧地抱着骨灰盅，然后轻轻地，坠入那个不属于此刻的梦里。那梦里，她温柔地对心城说，多日不见，你还好么？

床尾的陆陆，此时正挣扎在过去的一个阴霾的梦里，梦里的父亲，如雷贯耳的声音，可是，却越来越远，越来越小，他听不到了，全部变成了母亲的关怀。

　　下铺的祝冉忆，依然在那无数的无数的黑夜里奔跑，就像是无数次的，想要爆发的秘密一般，二十多年了，你一直徘徊在梦的深处。

　　你一直，不曾离去。

　　即使，我是祝冉忆，但那深深烙印在这命运里的根，只能随着这辈子的终结，而终结。

　　"琼工！我们回清风里。"

　　梦的最后，她轻轻地对那个虚幻的影子说。

　　我再也不怕了。

Chapter 09　唯有深情共白头

> 我们度过了一生，却没有见到生活。
>
> ——安德烈·纪德《乌连之旅》

【陆老太】

冉忆，这一切，都是命。

当年，他跪在我面前求我让他带你离开的时候，我就坦然了。

这一切的变数，都是命。

无论我该怎么恨你，这一切，都无法改变。

他死了，就是死了。

她从哭泣开始，到了夜晚，就变成呢喃了。

没人清楚她的底线在哪里，她自己也不知道，这么多年来，能原谅的一切，都包容在这轰轰烈烈，继而平静的岁月里了。

只是，她记得，那一年，儿子陆琼工对她说：

妈，我愿爱她胜过你，但是你能将你的仁慈分一点给我的爱么？

那一天，她闭眼之间，宛似看见上祖的注定。

【1】

初年市。深水街。

心城在陆咏之家的门外，徘徊了好久，眼看着夜色又要沉静下来，这屋子的门依然不为所动。

　　第一天，从家里打电话过来，一直没人接，连续十几个。后来以为是出门游玩去或者是有事，便跑去练琴，练到中午吃完饭，有些累了，便去睡了午觉。

　　下午的阳光刺眼，即使窗帘拉着也不能阻挡那明媚的光。冬天就这样，雨是很少，有时阴有时晴，阴起来的时候寒风飕飕地，怪吓人的。一旦放晴，便是好多天的明媚，有时看见父亲在没有事做的周末，琴行交给员工或者大伯打理的时候，就会坐在阳台上，抒情地拉着二胡。那些熟悉的二胡曲，从小陪伴到大。大伯每个月总有几天会回来家里吃饭，只是每次都会啰啰唆唆好多话，有时抱怨菜太咸有时抱怨菜不好吃，心城发现母亲也只是谦卑地应道，心城想起，以前在饭桌上，若是抱怨菜不好之类的话，肯定少不了挨骂。他依然会说美景，不过没说上次的那档事了，可能只是单纯地想要证明自己还是她父亲的样子，顺便说一些不中用的话，比如你头发不能太长，衣服不能太露，甚至能扯到他对美景一无所知的学习成绩上——而且还说"若是学不好，就别读了，早点出来打工帮爸爸"之类的话，心城很想笑，但是依然保持沉默。而父亲也唯唯诺诺地应着，说会管教好美景。可是也只见他叹了口气，像是众多的对子女管教无方的父亲一般。

　　而林美景对此都习以为常，并且练就了一套谦卑应答，背后却撇撇嘴的行为来。对于她，父亲这个角色的存在，从原来的期盼到后来的绝望，然后又是希望，又是期盼的，接着，那一天的巴掌完全掌灭了她对父亲所有的幻想。而小叔的一番话，不是对父亲的角色进行补充，而是进一步将美景推向自己的那个明媚角落，而父亲的角色，依然锁在那个阴暗的过去里。相反，她对母亲，一直怀有一种深深的愧疚，那种感觉，就像是寄生虫般的自卑心理。她这平淡又丰满的一生，像是吸收了母亲一辈子的福分而得来，而母亲，却永远地去了。留下的，只有枕边的一张照片。

　　你知道吗？妈妈，我的眉眼里，只有你，没有他。

　　不是我存心去拒绝，而是从来，都没有他的存在，以前他为了你而没有容下我，现在他为了空白的上半生，而没有接受我。这样的笑话，不是命运给的，而是他孤注一掷的情感付出。他只配给你爱，而不配给我。

　　心城第二天依然打电话去，还是没人接听，心烦意乱地就出了门。可是站在陆咏之家门口的时候，除了紧紧关住的门窗外，别无其他。他站在房子外面，用手机打屋内的电话，电话一直响着，却无人接。他站了一两个小时，依然没人回来，屋里也没人走动的声音。

　　第三天，依旧如此，无聊的时候，就走回家去，练琴看琴谱，但是身在钢琴前面，心却不知道飞到哪里去。

　　他也跑去问姐姐，因为知道她和咏之的哥哥认识，但是她也不知道。除了觉得奇怪之外，不知道该做什么感想了。第三天晚上，心城梦见咏之，她躲在黑暗的角落里哭泣，但是只有声音，他摸遍了每一个角落，都不能找到她，都不能摸到一点关于人的皮肤质感的东西。他坐在以梦为中心的空地里，莫名其妙地，心就空了起来。突然醒过来的时候，半夜的空气，很冷很冷，他翻了个身，继续睡。梦里都是陆咏之，从来没有如此想过一个人。也从来没有一个人，如此突兀地消失。不过，林喜然，他突然想起那一年突然消失的林喜然，那么，陆咏之也会这样？他再翻了一个身，然后想着陆咏之那张一害羞就会红起来的脸，缓缓地睡着了。

　　梦里有光，鱼鳞透着光，刺破水面。

　　从梦里醒过来的时候，清晨的第一缕阳光穿过昨晚没有关严的窗帘打到自己的脸上，随着微风晃来晃去。醒来的第一个念头就是打电话，打完电话的时候，依然是深深的失落。在床上挣扎了几下，依然还是"例行公事"——洗漱完毕后就往咏之家跑。路过阳台的时候，看见比自己还早起床的姐姐捧着英文书在大声地念出声来，耳里还塞着放着英语磁带的随身听。前段时间，在饭桌上她有跟爸爸提过要买随身听的这个要求，当时爸爸就应承了她，看来自己也可以要一部来听音乐，心城想。她读书成绩一向很好，特别是双文——英文和语文一直都是年级第一，所以英文老师也特别喜欢她。这些都是，顺着爸爸和妈妈的口听来的，他和姐姐极少谈论各自的成绩问题。

　　心城站在门口，失落的心情依然涨满了心口。除了失落，其实还有害怕，童年时，失去林喜然，这次，少年时又要失去陆咏之了么？总觉得这些相遇就像可遇不可求的湖水，除了清澈还要容得下自己，其实很不易。他呆呆地站在那里，看着门，转眼又看看这两天看了无数次的景色，这一条街道，每天都走，但是在这个角度看出去，熙熙攘攘的人群看起来，就像是过江之鲫，日光之下，浑身闪着彩色的光。

【2】

　　而此时坐在火车上赶回初年市的陆咏之，从清晨的光里醒过来，梦里，她对心城说，好久不见。

　　其实不过几天而已。她睁开眼睛，看见此刻陆陆呆呆地看着窗外，母亲已经在下铺收拾东西，大概是差不多要到初年市了。

　　"哥哥！你想家了么？"

　　"还好！"

咏之不知道该继续说什么，或许之前六六的缺失，对他的影响重大。而如今父亲的离去，更是一种莫大的缺失吧！即使表面不想承认，但是横越于内心的缺失感，是不能逃避也逃避不了的。对咏之来说，这种感觉更是明显，像一颗巨石堵在澎湃的胸口，任再怎么平静安抚都回转不过来。

她突然想起心城，就像他突兀地在刚才悲伤的梦里出现一般，此时的脑子里轻轻地，探出他的身影来。这会儿她才想起几天没和心城联系了，应当都很想念自己了吧！她满腹心事地想，但是又不敢肯定。适逢春节时期，火车上喧喧嚷嚷的人群，到了早上时分更是如此。咏之轻声叫了下母亲，跟母亲要了手机，然后母亲看着她，并没有多问。只是陆陆转过身来，问要打给谁。

"打、打给心城。"陆咏之在脑子里搜索那几个数字的组合，其实她记住的，只不过是他家里的电话。

"林美景的弟弟么？"陆陆问。

她点了点头，没有表现出任何表情，反正他和心城的姐姐认识是早已经知道的事。

只是电话响了四五声，还没有人接，咏之正欲挂掉的时候，才听见美景的声音，慵懒地问："你好，请问找谁？"

"心城在吗？"她的声音小小的，脸颊却不知所措地红了起来。

"你是咏之？"大约也听出她的声音来了，然后又不等咏之回答便说，"心城出去了，这几天老是出去，他很担心你，那天还问你去哪里了？你哥哥呢？怎么也是几天没见了，赵季桀也在找他。"

"噢！回去再说，家里发生了一些事。"咏之落寞地，想要将电话挂断，却听到美景大声地说："心城的手机，你记着。"然后便在咏之的手忙脚乱之下念出那串数字，咏之念出来，示意要陆陆帮忙记住，陆陆点了下头，然后飞快地拿起旁边包包里的笔记下。

"记了么？"

"嗯！记了！"

"那我出去了，有点事。对了，你哥哥在吧？跟你哥哥说一下，季桀在找他，没什么事我先叫他别担心了。"

"嗯！"

"那我先出去了，拜拜！"她飞快地挂掉电话，然后再一次打开门，走了出去。之前是准备要出去的，但是关上门走了两步就听到电话响，于是就重新开门再接下电话。

跟赵季桀约了出门逛花市。

腊月二十七了，初年市到处都是一派闹哄哄的气象。

季桀依然神色沉重地站在那里，见面的第一句话就是："刚才从陆陆家出来，他还没消息。"他皱着眉，看得出很烦恼，不等美景开口又说，"你弟弟也在那里。"

林美景此时暗地里只是潜意识地说了一句——"两个痴心的男人。"——但是这样想了之后，又觉得不对劲，说是林心城为了陆咏之，那季桀对陆陆是怎样？她晃了晃头，然后说："刚才陆咏之打电话到我家了，找心城，心城不在家。"

"啊！那她有没有说她哥哥？"

"都在一起吧！问她什么事，她说回来再说。应该是没什么事了。"林美景看着赵季桀说，此时他依然呆呆地，不知道该说什么。似乎在沉思着些什么？

"为什么都不打个电话给我，又不是不知道我电话，猪头。"嘴巴里呢喃着，美景确实一声都听不到，只见他嘴巴动来动去。

"那？还去不去花市？"许久之后，边走边想的赵季桀突然问。

"为什么不去？"林美景疑惑地问。

"陆陆不是要回来了么？"他睁着大眼睛跟美景说。

"我有这样说么？我只是说咏之打电话回来了，然后说具体的事情回来再说。"

"噢！那你记得刚才她打来的电话么？"

"没留意，我赶着出门呢，大少爷！你催得那么急。"林美景说完还瞟了他一眼，以示鄙视。

"那、我们去你家吧！"

"你是想去看电话吧？"果然是么？果然陆陆消失了那么多天，好不容易插个空，叫你出来逛花市，这会儿还给一个电话给折腾了。

"不是啦！花市等下去，我都没去过你家，去看看嘛！"这是口是心非的最佳证明么？可是如果直接说，当下面子也搁置不下，不过，说是"担心朋友"之类的话，应当也不过分吧！赵季桀心思百转千回，偷偷看着林美景的脸色。真够吓人的，比生起气来还吓人，那张脸，像是从冰箱的急冻室里拿出来的冰冻鸡一样，没有任何表情。

"解释等于掩饰。"林美景白了他一眼，然后转身往回走。

边走他还边唠叨着说："我是真的没去过你家啦！带我去看看都不肯，真是的。"

"我是看我小叔小婶，还有那个老头子都不在家，才带你去的，就一会儿，看完电话就走了。"

"还没到你家呢！就下逐客令了，而且你叫你爸老头子也太苛刻了吧！虽然他……"还没说完，林美景就立刻来了一记很凶的眼神，吓得赵季桀不敢继续说。

"不要多嘴了，八公！"

"什么叫八公？"赵季桀颇为可怜兮兮地问。

不过也是为了抛砖引玉，而带出林美景说出那句——"八卦的男人，就叫八公，八卦的女生，叫八婆。"

"那八公和八婆也是一对啦！有八婆必有八公。"或许是无心的一句形容，但是林美景的心里却无比淡定地被刺痛了一下。但是她也是淡淡地扫了他一眼，然后就不说话了。

林美景开了门，都没招呼赵季桀进来就直接走向电话机。赵季桀慢吞吞地走进来，欣赏着林美景家里的装饰。家里有很多乐器，都挂在墙壁上，有些大概是不能用的二手乐器，但是挂在墙上装饰很好看。外面前院的花草，此时只有一株小小的梅花，淡淡地打着芽儿。不过，这个家，也算是很好看，很温馨了。

林美景拿着笔和纸，在纸上刷刷刷地抄写着。林美景走到正在四处张望的赵季桀面前，然后说："别假了啦！赶紧拿了电话去花市吧！"

"你家真好看！"

"肯定没你家好看！有钱人的儿子。"林美景又鄙视了他一眼，然后就要去穿鞋。

"果然是赶鸭子一样地招待客人啊！这么快就要走，坐下都不行么？"赵季桀嘴上虽然抱怨着，但是一只手拿着纸条，双眼还不停地打量。

"你说呢？"林美景穿好鞋子，然后叉着腰跟他说。

"我说……"赵季桀眼睛直愣愣地看着门口处，林美景疑惑地转过身去，只看见站在门口处的小婶。林美景不知道该说什么好，脸红了起来。

林美景挪开了一点位置，让郑仁燕走了进来。

"美景你不是说，要去花市么？"郑仁燕边往里走，边问。

"是啊！要去了，这是我同学，赵季桀，我回来拿点东西。"看着小婶的背影说，然后又转身过来朝着赵季桀吐舌头。

"噢！这样！"郑仁燕转身对她笑笑，然后看了看赵季桀。

"阿姨！你们家真好看。"——果然是很没头脑的人，林美景拉着出言没条理的赵季桀走了出去，边走边向郑仁燕说："小婶我们出去了。"

【3】

还没走出深水街，赵季桀就已经连续打了四个电话了，打过去都是已关机。于是只好无奈地耸肩问林美景："你真的确定刚才是听到了电话，而不是幻觉。"

"幻觉你个头啦！"

"那怎么会现在就关机。"一脸懊恼的表情，看着真讨厌。一点都看不出之前还为自己的身世问题难过的样子，整天一副天塌下来也能开玩笑的样子，真受不了。

"可能跟我家心城聊了很久电话来着噢！然后就没电了。"林美景的声音突然变得很甜美，听得赵季桀此时浑身都是鸡皮疙瘩。

可是，赵季桀正要说点什么的时候，却看见林美景呆呆地，看着前面的两个身影出神。

"喂！怎么了？被鬼附身啦？"

"那是我爸。"她直直地指着前面一个男人的身影，旁边的女人双手空荡荡的挽起手叉在胸口处，而男人却提着大袋小袋。

"女的是？"被他一说，她惊讶地发现，那个女的，竟然就是小叔给他请的保姆。靠！这样看上去，好像是自己的父亲比较像保姆一点。此时虽然说很愤怒，但是她还是克制了，反正理也理不着的吧！多一事还不如少一事，上次的巴掌，还隐隐作痛呢！可是作痛的，应当是心口吧！

"不知道。"她看了他一眼，简洁地回答。

"真的不知道？"

"喂！你好八婆啊！"

"八婆不是你么？"

林美景突然走得飞快，走之前还抛下一个懒得理你的眼神。

心城听完电话之后，从深水街赶紧奔向火车站。

这几天来，估计连楼下的保安叔叔什么的都认识他了。虽然有跟他们打过交道，并且都问了陆咏之家的详细情况，但是他们依然不知道具体的真相，只知道在前几天的早晨，看到他们携带着短途旅行似的行装然后出了门。向来都很少说话的一家人，只是默默地出了门，连招呼都没跟保安打。所以他们只看到事情的表面，并没有知道事情的原委。

心城是在早上十点多接到陆咏之电话的，反正电话一响他就很兴奋地接了起来。

听见的却是，陆咏之略带沙哑的，疲倦的声音。

可是他依然没有问清事情的原委，她只是说了正坐火车回初年市，应该还有一个小时左右就可以到火车站。心城问了火车的班次后，就往火车站赶。而且连再见都没来得及说，那边就断线了。

咏之懊恼地看着手机屏幕，原来是没电了。

陆陆此时靠着上铺的栏杆，看着窗外。刚才跟他说，赵季桀在找他的消息的时候，他只是在眼神里闪过一丝难过，然后片刻又消失。其实，继而是失望和悲伤，那些稍纵即逝的眼神，其实，都看得出。以前，将所有心思放在六六身上的你，还有此刻，挣扎于另一些情感中的你，都是如此真实。其实哥哥，我真的知道。可是我无法介入，也无法游说你的感情。

当火车哗啦啦地擦着凛冽的寒风往初年市前进的时候，自己那一刻的心，却突然被悬了起来。不知道为何，就是很害怕，突然很害怕，再次去面对这些生与死的话题。她承认，这么多年来，这些，依然是自己的死穴。祝冉忆，坐在下铺，收拾好行李后就一直望着窗外。上铺的咏之和陆陆一直在低声聊些什么，但是此刻也是各自沉默。骨灰盅此刻放在自己的脚边，却不知道用何种心情去看待它。

它里面藏着他曾经的身躯骨架，可是，却没有禁锢住他的灵魂。

我记得，时光回转多年前的你，炽热的心以及笑容灿烂的你，那时的魂魄之汹涌，应当宛若此时凛冽呼啸的风声吧！不同的只是，它们是寒冷的，而你是滚烫的。

【4】

火车到站的时候，陆陆和母亲带着行李下车，而咏之却抱着此时已经被装在盒子里的骨灰。除了咏之，他们约莫都不知道心城此时会在站外等她，而咏之更不知道，要用何种心情面对他。正懊恼着，早知道不要让他来的时候，就已经看见人群中，他一跳一跳挥着手的身影。

咏之伸手去对他挥了挥，脸上却没有什么表情，另外一只手，紧紧地抱着那个盒子。

祝冉忆转过身来问她："那是谁？"

"林心城，我同学。"咏之飞快地说道，然后又抱紧了那个盒子，此时的心城，沿着火车站的栅栏往外走，随着他们出站的人流一起走。

"叫他回去吧！我们身上都有晦气，等安置了你父亲的骨灰后，你们爱去哪里见面都成。"祝冉忆冰冷冷地说，咏之瞪大眼睛看着她，"这是风俗，再说让他父母知道了这点事，也会生气的。你们小孩子就是什么都不懂，等下我去跟他说，你好好抱住你爸爸的……"骨灰两个字应当是太沉重了，她都没有说出来，就在"的"字那里直截了当地停下，然后向前快走了两步，往心城的方向走去。

"妈……"咏之突然想叫她，语气不要太不好。可是她已经挤过人群，然后慢慢地消失在人群里了。

咏之和陆陆站在广场里等她，一边看着拥挤的火车站广场，此时的火车站，像是冬天里翻滚的粥一般，满满地，快要溢出来了。所以，看来看去，都看不到母亲的身影。

过了一会儿，才看见母亲从人潮里挤着过来的身影。

"妈你说什么了？"陆咏之试探性地问。

"没说什么。就实话实说，然后叫他先回家。"

陆咏之没说什么，也不知道该说什么，就头低低的，似乎在沉思。

"我们不回深水街，直接回永和。"祝冉忆看着陆陆说，然后拉着他的手，往外面走去。

心城站在喧喧嚷嚷的火车站广场，很久很久了，后来不知道怎么的，就跟着人群出来，然后沿着马路走了很久很久，才回过神来。看到地铁站就走进去了。

她妈妈说，咏之她爸爸去世了，我们要回乡下一段时间，以后你们再见面，现在见面不好。她远远地说，至少有两三米的距离，隔着那些形形色色的人群，听到这句话的时候，他突然愣住了。然后不知道该作何表情的时候，她就走了。

这一次，真的是不知道该用什么心情去对待。

要不，去花市走走吧！姐姐说今天花市开了。

反正，回去也很难过，不知道该做什么。咏之打电话来的那个手机，应当是她妈妈的话，现在一直关机了！

可是也没料到在花市就碰见姐姐，各色各样的花，心城只是走马观花地看着，并没有一门心思在欣赏花或者要买什么花上面，姐姐和赵季桀从另外一端往回走，他们正在看一盆水仙，然后抬头的时候，就和此时正站在店与店之间的那条缝隙之间的林美景眼神对上了。美景从缝隙里穿过去，季桀放下手中的水仙花，然后也跟着过去。

"刚才咏之打电话到家里找你，我把你的电话给她了，她给你电话了么？"林美景站在心城前面，然后问。

"嗯！给了，我也见到咏之了。"心城面无表情，淡淡地说道。这时赵季桀凑了上来问："陆陆也跟她一起么？发生什么事了？"

"看到他们了，但是没有和他们说话，她妈妈过来叫我别跟她见面。咏之她爸爸去世了。"赵季桀的表情像是受到莫大的惊吓一般，而林美景的表情虽然要装出淡定，但依然还是一脸扭曲的神情。

"他们回乡下了。"末了，心城补充说道。

　　三人就站在那里，几分钟，都没有再说什么，他们交集起来的心情，也许是，他们很悲伤，此刻要怎样去面对他们的这种心情。而不是，原来这几天，他们是去处理这些事了。

　　末了，赵季桀看似也没心情再继续逛了，所以说："回去吧！没心情逛了。"

　　心城也是呆呆的，然后跟着季桀往回走，只有林美景，拉住季桀的手说："等等！我去买那株水仙花。"赵季桀看了她一眼，然后跟心城说："你陪你姐姐吧！我先回去了。"说完之后就在林美景僵硬的表情里走了，她也没有再说什么。只是转身去买那株水仙花，然后将它捧在身前，一路无语地，往家的方向走。

　　各怀心事的少年啊！那些仿似玻璃球般的美好时光，都消逝在年少的地方，那些再也回不去的纯真，只愿有岁月可回头……

　　——但却不知，这人间，唯有深情共白头。

【5】

　　陆老太此时坐在屋前的空地里，呆呆的，也不知道在想什么。

　　她的眼眶红红的肿肿的，其实谁都知道，她哭过，但是依然没有多少人知道她哭什么了。这乡下邻里的，虽然住了这么多年了，但是，始终不是自己的故土啊！陆老在门墙边踱步，昨晚媳妇来电话说今天会回来。可是都快正午了。

　　"老头，就别晃了，晃得我心神不宁的。"

　　"唉！老伴，说实话，这么多年来，你有恨过冉忆么？"

　　"没有！"她回答得很简洁。

　　"其实我有。"他叹了一口气，然后幽幽地说。他看了一眼陆老太，然后坐在他身旁说，"我们失去的太多了，一切都是她造成的，如果不是她，琼工也不会弄成今天这样吧！如果不是……"

　　陆老太捂住他的嘴："稍后见到冉忆，这些话就省了吧！其实，这一切，都是命，自从儿子跪在我面前，将头快要磕出血的时候，我就认了，这些都是命，逃不了的，就别怨恨其他人。这么多年来，我只是可怜冉忆所承受的一切，难道这些还不够么？人不能总活在恨里啊！"

　　"你说得也对，人不能总活在恨里啊！但是……"

　　"没什么但是，从二十几年前那一刻开始，就没有但是了，只有认命了。"

　　陆老此时不知道再继续说什么，大悲若空，或许就是老伴此时的心理吧！她虽然哭，但是从没有埋怨什么，也没有哭诉什么，只是静静地落泪。岁月给了那动荡的岁月什么，而那些动荡的岁月回复的，又是什么？或许，人生于世上，就是寻找一个另一个的家，因为，只有家，才让我们不可能是流浪者。

因为只要有家，我们就不会是流浪者。

可是，曾经的那个家呢？而如今一直坚守的家呢？

前者是命运的变迁，后者，约莫是时代的腾飞吧！

其实总有一天，家的概念，会越来越模糊，有亲人的地方，就是家了吧！可是，对于自己这一辈来说，一切，都不是这样的解释。

家——是故土的所在。

正午的太阳前一刻才晃着眼眉一直眨，可是经过尘土飞扬的泥路的时候，天幕像是汽车的玻璃般，被阴霾地蒙上一尘灰。

祝冉忆一直哭，从进村口就开始哭。陆咏之也跟着母亲哭，而陆陆却哭不出来了，心里压着一块巨大的石头，像是要堵住所有的心思。或许她们哭，只是为了宣泄心中的恐惧与不安，可是自己哭的话，他找不到任何理由。这样的说法未免残忍了些，但是——其实也只是因为，你的在与不在，或许我也感觉不到任何温暖。

从小的那个阴影，如影随形了那么多年，洗都洗不掉。

就像有人怕壁虎一样，说不上来为什么怕，但就是因为有过心理阴影，所以怕。

或许是渐渐地也是一直哭。走到屋子前的时候，陆陆看见母亲已经跪倒在爷爷和奶奶的前面，哭得说不出话来。爷爷背过身去擦眼泪，咏之哭得肩膀一抖一抖的，陆陆低着头走过去，把咏之手中的骨灰盒拿过来，他怕她摔着了。

陆老将祝冉忆从地上扶起来，然后一家人进了屋子里，留下后面的一群人在唧唧喳喳议论着。陆陆一切都没有听到，只是听到咏之和母亲的哭声，奶奶也哭，但是她没有哭出声，只是一直用袖子擦着眼泪。而爷爷一直没有说什么话，只是安静地，看着这一切。

进了里屋，陆陆看见母亲再次跪了下来。

"爹，妈！我对不起你们。我没有……"

"冉忆，别说了，人死不能复生。一家人，没有什么对不住的！都过去了，都过去了……"陆老抢先说，而陆老太只是轻轻地拭擦眼泪，然后说："这一切，都是命，当年他跪在我面前求我带你离开的时候，我就已经坦然地接受这一切的变数了。每个人，都会去，只是时间的迟早罢了。过几年，我们也会走的，到时，你难道也要觉得对不住我们么？傻孩子，你还有咏之和陆陆，你要好好照顾他们，他们是陆家的血脉。"她说到泪眼蒙眬，但是声音依然不哽咽。

咏之和陆陆，此时听得云里雾里，什么离开不离开，什么命不是命的，可是他们也不好插嘴，如今的这个关键时刻，一切都不能以言语凌乱之。

祝冉忆听到此番话，更是哭了，眼泪怎么也止不住似的，宛似蜡烛滴下来的烛泪一般，源源不断，直到心中的那一条悲伤的线断掉。

——可是，那一年被剪断的线，也是一辈子都无法恢复的吧？

可是，如今又被接上，因为他的死。

【6】

陆老早就看好了下葬的时日，其实也不好耽搁太久，眼看着就要春节了，省得放在家里给人说三道四。第二天，清晨一家人就清清淡淡地出了家门，在家乡里请的几个力士，连夜挖好了坟墓。前夜命人刻好了墓碑，这一切，他默默地在做，悲伤都忍在了心底。

岁月给了太多不安，如果要一一去计较，那一辈子，还依然是白过了。

其实，那一句话说得好——"让人成熟的，不是岁月，而是经历。"

其实倒过来也是一样的道理，岁月只会让人变老，若是没有那一年的那一些事，应该永远都不可能走到而今的境地吧！

天色微暗，陆陆和咏之牵着手，走在清晨还没完全清晰起来的山路上，爷爷在前方举着灯笼，力士在前面抬着棺材。即使父亲的躯体已经成灰，但是爷爷依然说要按照老风俗来埋葬，于是还是将骨灰放到棺材里，固定好下葬。陆陆知道这一切的用心良苦，人的生与死，就一次，而且如今悲壮地逝去，要奈何人们如何纪念？

其实咏之心里也埋藏着众多的问题不解，爷爷的话，奶奶的话，像是一道又一道的密语一般，又像是"乱花渐欲迷人眼，浅草才能没马蹄"的诗题。

可是那一天过去了，母亲像是丢失了魂魄般，像个傀儡娃娃一样，机械地做着那一切的事情。

奶奶也是，只有爷爷看起来还像是个活人，能有条理地做着事后的那些东西。

从父亲被通知去世到下葬的那一天，总共是五天过去了。他们要待到头七日，才能办完这一切，回深水街。可是问及两老的意见时，他们依然不肯一起回初年市。

祝冉忆对他们的想法心知肚明，于是没有再强求。

留下的，只有一张黑白照片，那里面的你，对着我们，天天微笑着。

可是每次看见那些微笑，都很难过。陆咏之抱着父亲的照片，坐在回初年市的车上。爷爷和奶奶依然不肯跟他们回初年市过年，他们说留在永和村便可。

咏之记得，每一年的春节，她最喜欢回永和的日子，这里有鞭炮，有撒野的小孩，有最淳朴的过年的气息，前来拜年的人们，脸上都带着笑容，亲戚家里排排坐。可是咏之从小就觉得自己家的亲戚很少，连叫得上称呼的，更是有限。她不懂这之中的巧妙，自然也不懂父亲过世后，只有他们小小的一家人忙碌着这些事，若是连母亲都离去的话，那这个家，也就散了吧！想到这里，咏之又落泪了。

陆陆坐在旁边，一直没说话，这些天来，他说过的话，凑不上二十句吧！咏之心想。

那些乱乱的思绪，就如此，在脑里飘着，随她回初年市。然后回深水街。

母亲前几天得知父亲去世的消息后，匆忙离家的时候根本来不及捎带其他的物品，只有随身的衣物和银行卡罢了！连手机的电池或者充电器之类的也忘记带。如今电话没有一点电，她想打个电话也不能。

手机没电前的那一刻，她还和心城说着话，然后说着说着就断掉了。

可是真正回到家的时候，她却什么都没有再想了。将父亲的照片安置好之后，三人回了房间，睡下去，便不想再起来似的。他们各自沉浸在自己的悲伤的梦里，谁都不知道，明天伊始，一切将要往怎样的轨迹进行。

咏之记得母亲回来的前一夜，坐在大厅里跟奶奶一直说话。半夜她上厕所的时候经过大厅，脑子里虽然一片迷糊，但是依然听见母亲在哭的声音和奶奶颤抖着说话的声音，她那时没有去多想，那些哭声里，究竟只是包含着当下的悲伤，还是更多的，她不知道也不懂得的一切。

从父亲去世的那一天起，她就觉得这一切，来得太突然了。

从回永和那天开始，她只是觉得这一切，他们的家，没有这么简单。

她在这样的猜疑里，渐渐入了梦。黑夜其实也没有那么黑，她只是淡淡地睁开眼睛，然后回想起多天一直做的那个梦，然后再安静地闭上眼睛。爸！大概我再也不能梦见你了，因为你也不在了，我没有勇气。

这天晚上，陆陆做的那个梦里，是多年多年前的一个梦。

梦里的父亲，将自己打得皮开肉绽的，很是恐怖，但是他却感觉不到痛，只是满腹的恨。

在梦里作为第三人称的自己看见童年的自己，他记不得那时自己究竟几岁，只是那些疼痛都化成恨，然后深深地扎进自己的心里。随着这些年的自己，一直成长。

【7】

第二天陆陆是被电话吵醒的，他从被窝里挣扎着起来，随手拿起旁边的电话，慵懒地接了起来。

是赵季桀打来的。

其实刚开始，赵季桀也没想过他会接电话，只是想确定一下他回来了没有而已，因为明天，就是年三十了。

"昨天回来的，很累，就睡了。"赵季桀惊讶地问陆陆什么时候回来的，但是对方只是淡淡地说，像是有气无力似的。

"然后就睡到今天，还没起床？"

"嗯！很累。"他似乎是一直强调累这个词，其实什么感觉都说不出。

悲伤、难过这类的词，一个都挑不起那种心境。只是很压抑，对！压抑。

这么多天来，他甚至想到逃避，其实他有想过逃避，只是，自身太弱小，一个人也逃不到哪里去。于是这样的想法，仅仅是想法而已。

"我来你家吧！你还没吃饭？想吃什么，我买上去。"

"我喜欢吃什么，你知道的，我再睡会儿，你到了，再响一下电话。"

"嗯！好！"

那天赵季桀进门的时候，一切都静悄悄的，就像每一次去他家一样。只是这次却感觉很冷清，很冷清，说不出的感觉。

"你妈和你妹妹呢？"

"不知道，应该在房间吧！"

"昨晚回来到现在你就没出过房门？"

"嗯！"

"去刷牙吧！吃点东西，几天不见，你憔悴了好多！"他微笑地看着他，然后伸手想要去摸他的脸，却在半空中僵住了，然后变换了方向，拍了拍他的肩膀说。陆陆无力地笑了笑，然后走了出去。其实这样，才算是好朋友或者是好兄弟的动作吧！五六天不见，其他的都不问，或许也应该知道的，但是见面的第一件事就是关心自己，多难得。可是不知道为何，对着镜子刷牙的时候，刷着刷着眼泪就下来了。

回到房间的时候，他看见季桀在整理刚才提来的袋子里的东西。看见陆陆回来的时候，转过身对他说："我想到你们都还没吃东西，就买多了一些。你可以先放在冰箱里，等下她们起床的时候，可以吃。"

"嗯！"不知道该作何表情，如果太兴奋，会不会显得太假？——又或者，是自己想太多了吧！

吃完的时候，他和他依然像以前的每个下午一样，躺在床上。只是这次也没有听音乐，只是静静地听陆陆说这些天的事，他说他父亲去世了，然后火化了，接着回了家乡，然后埋葬了。如此悲伤的事，季桀却感觉在他的语气里，听出轻松的意味。

　　电话再次响起的时候，是心城找咏之的，他走到咏之的门口，敲了敲她的门。她出来开门的时候，眼睛很肿，肯定是又哭过了。陆陆丢下一句"有人打电话找你"，然后就走了。陆咏之走到大厅去听电话，然后又听见陆陆在门缝里说："冰箱里有东西吃，如果你还没吃东西的话，可以吃点。"然后又关上门。

　　咏之握着电话也不知道说什么，只是简单地嗯了几声。

　　心城将客套的话都说完了，也不知道再说什么。

　　"我去你家找你好么？"过了许久，心城才这样问。

　　"明天我们再一起出去吧！"算是拒绝，但是也是约定。

　　"噢！好！那你今天做什么？"

　　"很累，我想休息下。"咏之的语气像是想要挂电话似的，于是心城在那边着急地说："等下，那个，咏之——节哀顺变！"这句话在太多的电视剧里听到过，但是这次经由自己的嘴巴里说出来，却觉得特别拗口。

　　"嗯！知了！"这句虽然是安慰人心的话，却突然又在刚刚平复下来的心事上，插了一刀。

　　她挂了电话之后，洗漱完毕去了母亲的房间。依然没有将陆陆刚才交代的话放在心上，也可能是没有胃口去理会那些吃喝的东西。

　　母亲的门并没有关，她推门进去后，只看见母亲坐在床上翻阅着那本她童年时，母亲收得紧紧的小册子。咏之轻轻地坐在母亲的身旁，她淡淡看了咏之一眼，然后指着相册上的少女说："这是我年轻的时候，跟你很像呢！"

　　咏之从没有看过这张照片，照片上的母亲，穿着很好看的衣服，面容也姣好，笑得很好看。

　　"这是谁？"咏之指着母亲旁边的那个与母亲神似的中年妇女问。

　　"你外婆！"此时她也是淡然了，该知道的，这世上没有谁能告诉他们了，还不如一一道出，这辈子或许活得轻松。琼工，以往你是怕我伤心难过，你能安慰我，可是如今，你也去了，我必须自己面对这些了。所以，这些记忆，是应该让他们知道，然后，他们或许就可以为我承担了吧！

　　"外婆？你没跟我说过他们。"咏之摸着那张照片，惊讶地说。

　　"你去叫你哥哥来，我说给你们听。"祝冉忆推了推咏之，她慢慢地向门口走去。

　　敲了敲哥哥的门，他来开门的时候，只露一条门缝。

　　"妈妈找你。你过来一下。"

"嗯！"陆陆看了他一眼，然后才说，"好！等下！"

咏之坐在大厅里等他，没有直接去母亲的房间。

片刻之后，咏之看见赵季桀从房间里出来，揉了揉后脑勺扁平的头发，然后对着咏之点了点头，才往外面走去。

"妈找我做什么？"

"是找我们！"咏之轻轻地打开母亲的房门，然后掉头跟哥哥说。

【8】

她静静地坐在床上，陆陆背对着她，咏之拉着母亲的手，听她讲那些久远的往事。

"永和并不是我们的故乡，我生在一个叫清风里的地方。"她说着，翻开一张照片，然后翻出一页写满了字的页面。咏之拉了拉陆陆的衣服，他转了过来。

他们惊讶地看着母亲，咏之突然想起爷爷和奶奶在他们离开永和的时候说的那让童年的自己听不懂的话。突然，有些光透了进来，照进那些阴暗的往事里。

"那一年，命运将我遗弃。在遇见你父亲之后的人生，很是美好。在我们订了婚之后的那一年的剧变，让我们措手不及。即使想要再去追究，也无济于事，因为连仇家是谁都不知道，在视钱财为生命的时代，最根本的利益也莫过于钱。"咏之听着母亲说的这些话，依然莫名其妙，似乎她的话里，不带着逻辑，只是任由着自己的情绪而来。

"1983 年，我记得的，那时我还不叫祝冉忆，我父亲是当时清风里最大的地下钱庄的负责人，那一年的钱庄出了很多状况，具体的我也不知道，我只是知道那段时间，家里整天都好多人，他们在父亲的房间里，说话很大声，吵架的内容全部都是围绕着钱怎样，钱那样，我一点都听不懂。后来，有一天晚上，我拿着手中的相册正欲出门与你爸爸约会的时候，有一行人从后院进来，当时我记得夜很黑，下了点雨，接近十点钟了，我不知道他们来做什么的。我怔怔地站在门口处，在黑暗中看着他们，他们拿着明晃晃的刀子，把我吓坏了，我快身从门口处闪了出去。然后，我就开始听到细细的压抑的尖叫了，我也不知道那些叫声持续了多久，只是再次安静下来的时候，我浑身发抖，冷汗都流湿了背脊，我从门口处走进去，看见一地的血，我不敢叫出声来，我知道肯定是刚才那帮人做的，他们肯定在灭口。我进了大厅，然后看见满地都是血，我看见父亲，瘫坐在地上，全身都是血，那时他还没断气，我坐在他面前，他极力地推着我的身躯，用最后的力气，叫我走。他静静地闭上眼，我害怕那些人再次回来，于是从正门处跑了出去。"陆陆看见母亲抽泣了一下，似乎在说别人的故事，可是此时的咏之，听见这么残酷的事情，眼泪已经覆满眼眶了。

　　"那一夜，我穿越那条黑暗的滴水的小巷，我很害怕，裙子上还沾着父亲身上流出来的血。我跑到你爸爸家，已经说不出什么话来了，简单地说了那些经过后，我便晕了过去。再次醒过来的时候，我已经在离开清风里的车上了，那时候，最普及的交通工具还是自行车，你父亲载着我，将我用绳子绑在他的身上，他怕我掉下来。你爷爷和你奶奶各骑一辆，车上载满了一些行当，那时候，我的脑子里，依然是一片空白，身上的裙子已经被换过，但是血腥的味道，似乎还停留在鼻息间。那时候，到处都是山路，晚上我们不敢骑太快，大部分的时间，都是你父亲推着车，然后你爷爷在前面打着手电筒。第二天清晨的时候，我们才停留下来，我不知道那是什么地方。但是你父亲觉得还需要再往前走，于是我们只停留了一个上午，又再次骑着自行车出发，我们到了晚上，才到了永和。后来，我们在那里住了下来，只是很多东西，根本无法接续下来，你父亲要重新找工作，你爷爷和你奶奶整日无所事事，但是他们没有冷眼对待我，刚开始的那段时间，他们对我无微不至，生怕一点言语间的错误就触及到我的伤心处……"她哭，只不过此时的哭，依然淡淡的，没有哭出声来，擦了眼泪再继续讲，咏之伏在陆陆的肩膀上，眼泪渗入他的衣服。陆陆也哭，内心难过得像是要裂开一般。比起父亲的死，母亲的这些，才是巨大的悲伤。或许，这样说是残忍的，但是，那些母亲的经过，才更残忍吧！

　　"我们需要吃饭，外乡来的人，没有一点优势。那几年，你父亲很劳累，什么工作都做，挑水泥，做工地的活儿，搬砖头什么的，也干过了。后来经济是渐渐好了起来，你爸爸去市区里打工了，工资也高点，但是很累，我看得出。他晚上回来吃过饭就睡，有时没回来，就睡在厂里。但是他无论多劳累都不会和我说，生怕我担心似的。刚到永和的那一年，我整天抱着这本小册子，天天哭，它是我唯一的信物了，证明我曾经拥有过那一个家的信物。我用了好久好久的时间，来恢复那一年巨大变动的裂痕，可是我发现，许多年过去了，它还在，只不过，它渐渐地从伤口，变成了疤痕，而那条疤痕上面，覆盖着太多我欠你们陆家的人情了。所以，我这些天来，一直很难过，很难过……"

　　"妈！没事的！奶奶没怪你，我们也没怪你，我们是一家人，不是什么陆家什么家的。"陆陆突然拉着母亲的手说。

　　"我和你爸爸，第一次一起去办的，不是结婚证，而是身份证，我入了陆家的户口，跟着你奶奶姓，并且取了新的名字，叫祝冉忆，这个名字，是你爸爸取的，它之于我的意义，就像是结婚信物一般。虽然我们这些年，没有行过结婚仪式。"她从陆陆的肩膀里，抬起头来，然后擦了擦眼泪。

　　"其实，这么多年过去了，怕是你爸爸也忘记了，渐渐安稳地生活了。多年来的劳累让他积累了一身毛病，只是他一直不说，我虽然知道，但也无从入手去关心他，而且这几年他又常年在外。眼看着生意一点点好起来，我可以开着自己喜欢的画廊，然后有了点积蓄的时候，他就这样突然去了。他给了我这个安稳的家，现在随着他的离开，突然又支离破碎了。"如果有多大的悲伤，都能在这些哭泣里化解的话，那么，那些经年的岁月，都是水泡么？一碰就破。

"妈！还有我们，我们都是这个家的。"咏之哭着说，她伏在床上，眼泪渗进了被单。

"这世间，唯有亲情最伟大，我知道，我与你爷爷奶奶和你爸爸都没有任何血缘关系，但是，这世间有一种爱，将我们变成一家人，然后聚到一起。所以，我们再也分不开了。你奶奶是这世界上，最好的最善解人意的人，这么多年来，是她的体谅，让我心安。"她顿了一下，然后又说，"所以，你们要懂得。"

"嗯！我们懂。"

"陆陆我知道你恨你爸爸，以前他打过你，你小，我以为你不会记得，但是这么多年来，我知道你一直藏着那一年的心理阴影和心事。但是，你要相信，你父亲的脾性就如此，你们应当不相信，他爱你们，多于往年爱我的岁月，你们是他这么多年来，努力工作的动力，他从来没有偏心于你们任何一个，只是他也是知道，陆陆你依然恨他，他一直在等你，等你真正了解他的好，可是，他没有等到，就已经走了。"

陆陆抠了抠床单，不知道该说什么，只是很难过。

可是此刻，咏之又再次哭出来了。

往日世界，多荒芜，我都只想安然地让它过去了。

只是，你的死，他们的亡，依然像是一条暗河，在昔日的伤口之下，流淌着，终日不休。

你留下给我的，那些往年月的日以继夜的深情，我一一留住了，它们将陪着我，度过白头！

只是我知道，你说出这些话以来的日子，我觉得比先前还不自在。它让我觉得，我对所有的人与事，都有所亏欠。我以前是陆陆，现在却变成冷血的陆陆。人非草木，也非冷血动物。

我也会对其他人动情，所以理所当然地，你对我的那些爱，我都一一感受得到了。

虽然，你不在了。

但是，只愿你走好，我们会好好的。

Chapter 10 我把岁月交给……

对人生，对死亡，给予冷然一瞥，骑士驰过。
——叶芝《班伯本山下》

【赵季桀】

如果有一天，我能站在你面前，叫出那个亲切又对我来说、习以为常的称谓的时候，你肯定会像往常的年月一般，对我傻傻地笑吧！

以前我不懂得那些笑，现在我懂得了。

我很怕别人来揭开我的伤口，让它再一次流血。

所以我所有的假装坚强的面具，每一天，每一夜，都修复得很好。

没有什么东西是永恒的，悲伤也是。

没有什么东西是绝对的，亲情也是。

所以，我打算忘记的时候，你不要来提起好么？

就让它静静地，成为一个秘密。

可惜，事与愿违。

【1】

"清风何处照月明，河里无处不亮堂。"

陆咏之看着心城，幽幽地念出这句诗。

在母亲道出那个秘密的第二天，她和心城约好在深水街见面，心城依然不知道怎么开口去问她。可是未等自己开口，咏之却是幽幽地念出这句诗。此时的心城更是莫名其妙了。大街上来来往往的行人，一派繁华喧闹冲淡了他略显尴尬的脸容。

"清风里你有听过么？那才是我真正的家乡，是我爸爸和我妈妈出生的地方。"咏之看着前面，眼神里没有一点聚焦的点，涣散开来的目光，像是藏着诸多的思绪。

"清风里？是以前那个最大的地下钱庄么？我听我爸说过，后来，据说是出事了。"心城回忆着说。

"是么？你爸知道？钱庄是被灭门了吧？连仇家都不知道是谁。"

"我爸只是说出事了，没说这点，咏之你怎么突然问这个？"

"我妈是当年钱庄负责人的女儿。"

心城怔怔地看着她，双眼瞪得浑圆——"那你妈妈？"

"她逃了出来。"

心城的心里仿佛回荡着无限的喧嚣的风，快速地将那些伤悲聚拢而去。

他们在深水街上漫步，慢慢地走着，咏之淡淡地说完那句话后，内心却纠缠满了宛若海草般的细小的悲伤。昨夜她没有睡好，无论是父亲的死，还有母亲的秘密，都将她的心撞得四分五裂。只要一睡着，梦境里就是父亲的那张脸，还有母亲跑过深夜小巷的情景，那些血似乎游离在自己的鼻息间。然后她，醒了过来，发现自己一身冷汗。

"咏之，对不起，我不知道该说什么，这几天，发生在你身上的事实在太多了，我也很难过，你知道么？我一遍又一遍打你家的电话，每天早上都去你家门口等，希望你回来。因为我很怕你消失，就这样离开了。"心城无法对着她表达出这段话，于是低着头，望着自己的鞋子。

"没事啦！那些事，始终会来，始终会知道，只是，无论何时出现，我都需要时间消化而已。"心城此时被咏之的这一番话镇住了，因为它成熟而且有条理得不像是从一个少女的口中说出来的。如果是一般的少女，不是应该是——"讨厌死了，为什么这些事都要发生在我身上，我是世上最可怜的人了"之类的话么？可惜不是，所以心城被震撼了。换做他，也不知道怎么表达出这句话。但是咏之平时所体现出来的大体和懂事，他都是略知一二的。

不同的家境里成长的小孩，带有不同的天性的隐忍。如同她哥哥，也是一样吧！不爱说话的，看上去，像是满腹心事的少年。

"那你可以跟我说说，那些事么？"心城看着她，怕触动到她的伤心处，于是小心翼翼地，语气轻轻地开口问。看她没什么反应，又接着说，"如果你觉得说不出来的话，没事的，可以不说，因为大体的我都知道了。"

"没事！我都说了没事了。我会告诉你……"她对着他粲然一笑,然后说,"我们是好朋友嘛！"

"那？我们还是要一直走么？要不找个地方坐下来慢慢说？"心城说着话的时候,眼神四处飘荡着,似乎已经顺着自己的意思在寻找落脚点一样。

"不用了,我想边走边说。"让这些风和汹涌的人潮,替我忘掉那些难受的事吧！她在心底默默地对自己说。

心城突然就停住脚步,他说:"咏之,如果难受的话,别勉强自己。"鬼才能相信,一个父亲刚去世,而且又知道母亲的秘密的少女,竟然能做到如此镇定。她的心里,应该藏有很多很多的难过吧！

"你小看我了。"此时她淡淡地说。

此时风吹了起来,冬末春初的天空,还是晴朗好看的。

深水街上的喧闹人潮,仿似天上被大风吹赶的云一般,轰轰烈烈地聚往一个方向去。

咏之的那些话,从母亲和父亲的记忆里逃离出来,转换成自己的语言,然后飘荡在这样的寒风里,一句句闯进心城的耳朵里。

他或许会哭,但是一切都不重要了。

比起倾听这些会难过的自己,或许经过这些悲伤的她,更值得怜悯吧！

其实咏之,这一次,我多想抱着你,不哭,也不笑,让你静静地说完这些。然后,阳光灿烂！

"心城,这些事,我只能说一次了,或许,往后我不会再说了,也没有再说的勇气了。我只愿这时间快点,再快点,让我强大起来。我才能对这悲催的世事以所向披靡的飒爽风姿。"说完最后一句话的时候,咏之自己笑了出来。心城看着她,也哭笑不得,飒爽风姿那四个字,像是披着将死的勇气上战场的女将一般。

他突然想起《杨门五将》里的穆桂英。

陆咏之,就像是内心住着一个穆桂英的人,将所有的隐忍,爆发在自己的沙场里。

然后,岁月轰烈,人心强大。

【2】

其实很想说的是,情感的累积,不如风沙,那般有规律地,就堆积起来——

它们会有水滴助于坚实。但是情感的累积所有的催化剂，都需要真情真意的投入和两人的莫名感应，而关于这些东西，其实没有一个人能真正知晓吧！

就好比林美景和赵季桀两人。

从高一开始，就始露端倪，而赵季桀却只是一直游离在这种暧昧中，继续当他的好好先生。对于陆陆来说，他更像是无微不至的好兄弟，好朋友，甚至能超越于他和林美景之间的感情。但是男欢女爱总是很正常的事，于是，在高三第一学期，赵季桀终于在林美景的"暧昧"里败下阵来，也或许是自己内心的不肯定，而想试试这种感觉。所以，那时的他，在和林美景通信一年之后，终于走到了一起。

至于那个"我爱你"到了赵季桀嘴里，只不过剩下一个"嗯"字而已，与之前的他大相径庭的语气和态度。他甚至不知道怎么去处理林美景那句——"我们一起吧！喂！赵季桀。"当时赵季桀没有看她，只是往前走。他记得那天天气微凉，春日的阳光很慵懒，陆陆没有跟他们在一起，他一心想着去找陆陆。林美景说了前半句，看见赵季桀没有反应，于是就拽了拽他的手，并且不耐烦地叫了一声。可是，多么不耐烦都要耐着讲完。很多爱恋都是仅此一次的机会的。赵季桀显然是没听到前半句，只听到他喊了他。于是睁大眼睛看着她。

"怎么了？"转而是微笑的脸，他们俩认识四五年了，到了这些豆蔻的年华，三人之间还能保持这样单纯的友情关系，也太有能耐了。而且一直是陆陆参与不进来林美景那方的情况，这样更使得情窦往一方开。

"我说，我们一起吧！赵季桀！"

"我们现在不是在一起么？"赵季桀显然是没听过这般浅显的表白，他所接受的很多信件，都是笑着接过来，偶尔有勇气的女生会跑上来，说一句"我爱你"，便在赵季桀莫名其妙的表情里落荒而逃，而赵季桀便是这样的一个人——他甚至不知道爱恋的度量在哪里，什么时候能爱什么是爱。他甚至搞不清楚，是有好感叫爱，还是脸红心跳，对一个人莫名想要缠着才是爱——但是符合这些条件的，还没完全出现。他一直在想，那句"我们一起吧"背后的意思，想来想去，或许还是"我们一起吧"的意思。

"不是，是我要和你在一起。"林美景的眼神笃定，这对于她来说，是目前为止，最勇敢的一件事了吧！表白这件事，一辈子只对一个人做一次就够了吧！劳心劳力的。林美景看着她，见他还反应不过来，于是又说，"就是我喜欢你，我想和你在一起。"

这次换到赵季桀眼神笃定地看着她，似乎在检查她说这话的时候，眼神里包含着的其他信息。但是没有，她目光很坚定，像是要将此刻的赵季桀扔在眼里那潭黑色的水里永远浸泡。

"你是说，我们要谈恋爱？"如果不是看他这么帅，人又这么好，而且都相处了这么多年鉴定没有其他方面的缺陷的话，林美景此刻应当会觉得他是脑残儿吧！但是林美景转念一想，这才好，没污染。从认识他以来，赵季桀与之深交的朋友确实很少，平时相处一天两天的猪朋狗友，根本算不上是聊得来，或者倾心的朋友。

"嗯！"林美景终于感觉有点脸发烫，于是拨了拨头发，然后脸不知望向哪里，她看见树上的叶子轻轻地摇摆，风很小，阳光也很温暖，此刻，自己的脸也很温柔吧！可是，耳根很烫。微风吹过她的耳畔，季桀看见，被日光照得几乎透明的耳朵上，泛红的颜色，他突然觉得很好看。

"那你喜欢我么？"林美景停顿了很久，见赵季桀还是没反应，于是重新又看着他问。

"嗯！"

他如此简短地结束了这一段表白，简单地决定了人生的第一次恋爱，简洁精练得像是任何水到渠成的恋爱。

实际上不是，那是林美景下了很大的决心，而且是赵季桀在事后的那天晚上，一个人一直翻到凌晨三点才入睡。你能笑他太兴奋，但是他觉得自己是迷失了。

他渐渐地，都看不清自己，要的是什么。

有时候，身在这个没有和自己任何血缘关系的家里，都有一种压抑的气息。甚至会突然地，在某个梦里，将自己奔腾着的静脉和动脉的血管拧紧。

他并没有和陆陆说，但是这样相处一两天下去。陆陆始终会看得出端倪，可是他却是始终不知情，赵季桀想跟他说，却始终不知道怎么开启金口。

可是不说也觉得很奇怪，但是说了的后果就在于——亲自跟陆陆说后的第二天，他就开始变得独来独往了。

这些刚好是中了林美景的意，她本来就很不习惯他们两人之间，还包含着一个陆陆。虽然一开始他们就是三人组，彼此之间经历了很多大大小小的事。但是她想了想，还是觉得，自己比陆陆更知道赵季桀的内心。

但是，感情里的很多人，往往是不理智而且自我的，对于赵季桀来说，陆陆更像是空气。即使自己是鱼，林美景此时像水一样。

但是鱼也需要空气，而不是一直溺水的生物。

恋爱里的人，就像鱼与水的关系，古时曰有鱼水之欢，但鱼与水之外，还需有空气，宛如花木翠绿与水与空气的关系一般。

【3】

还没下课，赵季桀就在课桌下面轻轻地按手机按键，要很小心才能不发出大的响声，所以他尽量压制着那些能发出声音的按键。并且，将心里想说的话，汇成一句话。

"今晚你一个人先回去吧，我有点事！"他给林美景发了条短信。

林美景是直到放学后收拾书包的时候才发现这条短信的，那时她已经找不到他了。于是低落地收拾好那些书，慢慢地走出校门。初年市中学，和第一次进来的时候，感觉什么都没变。真正变的，或许是自己的心境吧！父亲已经回来三年了，这三年间，除了那次巴掌事件让自己刻骨铭心之外，其他的事，什么都没有再发生过。他继续独居，帮小叔打理着乐器行。她从来不去问小叔关于他的事，而小叔也很少提起。他每个月也会偶尔回来吃一两顿饭，但是已经不再说教林美景，吃完饭就走，很少留步。像是永远都有人在赶着他走或者有人在等着他似的。

而那次小婶无意说起，她才大概知道端倪。

"大伯怎么每次都走得这么赶？不见他保姆来？"小婶边洗碗边掉头问小叔。

"说是要买点东西回去给他的保姆吃？"

"他保姆不懂得自己做饭啊！"

"会的，当初请的时候，就为了照顾他的起居，怎么可能不会做饭。"

"话说多年你去看过多少次？那位保姆也做了好多年了吧！要不，辞了吧！多费钱，现在大伯都差不多能自理了。"

"这可别，我跟他提过，他当场很暴躁地就反对了，可能是习惯了吧！"

"呵！还暴躁！那可不要养成特别的习惯才好。"小婶眼眉一挑，颇具意味地说，可是这点也说中了林美景所担心的点。

小叔没有再说话，她自己默默地往阳台走去。

春去春来，唯有亲情不来也不去。

他始终再也不能弥补当初所遗留下的憾事，而现实的这些所谓亲情，则继续考验着他的承受力。

林美景走出教学楼，然后看见推着单车在校道上走的陆陆。原来是骑单车了，难怪形单只影，不过这样也好，整日缠在她和季桀之间很烦。总觉得他们俩，超越了一般的朋友关系了。

这时林美景才想起要给季桀回一条信息问他怎么了。可是拿出手机——望向校门的那一刻，她才看见坐上陆陆单车后座的赵季桀——身影瞬间消失在校门口，她僵住的手，还没来得及打下第一个字。

——光瞬间就暗下去了。

【4】

玉兰街的另外一端，林心城帮咏之背着巨大的画板从校门口走出来，阳光温暖地打在他们身上，这个季节的玉兰，密密麻麻的都是鲜绿的叶子。在初三结束后，两人同时升上本校的高中部，而心城则是得益于他的艺术课程，然而陆咏之却艺术和文化课都很好，因此，两人被分到不同的班级。但是每天依然一起上课下课。心城的钢琴弹得越来越好，经常代表学校出去比赛，总是能捧回一些成绩不菲的名次回来。他像是一颗校园里闪闪发光的星星一般，学校的晚会上，也常有他的钢琴演奏。而相比陆咏之的画画，则是低调而情感浓烈的。

现在她已经在画"四季"的第三幅——《秋》了，而且已经接近尾声，在上色。过完春天，应该就能完成了吧！咏之心想。其实自己现在很努力地画画，也想不到以后能做什么，只是一想到，决定了不读大学的时候，就有点难过。也许正是因为自己决定不读大学了，所以才要更努力地画吧，以后说不定没时间画了。

这样的画，不像是诅咒，但却是为明日复明日埋下的一种预言。

林美景走进地铁站的时候，还是发了条短信过去。

"你做什么去了？"

完全可以打电话过去的，但是她没有勇气。她还是想听他解释，想要听他亲自打电话来，然后跟自己说有事要出去办，跟陆陆出去完全是碰巧之类的话。但是应该不大可能吧！是烦了自己了么？要自己一个人静一静？她不知道该想什么。就看着空白的屏幕发呆，发着蓝色光的手机，渐渐地在空调喧嚣的风里，暗了下去。

地铁里有巨大的海报，林美景记得。每一条新的线路开的时候，都会做一张这样的巨大的海报出来，地铁里的屏幕电视也是，唯恐他人不知。其实从开始施工的那一天，全初年市的人都知道六号线要开通了，而且工程浩大，要历时三四年。

如今已经是第三个年头了。工程已经进入最后的铺轨的工作。

巨大的海报上写着——六号线是初年市里程最长，也是站点最多的一条地铁线，它始于清风里，终点至石村，总长四十公里。

　　林美景看着海报上的字眼，石村是自己的家乡，即使自己没有在那里待过很久。

　　而清风里，这名字真好听。

　　总长四十公里，若是骑单车的话，要三四个小时吧！或许不止！她想。

　　"咏之，每一张画都那么大，四张拼起来那不是很巨大？"心城拉了拉肩膀上的画板，然后懊恼地跟咏之说。

　　"其实还好啦！到时还要裁剪的，现在是保留着一些空白而已。"

　　"噢！但是你都不让我看的，所以我不知道你画的是什么？"

　　"担心什么，反正到时就知道了。"反正到时就知道了，里面其实有个小秘密。咏之吐了吐舌头。

　　那里面的每一幅画的背后，都有一个字——只有她知道。

　　他们走进地铁的时候，看见林美景站在六号线的海报前发呆，咏之看着那张海报，也微微地发呆。嘴巴里却念着"石村"、"清风里"等字眼。心城叫了声姐姐，美景转过身来，惊讶地看着他。

　　其实都是放学的时分，遇见也不惊奇。

　　只是心城觉得奇怪而已，今天她一个人。

　　"他们呢？怎么你一个人？"心城看着美景问。咏之依然在看那幅海报，上面画着完整的地铁线路，包括正在开发和规划的。

　　"嗯！我一个人。"美景看了看别处，没有看心城，然后又说，"一起回去吧！"说完又抬起头来，惨然一笑！

　　"那他们呢？"进了地铁，心城又问，咏之听见心城问也投来关注的目光。林美景突然不知道该说什么，愣了很久才说："他们先走了，我写了一会儿作业才走。"

　　"嗯！这样！"心城低低地回应，但是又不知道说什么了，似乎没有话题可以提了。此时的陆咏之也不知道在想什么，呆呆的。心城悄悄地碰了她一下，她突然像是被惊吓了一般，身体颤了一下，然后瞪着心城问："怎么了？"

　　"你在想什么？"心城靠近她的耳旁，悄悄地说。陆咏之盯了一眼美景，然后说："我们周末去看看六号线好不好？"

　　"为什么？"

　　"晚上再跟你说。"她盯了一眼林美景，此时她也正看着她，咏之突然觉得不好意思。

　　"你们怎么也都那么晚才回？都快六点了。"这时她又说话了，林美景穿着合身的校服，笑起来很好看，但是不知为什么，总觉得有点哀怨的眼神藏在眸子里。

"等咏之画画啊！"

"等心城练完琴。"

两人几乎是异口同声地说出那两句话，虽然陆咏之的声音比心城小很多，但是三人站得近，所以都听得清清楚楚。咏之此刻脸又红了起来，美景淡淡地笑了。

"都是好孩子！"说完还摸了摸心城的头发。

——记忆中貌似没有过这样的时刻吧！心城突兀地想，然后傻傻地在心里笑了一下。咏之也没有见过他姐姐如此和善的时刻。

——但是，与此时的落寞心境相反的，是自己要做出这样的动作和表情来转移那些该死的记忆吧！

这时，口袋里有轻微震动的触觉，不确定是手机响，她以为是幻觉，然后再震第二次的时候，她才拿了起来。

署名是——小桀——之前存的时候，就觉得念起来像小姐，她在心底笑笑，然后点下了查看短信息的按键。

"和朋友出去了，有点事，晚上再给你电话。"

林美景再确认性地看了一眼，没有看错。此刻心城凑了过来，表情里写着发生什么事了。因为他看见姐姐的眉头紧紧地皱在一起，像是有什么烦心事似的。

"姐！怎么了？"心城看着她问，美景将手机屏幕转向，然后说："嗯！没事！"

心城又凑过去跟咏之说话，地铁呼啸的声音，那些风灌进自己的耳朵。

手上的按键按了又停住，手机里的字，打了又删除。

终于还是没有发送出去。

其实她想问，和哪个朋友。

但是，已经猜到他不会说的！刚才就没有说，所以这次挑明问的话，更难为情吧！于是将手机重新收回口袋里。眼睛疲倦地闭上，心城和咏之在旁边，传来细细的笑声。那些美好的虚荣景象，一点点刺破自己的构造起来的情感氛围。

轻而易举的。

对爱失去信心的人，往往堕入重度猜疑的心病里。

若是没有救赎和确认，要怎么继续。

就在这样的猜想里，快速前进的地铁灌进来的风，似乎要将所有的愁绪都要吹散在这好几百人的地铁车厢内。

【5】

之前的猜想，其实一点都没错。

而且小婶也算是事儿精了吧！她早就能看出这其中的端倪，但是对任何事都持乐观态度的小叔却一直觉得没什么大碍。终于到了这天，他才叹了一口气说——"成全他们吧"！

林美景在此时完全没有说话的权利，她知道若是她一开口，必然会遭受到另一轮的攻击，所以还是算了。少一事算一事，反正无论如何，面前这个她唤做"父亲"却完全没有给过自己温暖的男人，此刻拉着三年前，小叔给他请的年轻保姆的手，说要与她结婚的时候，她对父亲的概念，又再度幻灭了。

其实，结婚也没什么不好，连小叔都叹了口气说——"成全他们吧"！

只是，林美景仍然接受不了这个打过自己，称自己是他女儿，却从来没有试图了解过自己，甚至想要摧毁自己刚刚盛放的爱情的花蕾的男人。他的自私自利在日渐现实和物质的生活里表现出来。

其实，结婚的目的就是，要房要享受罢了。

于是，在提出那个要求的三天后，小叔就大清早和小婶争吵着出门陪他们去看房了。

那个女人在人前一直很羞涩，什么事儿都说，你们安排就好。但是谁知她心里在想些什么呢？问起娘家，就说娘家太远，赶不来，捎个电话或者信就成。然后边说还像演戏一般哭了出来，哭诉自己的身世凄惨，如今遇到可以真正托付终身的人，也不图什么了，只求安稳地过下半辈子。

林美景听着这些肺腑的话，顿时有些眩晕的感觉。

这些恶心的对话，不是出现在那些小婶很喜欢看的狗血的电视剧里的么？怎么就有一天，发生到自己的眼前呢！

而且对于林心城来说，更想不通的是，他从被认回，到如今，能让旁人看出是亲情关系的，怕是除了物质上的供给和经济上的援助，没有其他的东西了吧？

后来房子是买定了，就和深水街隔了几条街罢了，那里临近另外一个地铁站，还有一条美丽的小河在楼下。此时还正开发，没有被污染出臭味来。虽然是不便宜的价位，但是心城看见父亲还是咬咬牙，和母亲争吵后，将它订了下来，作为大伯的"新婚"礼物。两室一厅，很温暖的结构，心城那天随父亲去看了，而姐姐打死也不想去看。心城知道她讨厌大伯，所以就没强求，后来看完回来只是偷偷地和姐姐描述他们新房的结构和装潢。

末了！林美景笑着说："是不是像暴发户的家？"

心城完全呆住了，他真的不知道姐姐可以无情到这种地步，用暴发户来形容自己的父亲。

但是，妙就妙在这个形容很贴切，但是对于心城自己来说，打死也不会在她的耳边说出这个形容词了吧！大伯从一事无成到丢失所有，然后被认回之后，依靠着父亲，一步步，至少可以当个琴行的二老板。而且父亲还有在他婚后开多一间分店给他打理的意向。这样的飞黄腾达的速度，正像暴发户，而对于父亲来说，心城知道全部都是他打拼回来的心血。

"很好看，很舒服。"心城还是渐渐地缓解脸上僵硬的表情，然后说。

"那祝他们幸福吧！"美景说完这句话，又转过身去学习。

"姐！"过了很久，心城又说，美景转过身来，她还以为心城走了呢！原来还在后来的椅子上坐着。他又说，"姐你想去哪里上大学？"

"不知道呢！顺其自然。不过我很想去国外留学，如果小叔支持的话。"

"那很好呢！反正我以后也会去国外的，爸爸早就帮我在联系学校了，他说要继续学钢琴的话，还是国外好。"

"嗯！那你要好好学英文，不然英文差到去给人欺负。"

"呃！好啦！我知道了。"他轻松地笑了笑，然后又说，"你知道么？我爸早就给我报了英文补习班了，下学期就要开始了，又没什么自由时间了。"可怜的扮相也没有得到姐姐的怜悯的表情，心城转念一想又说，"如果，姐姐也想去国外留学的话，那我去跟爸爸说，我们一起去上补习班就行了啊！"

"再说吧！我还没确定，而且，我英文还可以噢！"说完还调皮地冲着心城一笑。

不过，印象中姐姐的英文是很好，拿过初年市英语比赛的二等奖，虽然没能去参加全国赛，但是已经很不错了，对于心城来说。而且，初年中学好歹也是数一数二的学校，能在学校里拿到前十的，更是佼佼者吧！而姐姐，就是前十的占有者之一，初中的时候，还经常占据第一。后来高中之后，或许是竞争太强烈了，偶尔在前十里跌来跌去，但是这样的成绩一直保持的话，进个好点的大学，完全是可以的。

萦绕在这世间的，总有一种或者多种的情感之事，牵绊着所作的许多决定的武断之心，所以，才有了犹豫不决，所以才有了可能，所以才有了到时再说吧！

可是真正临到桥头，顺势上船的突发状况，却往往需要许多年月来平复。

那些无意踏出的每一步路，都像是命运的棋盘，一步步走着，其实当事人并不知，接下来会是怎样的局面，但是往往无知，就是因为未来太残酷，谁都不可能猜到将来的走向究竟会如何。

陆咏之约了心城第二天去六号线的施工现场看。

他们坐了一号线，然后还要转线，转线之后走一段路，就到了某一个站的施工现场。但是目前还是封闭起来的，里面有许多的工作人员走来走去。咏之和心城站在外面，朝着里面看。其实就是封闭起来的地底空间，根本就看不出有什么端倪，从里面传来的响声，像是远古时代的石头翻滚碰撞的声音。

它们此刻沿着文化而来，想要冲破现代的束缚，然后直达更好的未来。

于是，就是这样的笃定感，才让一条又一条的城市血脉般的地铁线路，来回地穿梭于地面之下，地心之上。

或许有时候，人们穷尽心思去做一件永世都不能想到会做的一件事，知道完成的时候，才懂得那个结果是多么重要，即使过程辛苦，开始无知。但只有做过，才会懂得那些东西，才会懂得，懂得这些岁月的芬芳吧！

"咏之，我们回去吧！"心城站在封闭的地铁站出口处，闷闷地对咏之说。地铁应该要明年才能看到，目前在铺轨，完了还要测试，之后还要弄上很多繁杂的东西，之后还要再通车测试。这些繁复的东西，就像是人情世故一般麻烦。

"等会儿吧！我想听听那些声音。"咏之睁大眼睛看着里面，其实心城明白，什么都看不到的，或许她图的，依然是能回到清风里的快捷之路。

"咏之，如果你想去清风里看看的话，我可以陪你去。"

"什么时候？"咏之头都没回。

"暑假好么？"心城看着她坚定的背影，又问。

"可是我想坐地铁去清风里，因为它也可以去你的家乡。"

"我可以先陪你一起回去，然后我们再一起坐地铁回去。"

"可以么？"她看着他，面无表情地问。

"嗯！可以，只要你开心，就好。"

"我没什么不开心的。"咏之笑了笑，然后又说，"走吧！回去了。"

骗谁噢！明眼人其实都可以看得出，你依旧不开心，你依旧没有从你父亲去世的阴影里面走出来。只是都两年了，那些难过的事情也都应该如同散落风中的灰尘一般，消失在浩瀚的尘世里了吧！若是这人间还是有一条可以揪住的线，怕是你，还是要，一直记住吧！

你说过，你妈妈很坚强，独自想要把画廊做开做大来。你想去帮忙，所以读完高三就不读了。但是，谁又知道，你母亲在你面前所假装的坚强，其实会不会在黑夜里碎成一丝丝的柔弱情感，硌得心里发痛呢！

只要梦境不去，只要人还有情，就一日也不会忘记那些所存在过的悲伤。

村上春树曾在《挪威的森林》里写过——"死并非生的对立面，而作为生的一部分并存。"

于是，即使那些逝者都逝，但是生者仍存的时候，他们还是没有死的，他们还活在记忆里，作为生者的一部分并存着。

并且，一日日，淡化，强大，淡化，强大······

它们所有的诱因，都来自于一种叫情感的东西。

【6】

那么这一切，算什么？

林美景按捺住此刻血脉贲张的太阳穴，眼泪不争气地落下来，近日发生的事不少，可是能让自己上心的这件事，发生在一个星期前，这段时间里，依然没能让自己的心情平复。

人情与世故里的一切，能让自己伤心的，有亲情和爱情和友情；能让自己哭得死去活来的，有亲情和爱情；能让自己感动得鼻涕和眼泪一起奔流的，有亲情友情和爱情；能让自己一直紧紧揪心的，痛得死去活来的那种慢性痛急性痛，多年来，一直是爱情的专利。

而让林美景这么痛的，只有赵季桀。

她痛苦地从床上坐起来，距离与赵季桀莫名争吵、陆陆的莫名提问，已经分别过去了六天、一个星期了。

那一次赵季桀和陆陆放学一起回家的事，在那日之后，她没有再提，就以为可以相安无事继续两人世界。但是陆陆又回到他们之间，而且美景因为他对女孩和男孩都太亲近的缘故而乱发脾气。

但是这些都不是今天的一切的诱因，让他们再次崩溃的事，得回到一个星期之前。

高三第一学期，照例是体检，原以为高三第二学期要进行系统性的入学体检就不必在高三再次体检。先前的赵季桀已经用了很多方法来逃避掉高二那年的体检结果，而这次拿到体检表的时候，他更是内心惶惶的。其实并不是怕被人知道自己的那些身体的秘密，只是，他怕被翻出心底那些想要永远珍藏的秘密。只属于他和她之间的。

可惜不能。

那日拿到体检报告后，赵季桀一直很安静。没有和陆陆说话，也没有和美景说话，美景站在陆陆的右手边，陆陆就在左边。陆陆边走边研究着体检报告上的数据,这让赵季桀的太阳穴一直不规律地暴动。因为下一刻,陆陆就突然说："季桀你的体检报告呢! 拿来看一下，我看有没有同之前的变了。"陆陆看着季桀，笑着说。

季桀看着他，突然不知道怎么说。

"对啊! 季桀就拿出来看一下呗，更何况你的胸围又不怕让我们知道。"要命的是美景也在旁边附和。

可是直到陆陆拉开赵季桀的拉链，拿出体检报告的时候。林美景才突然像想起什么似的，拼命护住那份体检报告，可惜已经到了陆陆手里了。赵季桀显然还没反应过来，就看见林美景从身边绕过去，然后去和陆陆抢体检报告。

"我先看我先看。"美景跑去抢，但是也只是做做样子般，追逐，目的是抢回来就好，而且要让陆陆分散注意力，不要看到体检表上的东西。

因为其中有一项——是血型报告。

美景从他手中将报告抢回来的时候跟陆陆说：“其实也没有什么好看的啦，你们都那么熟了，该看的都看到了。"美景笑着说，可是这时的陆陆脸却红了起来，不知道是害羞，抑或是什么。

当赵季桀愣愣地从美景手里拿回体检报告的时候，陆陆已经拐了个弯，走入巷道了。

赵季桀陪美景回家，然后再自己折回家中。

可是那一段路，赵季桀突然觉得好远。

那一份藏着的秘密，如果说出来，是不是会好点。

——可是，若是感觉被一直隐瞒的话! 也不会太好受吧! 那种滋味。

【7】

"不是说 O 型么？"

"那也是，我什么都看到过，但是我仍然看不透你血管里流淌着的血液与情绪。"

"你明明是将我排除在外的对不对。"

"如果不是，为什么她知道，而我不知道。"

陆陆在风里奔跑，思绪不断地浮出来，像是要撑满整个头脑似的。美景的声音都宛如符咒一般，不断地缠绕在自己的双耳之间，一直拉扯着嘶吼着。

上午的最后一节课，是体育课，陆陆趁着赵季桀去打球的空隙，跑回教室里。

请了例假又没有和其他女生一起出去的林美景此时坐在班里做题，陆陆跑回班级里的时候，美景连头都没抬起来。毕竟是学校，大小的动静都习惯了，于是也没去在意那点响声。可是当陆陆径自走向林美景的书桌的时候，她还是逐渐地感觉到有人朝她走来。她抬起头，看见迎面而来的陆陆神色凝重地看着她。

他走到她面前，突然问："季桀其实是 A 型血吧？"林美景惊讶地抬起头来，明明昨天拼命护住的，还是看到了么？

其实，我是多此一举来问你的，但是我只是想确认下，是否只有我不知道。如果是，你为什么要瞒着我？陆陆在心底默默地对自己说。两年前，那一次体检报告出来，你伤心的模样还历历在目。

林美景过了十几秒后才反应过来，突然就叫了出来："啊！你怎么知道……"陆陆连听都没听完就往后跑，美景只听见门砰的一声响过之后，就不见了陆陆的身影。

其实她的话里，还有一个没说完的单字"的"。

"你怎么知道？"和"你怎么知道的？"这两句话的含义差别太大了。

大到下一刻陆陆就找到了赵季桀，彼时他正和一群男女同学打篮球打得正兴起。

陆陆在球场外面大声喊他，他听到了，走过来问他干吗了。赵季桀只见对方的眼眶红红的，并不说一句话。

他一直不说话，就坐在绿荫之下。赵季桀一口一口喝着水，看见陆陆从面无表情，到眼泪一滴一滴落下来。印象中，连他父亲过世他也没有哭出来。可是——

"陆陆你怎么了？"他伸手去摇了摇他的身体。

他瞪着他看，眼睛红红的，像是被风沙入了眼睑般！

"为什么林美景知道，而我不知道？"可是陆陆说完之后又觉得挺可笑的，她不是他的女朋友么？瞒着自己也没什么出奇吧！但是——"可是我们不是朋友么？为什么不让我知道？"

"知道什么不知道什么？陆陆你说什么啊？"赵季桀依然不知道他绕来绕去想要说什么。

"你是 A 型血吧！为什么要骗我说是 O 型血？"

一语击中的，赵季桀突然不说话了。

这句话像是两年前的那张照片一样，再次狠狠地击中自己的内心。

没有来由的，连自己也说不清为什么，或者，为的，就是那个藏着的秘密。

可是冷静下来的时候，依然要问："是美景告诉你的？"

但是他只是哭，没有说什么，他先是点了点头，然后又摇了摇头。

"可是，我也是无意瞒着你的。"他双手合十，看着地面，突然眼泪就出来了。

夏日的风，轻轻地吹过，如果这样的镜头，再拉远一点的话，就可以看见此时从教学楼冲出来的林美景正焦急地寻找陆陆和赵季桀的身影的慌乱神情。

可是下一刻，她只是再次看见，赵季桀踩着自行车，然后后座坐着陆陆，从校门口处，消失不见。

她站在那里，不知道说什么。

连他都知道了，或许就没有了只是属于他们之间的秘密了。

——可是，我那句，还没说完的话，不要让季桀知道好么？

此前，两人的情绪，因为自己的天生爱猜疑和没有安全感，已经毁掉太多了。

【8】

风掠过发线，将所有的汗水，轻轻地飘散在空中，蒸发而去的水汽，与那些糅杂的情感的泪水殊途同归。

赵季桀载着陆陆，从校门口出来，然后往深水街的方向骑。

他在那样的绿荫下，对陆陆说："来，我会给你一个解释的。"

为什么要解释呢？其实我也不知道，再一次解释，便是再一次将自己那份血淋淋的情感暴露在你的面前而已。而这样的自己，我也不知道该怎样去面对。若是这世间，只有一种情感，那该多好。友情简简单单的，感情却厚重而浓烈。不如爱情，百转千回尽心讨好；不如亲情，血浓于水却多有时候厚重难当，如同此刻，如同多年之前。

有时一些事情，说忘记了，就渐渐地遗忘了，但是再次提起的时候，又是另外的一种局面。

在那种局面之下，你只能再次坦白，而后，再惺惺相惜。

只是到头来，知道一切真相的，往往并不是陪伴在自己身旁的那一个。

"去你家？"陆陆看着赵季桀将单车拐进深水街，然后才突兀地问。

"嗯！"赵季桀闷闷地答了一声，然后继续往前骑，汗腺与泪腺此时正在争分夺秒，但是拼命忍住的他，毕竟也没有让那些难过，从泪腺里脱离而出。

"有些事情，我想让你知道。"赵季桀再次补充说道，然后自行车一个急刹车，陆陆一抬头，看见季桀的家到了。

他下车，跟着赵季桀慢慢地往小区里去。

是高级的住宅区，即使和自己同属一条街道，但是分离开来的住宅区，也有高级与中等和低档之分。

电梯停在赵季桀家所在的楼层的时候，那一刻的上升的支持力停住，陆陆突然有点站不稳。因为脑里依然是不存在的一些思绪缠绕。如果他是 A 型血，那么他便不是父母的亲生子。那么，他的身世是什么？他父母知道么？为什么林美景知道了，而他还是依然不知道？

带着这些问题，在赵季桀的开门的声音里，寂静沉溺下来，像是海底的水草，被水底的作用力推揉着，却在风平浪静的某一些，服帖地在光滑的石子上面，覆盖着。

陆陆坐在季桀的床上，那张床很大，也不像自己家的那张床，仅够两个人睡。赵季桀从一进来就在忙，翻箱倒柜地在搜索着什么东西。

陆陆站起来，看见他书桌上摆放着的照片，有一张是全家福。这一刻看起来，他们的面孔都那么陌生，陌生得不像是一家人。而另外一张，则是自己和赵季桀的合照。是去年夏天，去春游的照片。而最后一张，才是林美景的，但是只是单人，没有放合照。大概是怕被家人知道吧！陆陆默默地想。

"找到了！"赵季桀此时从床底搜出一个盒子来，然后坐在床上如释重负地说。

"嗯？"陆陆听到声音转身过来问。

"你过来。"赵季桀说，却连头都没有抬起来看他。

赵季桀把照片放于陆陆的面前。

这时候，他的眼神里，除了惊讶之后，没有一点别的神色了。

他愣愣地说："这······这不是······"陆陆明明记得，那张照片上的人，就是女疯子，那个追着他们跑了几条街，无数个日子，后来死在寒冷冬至的女疯子。

"她是我妈妈。"陆陆完全愣了，嘴巴张成一个大大的 O 形，他不知道该说些什么，之前的一些不善意的抱怨，全部在此刻辗成泥尘。

"这不是女疯子么？"他再次轻声地问，可是这一声，已经是在静止了一分钟之后了。在这一分钟里，他先是看见季桀转过身去擦眼泪，然后又转过来看着自己。可是，他再次问，只是想确认。

"嗯！"这一回答，又像是刺中了自己的泪腺，他再次冒出了眼泪，额头上，还有细密的汗水，陆陆伸了伸手，想要去抱他。

"其实这一切，我也是后来才知道，我不敢与你分享是因为，这一切太沉重，我只想一个人，好好地收藏起来，然后和你们好好在一起，能多久是多久。"他枕在陆陆的肩膀上，断断续续地说着。后来，他又抬起头来，离开陆陆的怀抱，然后说，"其实，我一直相信，亲情并不是血脉维系起来的情感，而是甘愿为彼此付出的真情，对于我，仅此就足够了，我一直这样，安慰自己，所以才乐观地保留到现在——或许，你不提起，此生，就真的这样下去了，也没其他人会提起了。"

"对不起！"

"傻的！没什么好对不起的。"

"只是，我后来终于明白，为什么在看着她在那个冬至日死去的时候，会那么伤心。原来，血脉相连的事，还是有的。"

"其实换做我，也会——因为毕竟，她也没有那么讨厌，她只是跟随着我们，就像为头的母鸡一样，想要守护着前进的小鸡罢了。只是，那只小鸡不认得她，也从不知道她。她一开始，就只是我们之间的一种乐趣。她爱追着我们跑，她特别喜欢你，她对你很执著，所有的这一切，我这才明朗起来。"陆陆从记忆里，不断地将那些细枝末节全部抽离出来，然后跟如今的真相，一一对应。

下午的课，他们都没去。

直到快下课的时分，他们才想起自行车也并非是自己的，才再次赶回学校，将单车放回原位，等他们下课了之后，在车棚里等那位同学来，将钥匙扔给他，才去教室拿了书包回家。

出校门的时候，碰见林美景，但也只是看见面无表情的她，从他们面前走过，然后跑进了地铁，就没有再看见了。

她躲在哪个角落里，想要躲过这一世的尴尬。

但是，躲开人世的邂逅，却总躲不开自己的内心的回忆。

【9】

后来与赵季桀吵起来是因为赵季桀的询问以及不必要的质疑——这些，常常是不稳定的情感破裂的诱因。

他给她打电话，第一句便是："你为什么要告诉陆陆这个？"

但是林美景也只是觉得委屈，事实上这一切与她无关，她连提都没提过。而且这一切都是陆陆自己所知得的，而导火线也是那张体检表上显眼的 A 字，但是他们都不知道。其实那天在抢夺体检表的时候，眼尖的陆陆还是看见了那一字眼，继而深深质疑。

"我没有告诉他。"

"那他为什么会知道？那他为什么会来找我确认？不是你还会有谁知道？"

"我没有！"她在电话里大声地吼起来，然后又平静地说，"为什么你不相信我？"

"我要怎么相信你？连他都说是你说了。"

"再怎么说，你都不相信我是不是？你也只是相信你那位好兄弟了是不是？"

"对！我相信，我就是没有料到你会这么多嘴，当初就不该让你知道。"

"知道个血型是什么大不了的事啊！"她气冲冲而起，突然就冒出了这句，但是，在这句话后，她就后悔了。

而此时的赵季桀，已经盖下了电话。

伴随着有节奏的忙音，她落下了眼泪。

她擦了眼角的泪后，依然不死心，想要打电话去跟陆陆对质。

"你为什么说是我告诉你的？"劈头就是这么一句，陆陆显然是愣住了。

"什么什么？"

"赵季桀是 A 型血的事，为什么说是我告诉你的。"

"啊！不是么？我去问你，你反问我？不就是等于肯定么？"头脑简单的人，和头脑复杂的人，能在此刻找到共鸣——因为双重反问变肯定的原理，还是此地无银三百两的道理。

"那最后你知道了什么？"

"知道了，你都知道了的！那些事。"

"嗯！"语气安稳了下来，但是心中的怒火依然在烧。

"其实我也没想到，有那么多事，藏在他的心中。他很可怜的，看着自己的妈妈死去，都不知道那就是他妈妈。"陆陆自顾自说着，肯定不可能看见此刻的林美景的表情，她显得很惊讶，这个细节并没有听赵季桀说过。但是陆陆又继续说，"可是我现在想想，却很想哭，因为当时女疯子就追着我们跑，那时多欢乐，可是，当我知道女疯子就是季桀的妈妈的时候，我一点都不觉得美好和欢乐了，当时我都快哭出来了。季桀承受了太多了，当听他说出那些真相的时候，我的心里，其实比我爸爸过世的时候，还要难过，难过很多……"

"或许，这就是情感的力量吧！"陆陆整理了下思绪，然后又说。

"呵呵！或许！"林美景此时完全乱了，她不知道该用什么来表达此时的心境。

像是刚从愤怒爆发的火山里回来，然后一头扎进冰冷的冰山湖泊里的感觉。

这是一个，连我也不知道，但是你没有告诉我的秘密。

那么你——凭什么对我质疑，凭什么对我大吼大叫，凭什么你不相信我而我要相信你？

连你都可以相信他，而不相信我，这一切，算什么？

那么这一切，算什么？

林美景按捺住此刻血脉贲张的太阳穴，眼泪不争气地落下来。

一个星期过去了，行尸走肉般，他没有来和自己说话，每天都一个人在教室里待到很晚，做习题，做作业，写一些莫名其妙的东西。然后抬头的时候，值日生都要走了。

一个人回家，都没有再看见他们了。

日子真的，很难过，就像好多好多年前，失去喵喵一样。

我把岁月交给这些以为难能可贵的感情——

——却再次，失去那份信以为真的依赖。

Chapter 11　冷静到冷酷的第三者的眼睛

太阳是一只云雀，我把我的绞索扔去。

风，是我的帽子。

——阿多尼斯《我的孤独是一座花园》

【陆咏之】

再见！在这一刻之前，我从未想过这个词语。

——不是每天放学后，彼此分离一个晚上，或者一个周末的再见。

是——再也不见。

当身体渐渐轻盈，我感觉到冰冷的时候。

他没有靠近我，而是渐渐地远去。

我看见，死神往我身边靠近，然后一切都飞速逝去了。

冬的荒凉，在于我还没有为它上色的枝丫！

再见，心城！

【1】

林美景坐在此刻人潮熙攘的婚宴大厅，事实上她依然不想来这个地方，但是迫于小叔与小婶的游说，再怎么说，眼前这个男人也好歹是自己的亲生父亲，结婚这么可喜的事情，亲生女儿总得出场。可是当美景坐在那里的时候，突然就觉得这一切很是讽刺。赵季桀跟着没有血缘关系的父母生活，这也是亲情；

自己与有着血缘关系，却完全是陌生人一般的男人同处于同一个时间的层面内，这也是亲情。她不懂，究竟是血脉重要，还是那种感情重要。

——但是事实上，这一切无从选择。

因为他在根本上，根本无视以及否定了她是他女儿的这个存在。

所以，这一切的冷酷到宛若第三者的眼神般的视觉，是来自于他与她。

这婚宴上的所有人，能笑的都尽情地赔着笑容，而忘情的小叔似乎要哭出来了，小婶则靠在椅背上，脸上挂着淡淡的笑容。美景一直最欣赏的仍是小婶，单不说她势利或者自私，毕竟一个人，不势利也不自私，那也不是人。只是美景很佩服她的那种处于人情世故里的洞察力以及先行的观察力。或者对于今天坐在婚宴上的这一切，她从第一天接回父亲的时候，就已经看到了。

"美景，怎么不过来给你爸和你妈敬酒。"小婶小声地喊她，但是美景听得出她在叫那个陌生的称谓的时候，声音轻轻地点过而已。美景听起来也觉得很奇怪，但是她还是笑笑，举起酒杯就站了起来。

她说："爸！祝你和阿姨白头到老，永结同心！"她仍是叫不出来吧！那个称谓，于是改成阿姨了，但是这样喊其实也挺得体的，她看见那个女人脸上一直堆着笑。即使是上好的胭脂也未能遮挡住她恶俗的气质。最后那句话，美景说得字字刻骨。然后将那杯酒一饮而尽。

面前的男人只是看了看她，然后笑了笑说："大家一起干一起干！"小叔他们都站起来了，心城也晃悠悠地站起来，随意地将杯中的酒喝了一小口。

"我说美景酒量也真好，多年你教过她啊！"美景听见那男人在唠唠叨叨地说，其实一杯下去，头脑确实是有点昏沉了，不过这样也好，就算是听见了这些话语，也当是耳边风一样擦身而过。

"哪有，心城和美景，我平时都不肯让他们喝酒的，就今天，大家高兴，都喝喝！"小叔爱打圆场，不过她确实从来没有喝过酒。平时碰碰的，也就是上不了度数的啤酒，两三杯都顶不上这样的半杯烈酒。而自己为数不多的那几次接触酒，大都是逢年过节或者家里有什么喜事。但是那为数不多的几次，也证明了自己的酒量不行，稍微碰一两杯啤酒头就发晕，但是啤酒像是溶于水的微酒精，通常在一两次小便后，就在体内消失了，虽然晕得快，但是也去得快。

不如此刻，已经脑袋昏沉了半个小时了，拿着碗筷也晃悠悠的，坐在旁边的心城拍了拍美景的后背，轻轻地说："姐！我们去走走好么？"

美景从眼前的食物里抬起头来，然后看向心城，傻笑地说："好呀！"

心城附在父亲的耳边说了几句话，然后就和美景走了出去。她实在是头晕啊，于是走路都有点抖，但是她还是故作稳定地走完从大厅到门口的那一段路，到了门口她就不行了。

"心城，快扶扶我，我头晕。"心城像是有预知般，肩膀马上就搭在姐姐的肩膀上。

"就知道你酒量不行，以前在家里一两杯啤酒后你就晕了。我记得你有一次，喝了两杯酒后，就说要回房睡觉，结果我回去房间的时候，看见你房间还开着，你根本没在。后来我找遍了全家你都不在，然后才发现你在楼顶，眼睛迷蒙地念着喵喵的名字，我知道人在醉酒的时候，常常爱念真心话。可是姐姐，你是真的很爱喵喵才会变成后来的样么？"

美景虽然脑袋很浑浊，但是这些话语还是断断续续地入了脑子，但是她仍然无法将自己的思绪理清。

"呵呵！赵季桀，我恨他！"美景根本没有看心城，脑子里呈现出来的，是和善的赵季桀的脸，但是脑子里回荡着的，确是那一夜的责骂。

后来，他们再也没有说话，就这样淡淡地过完了一整个学期。

甚至连陆陆问及的时候，他也仍是逃避，事实上，陆陆比任何人都懂吧！那种被抛弃的，不信任的表情。只是，关于人与人之间的，微妙的矛盾与情感的交叉，根本就是一门复杂到不知道怎么去清晰分析的东西，所以，就算是不知道，也是情有可原。

以真相和藏于心底的秘密换来的情感。

第一次，是关于亲生父母的，我换来你的信任与理解。

第二次，仍是关于你亲生父母的，但是，这次却换来你的不信任与不理解。

因此，关于缘分这件事，关于爱这件事，仍是一门冷门的功课。

我们彼此间不曾结业，就已经分散远离。

所谓爱情，不过是倾注所有感情只为一个人的心潮澎湃的情分，它的努力是我们各自的教师，这门功课若是没有共同的指导，那么它将面临着毕不了业，所以，它仍是人间的弃子——甚至形而上的东西。

心城看着此刻的姐姐，呢喃的，却又看似坚强的她，眼睛迷蒙地看着远处。自从说了这句话后，他没有再说话，她也没有再说话。两人只是静静地站在那里，心城的那段没有得到答案的话，其实自己心里已然了解个大概。

她虽然是外表冰冷的人，但是内心却总比别人想得多，她也想握住手中的所得，但是往往所得在须臾片刻消失的时候，恍若心底的海啸，摧毁那座关闭着诸多情感的城墙。

"心城，其实，都好多年了，我还是想喵喵，它是最不会背叛我的，但是它就那样消失，像是从来没有存在过一样，可是就算是分手，也得要有分手信啊！"美景突然转过满是眼泪的脸过来对心城说，心城吓了一跳，然后看着她。他想说些什么，但是又觉得自己刚才问得不对，再说也怕说错。

"它没有人那么复杂，我对它好，它也对我很好，但是人不一样，即使你对他再好，你再爱他，他不信任你就是不信任你，他不爱你，就不爱你了，一点理由都得不到，一点好处也得不到。哈哈！"此刻的她，突然哭着，然后又笑了起来。

"姐！你醉了。"心城轻轻地拍了拍她的肩膀。

"我没醉啦！"呃！这真的是电视剧里的台词，心城愣了一下。但是美景自己心里很清楚，脑子里所回想的那些东西，自己真的是没醉，关于与赵季桀的往昔，都在。其实事情都过去那么久了，不能释怀的分量，就像当年喵喵的离去一样。

只是，要再次对别人揭开自己的伤口，或者露出那块伤疤，其实是一件羞耻而且又难忍的事。

但是，借着酒醉的幌子，也好将这些情绪东南西北"天马行空"地发泄一遍。然后就——林美景早就想好了散场的对策，于是就着心城的肩膀，晃悠悠地倒了下去，心城吃力地扶着她，然后将她放在地上，进了大厅跟父亲说。

"呵呵！赵季桀！"心城离开的时候，她嘴里仍然念着这个名字。

但是其中的残念，或许自己才懂。

灯红酒绿，觥筹交错，这一切不是自己的喜宴，也不是自己的归属。

好想，就这样离去。

心城，你不是说，我们要出国留学的么？

【2】

后来我知道，那天晚上那个男人醉得很惨，然后不停地念着母亲的名字。其实，他不配吧！不是说已经忘记了么？怎么还记得？其实，应该一直都是他在逃避，然后故意忘记的吧！就像自己的存在一样，每次看见只是加深了他对妻子的想念，以及妻子离开的怨恨而已。

她是他的女儿，同时，也是他的仇人。

但是，我要离开这个城市了，所以，我也再不是你能触碰的伤痕了。

林美景从房间里走出来的时候，小婶刚好拿着碗筷从厨房里走出来。看见美景便说："吃饭了！"美景笑了笑，然后去厨房帮忙端菜。

"叔叔呢？"不见他在大厅里。

"和心城在楼顶呢，你去叫叫他们父子。"

"嗯！"美景答应了下，然后往楼顶走去，深秋的夜晚，空气很清新，也渐渐地干燥起来。鼻息间，有痒痒的感觉。站在楼顶的那一刻，看见灯光之下的父子的背影，那一刻她突然觉得心城很幸福——就如同她很想脱口而出的"爸爸"一样。

"小叔，心城，吃饭了！"听到叫声之后他们别过脸来，然后林多年答了一声"好咧"，林美景就往楼下走去，心城跟了上来。小叔走在后面，将楼顶的灯关掉。

"姐，听说你们要报考专业了吧！"心城突然问。

"嗯！是啊！准备等下和你们说，先下去吃饭吧！"

美景停顿了下，心城已经走快两步，拐到下一层的楼梯了。美景转身看着小叔问："小叔最近的生意忙么？"

"忙呀！不过现在的店面也越来越大了，准备开第三家分店，加紧时间抢人手。"

"哈哈！要不我去帮忙得了！"

"可别，你得给我好好读书，咱们家里一个艺术一个人文，多好！"林多年笑着说，然后摇了摇手，示意美景往下走，"吃饭先，待会儿说！"

饭桌上刚开始静静的，都各自喝着自己的汤，美景嘴里喝着汤，心里却翻滚着这些天来思考了很久的思绪。

"小叔，我想……"林美景放下碗，然后看着林多年说。他抬了一下眉头，然后问："嗯？想什么？"

"我想去国外留学，不想待在国内。"其实，是想逃避吧！逃避那一份错失的爱情和这一份失败的亲情。

"啊！姐姐你真的去啊！"心城先是反应过来了，然后大声说。

美景却只是低着头，看着眼前的空碗，她知道留学也需要不少的一笔钱，但是自己会努力找些兼职，以减免以后的生活负担。那些留学的简章上，有这样说过，国外的大学的上课时间非常空闲，完全靠自己的努力和自觉。

"那你的英语现在学得怎样？"

"那去维也纳吧！"

小叔和小婶异口同声地说，然后美景抬起头来，看着他们俩，才看见小婶又说："心城明年也会去维也纳，在同个城市有点照应。"

"嗯！小叔我英语还可以，但是我会努力学的，老师也说我口语不错。"

"嗯！底子成就行，你和心城一起上补习班吧！到时还有很多考试，大部分都是跟英文有关的。你自己决定好了，就成。至于要去哪个城市，你也可以自己决定看看。"

"没关系，可以去维也纳的，我挺喜欢那个城市的。到时心城也去，更好了。"她只是淡淡地笑着，没有惊喜，也没有失望。

他们日复一日用这些爱包容着她，只是想起昔时往日，觉得自己仍是像不成熟的小女孩一般。

——甚至还不如。

心城也缩了缩肩膀，对她露出了淡淡的笑。

这应当是饭桌上，最愉悦的一次回忆了吧！往日再想起，这一张饭桌，这些人，都只是留在昔时往日了。

时光轰轰烈烈，往日再也不见。

【3】

自从离了之前的生活，其实也规律了很多，心城与美景都有补习班要上。大部分都安排在周末，于是要挖空心思跟咏之在一起学习的时间其实也很少。每天都尽量在学校里多待，然后放学了，就慢吞吞回家。在家中吃了饭后，就往学校去。学校有规定学校要晚自习，但是仍有个别同学不去。但是对于陆咏之和心城来说，是求之不得的事。

她也没有在心城面前画画了，每天去自习的时候，都拿着那些关于世界名画还有装饰艺术的东西在看。其实他知道，关于陆咏之自己说的，高三毕业就不再读的话。而且，他也很清楚地知道陆咏之的决心，所以看着她这些渐渐丢失学习，而去接触以后所要接触的东西的时候，他仍是觉得揪心。

在她父亲过世后的那些年，他经常去她家，但是多数是去帮忙。很多事情，对于她们母女来说，心城有时看见了，就会帮下忙。比如店里到货了，刚好心城在她家，于是就会去店里帮忙搬货。有时是需要送货的时候，刚好客户是心城所在的房子附近的住户，心城就会在回家的时候，顺路帮他们捎带过去。其实，一切都是举手之劳，但在咏之的心中，却一点点地积累起那些所谓的，关于未来的美好愿景。

其实，说不出的感觉，有很多。

如果自此，我要留在初年市，而你却远去维也纳，那谁陪我来回穿梭清风里和石村。

只是这样的想法，也太多了。

心城闷闷地扎在那些英文的习题里，耳朵里塞着英文的听力。其实之前对父亲也答应得有些稍微过早，对咏之的告诉也太早了些。

或许，到时也会很不舍得。

或许，她现在也在想以后的那些事吧？但是也不确定，反正很多时候，两个人在一起，并不是真正明白各自的心思。很多时候，就连自己，也很难明白自己要的到底是什么。

可是，无论如何，关于在一起或者相爱这个事实，两人之间即使不说，也变得很透彻了吧！

不是青梅竹马，却也是两两相知了吧！

心城突兀地想着，然后看了眼纸上的问题——"Question: Seasons will go where?"接着默默地勾了勾练习册里的答案，地点名词，即使再绕来绕去，也会记得很清楚。

就比如以后的归属一样，其实父亲说过，只要自己英文学好，钢琴方面没什么问题，就能进维也纳最好的音乐学院。

其实心城自己也清楚，在自己还未上高二之前，就已经有学校看上自己了。只是自己不知道，那边的校方负责人只是颇有办事能力地找到父亲的电话，然后私自联系他了。但是父亲也没有直接拒绝他，只是说这个要看犬子的意向。他们用了一大堆的诱惑试图说服父亲，但是父亲只是口口声声地说，一切以犬子的意见为主。后来的这些，都是从母亲的嘴里听来的，只是关于真实性方面，有待削弱。母亲都是溺爱儿子的，所夸大之词常常在偏爱之间就表现出来了。

后来父亲跟自己说，准备送自己去国外留学的时候，其实是在母亲跟自己用命令似的口气说后的一个周末。其实，关于这些安排，心城比他们还明白，所谓的用心良苦。于是当时也没有多想，就答应了。但是往后再想想咏之的那些决定的时候，又觉得自己再留守，也是无谓的事。因为她不会走出这个城，但是自己能离开的，也只有这个城。

他们不是远飞的候鸟，不是大雁，离散了，还会等着彼此回来，一起赴天涯。

"心城！"咏之碰了碰他，"你在想什么？"她奇怪地看着他。心城突然晃过神来，然后看了看她，咏之的手指指着他的练习册，他突然哭笑不得起来。刚才那个问题上，已经被画满了勾勾。思绪一直延后，但是手的动作却一直停留，大概是脑神经还未反应过来吧！他自己嘲笑自己想，然后摘掉耳机。

"没事啦！就刚才在想这个问题，所以，走神了！"心城指了指那个问题，然后笑着说。

"噢？"咏之凑了过来，看了一眼，耸了耸肩，然后示意他继续。

他也伸头去看她正在看的东西，是一本关于油画装饰艺术之类的东西，心城看着只是觉得挺揪心的，这时候，换做平时的她，都是应该在揪着那些习题不放。虽然她的成绩也没有降得很明显，是有刻意在保持，所以，班主任什么的也不会找她的麻烦。可是，如果不知道她所想的目的的时候，会觉得她是在为了自己的艺术课程好。但是世间很多美好的东西，往往因为真相而丑陋或者现实。

他很想问，她的这个意愿，她妈妈是否知道。

但是就算知道了又如何，曾经心城也算就这个问题与她讨论，但是细想之后，得出来的结论是，或许会伤到她的自尊心。或许正是因为彼此太了解对方了，才会这样不能无所顾忌地去说话，或许因为这样，才显得更珍惜对方。但是咏之自己也明白，若是自己决定了的东西，或者计划什么的，被强制更改的话，其实也不好受。关于自己的家境，也比心城和陆陆都懂得，这个家失去了一个重要的支撑，或许能代替的，不是另一个男人的支撑，而是两个女人合起来，用那些换来的代价，去为另外一个未来的男人的成就做铺垫。

但是，这一切，如果能与努力成正比也好，如果心城，我能看见未来就好了。我肯定不会这样。

【4】

赵季桀和陆陆从教室里出来的时候，碰见林美景从厕所里出来。她沿着长长的走廊走着，凉风习习。不远处的教学楼，也都亮着灯，没有开灯的那些教室，像是处于光亮处的嘴巴，吞噬着时间的黑暗。楼下有人说话走动的声音，走廊上也有两三个人在走动的声音。从厕所出来的时候，她往自己的脸上泼了一脸水，出来的时候，用纸巾擦干了，然后被这凉风一吹，整个人都显得精神了许多。

只是，一掉头的时候，就看见陆陆和赵季桀看着自己。

其实，这半年来，要遇见彼此的机会很多，毕竟都在同样的年级里，虽然赵季桀与陆陆和林美景都不同班。但是有时看见赵季桀过来找陆陆的时候，总是会看见。于是偶尔装作看不到，有时四目相对，也会见对方尴尬地别过脸去看其他的地方。其实有那么多东西值得避讳么？不就是一件破事儿么？

可是，有时候在心底埋怨的同时，却又对自己嘲笑一番——其实尘世有几许风波可震撼自己的天地，存在过的还不是渐渐辗转化做微尘的记忆，这些年来的丰盛的记忆，所有种种，回头看看，就那么回事，其实，看开了，也不是些破事儿。有时会在脑子里拼凑起这些本来不属于自己的，但用在自己身上又再贴切不过的话语，依然对自己怜悯一番。

只是这时，赵季桀好像在看着她，她尴尬地别过脸去，然后想要装作没看见似的，走过去。但是，两个大男孩也不好意思在这"狭路相逢"的时候，装作看不见吧！或许也太小家子气了，虽然平时有意避开，后来是她刻意逃避，接着又是淡淡地自然。但是在此刻，三人的心里所想的，都不一样。

"走快点走快点。"这是美景在嘴边想要冲出的话语，但是内心却充斥着"如果他叫我我要怎么办"的念头。

"他们还是不说话么？"陆陆在嘴巴深处叽叽咕咕的，但是又没有发出声音来。可是内心却想着，这半年来，没有她，感觉生活都平静多了。惺惺相惜这个词，用在两个同样可怜的人身上，才值得珍惜。他在想，然后看了一眼季桀。

"如果跟她打招呼的话？要用什么话开头比较好？"他只是想着这个，但是内心却充斥着——"当时是自己不对？其实就算是告诉了，也没什么吧"的想法，事实上，也是——"陆陆知道也是迟早的事"——但是，坏就坏在，陆陆对这件事的意见一直保留，说是保留，其实是无知吧！

于是在赵季桀搜尽脑子，在想要用什么话语来化解这件走廊上的尴尬事件的时候，林美景已经大叫着从身旁跑过去了。

空荡荡的走廊上，只剩下凉爽的秋风，和僵立在原地的两个男生。

"她怎么了？"陆陆莫名地问。

"不知道！"其实，自己应该比任何人都清楚吧！被莫名发脾气的她，以及当时因为太悲伤无法做出正确判断的自己所做出的事。

"还是不想跟她说话么？"陆陆看着她离去的方向，然后突兀地问赵季桀。

他惊讶地看着陆陆，橘黄色的灯光打在他的半边脸上，突然显得他很不一样。相处这么久以来，他第一次有这样的感觉。在他父亲过世的时候，也没有这样的表情，在六六过世的时候，也没有。突兀得像是没有来由的沮丧的语气，里面又包含着不确定的关心。

"是她不想和我说话吧！"他依然看着他，这时到他回答的时候，又别过脸来，笑着说，"走吧！"

林美景站在楼梯拐角处，刚才尖叫着走远的情景，一辈子都不可能想象得到吧！为一个人，竟然能做出这么疯狂的事。实在很费自己的心思。

只是，要再次好起来，也怕没有那种可能了吧！

可是，已经决定了离去了不是么？

所以，还迟疑什么？还抓狂什么？她站在昏暗的拐角灯下，为自己打气似地想。

然后，突然就有人在喊自己，记忆中的，很熟悉的声音。

他说："你在那里做什么？"

　　林美景抬起头来，看见记忆中依然美好的那个人，没有带着任何感情色彩地看着自己说出这句话。因为背着灯光，所以根本无法看到他此刻的表情。一定是跟声音的语气一样吧，面无表情的。

　　"在、在背单词，没别的。"没别的借口可以编造了，只能这样说，虽然明眼人都知道是借口，但是总比没有台阶下好。

　　"嗯！那你慢慢背！"说完他就要转身。

　　"等等！"林美景喊他，他此时转过身来，又看着他。

　　"怎么了？"再次看着林美景的时候，她已经走了上来，越来越靠近他。

　　"没事了，你走吧！"那句话，接得很绝，所以实在不知道该说什么好，于是也只能这样了。已经遗失的美好，就像那首唱尽所有失落的歌曲一样，在大街小巷里，消失不见。

　　所以后续依然是，他走了，她慢慢地走回班级。

　　面对这样的再次碰面，其实根本说不上是挽留或者挽救，其实，说白了，只是内心在做怪，彼此之间过不去岁月的那道坎，依然像伤疤一样，抵着内心深处，痒痒作动。

　　只是假以时日，必然一溜烟般，就如炊烟，消失天空。

　　但是，这浩瀚人间，总有某一种介质的轮回之形态。

　　下一次碰见你，你是什么形状？

　　我想，我是灰色的！

【5】

　　谷得雨而生，人因爱而活，这世间，维系着的千千万万条的情网里，总有一线曾牵绊着彼此，继而今日。

　　就像林心城与林喜然之间，后来维系到陆咏之的身上，其实不算是爱情的爱，也能是那种青涩的爱慕。只是这样的微妙关系，就可以让年年月月都过去。

　　好比赵季桀与林美景间，从一个点开始，散发出的所有日日夜夜积累起来的情感，却在一瞬间淡淡地爆发，之后又在一场雨水里，悄悄熄灭。

　　有时候，它真的不是一个人的事。

　　咏之突然动了动心城的手臂，在他耳边说："我知道六号线有一段是地面轨道的，心城我们有空一起去看吧！"咏之微笑地看着他，突然这样对心城说。心城摘下耳机，然后看着她。莫名地就说："好！"

　　可是等稍微回神过来的时候，才想起要问："你怎么知道的？"

　　"我哥哥告诉我的。我也不知道他哪里知道的，反正就是知道了，心城你这周末要补习么？"咏之显得很兴奋似的，心城给这样的情绪弄得莫名其妙，于是说："嗯！这周六下午不用，晚上才有课！周日下午晚上都有。"说完心城做出一副无奈的表情出来。

　　"那到时一起去吧！我到时去你家找你，好不好？"

　　"嗯！好！"

　　"那你继续听听力吧！我看书！"她笑笑，然后将心城课桌上的耳机塞到他的耳朵里，他伸手自己又去塞了塞，然后莫名地看了看咏之，然后才重新回到练习本上来。

　　突然地，在这个夜晚，就想起了暑假的时候，和咏之回清风里的那天。

　　太阳虽然不是暴晒的，但是两人那天晚上坐车回来的时候，皮肤还是都红了。清风里其实并不算远，那时咏之听母亲描述的时候，以为很远。可是当买了车票，询问了司机到达那里的时间时，其实只需要一个多小时。那时的心里，其实有微微的失落，又有小小的欢欣。那种感觉，不知道怎么说。

　　在父亲去世之后，她有一段时间渐渐忘记了那种梦见血的梦境。而是转换了其他的场景，她总是梦见黑夜奔跑的自己，给怪兽追，或者遇见鬼怪之类的。但是醒来，是明亮白日的时候，就很安心。只是，她有时会梦见从母亲的嘴里说出来的，关于清风里的描述。

　　他们清晨从深水街出发，手上拿着头一天买好的车票，是第一班车。估计到清风里的时候，那座村庄还没完全苏醒。

　　心城和咏之走进清风里的时候，第一感觉便是荒凉。

　　是的，那种荒凉的感觉，就像是被抛弃的小孩子般，浑身透露出来的那种悲凉的气质。四处很安静，很少人走动，村庄的末端有很大面积的工厂，但是他们去的时候，也没有见到什么人。工厂离清风里，也是有点距离。

　　那里已衰落了许久，房子看上去很残旧，很久没修葺，就从久远的年代站立到如今。母亲并没有告诉以前她家的具体位置，就算知道了，她或许也不会想去看。

　　走在路边墙角都长满青苔的石子路上面，一种阴冷的气息不断地袭来。那些青苔应当也是因为没有人气所以才一直滋生的吧！即使是在这么明媚的夏日。零零乱乱的房屋里，有几十户人家住着，有时烟囱里会冒出炊烟，但因不是黄昏时分，那些平时静默在空气里的烟囱，就像是迟暮的老人一般，等着这翻滚着变幻时代的结束，继而还给他们一个平和的过去。可是，这轰轰烈烈的前进的脚步，根本舍不得停下来。清风里的地铁站，竟然就建在那座巨大的工厂的周边，咏之和心城只是绕了一下，但是也不知道具体的位置在哪里，因为现场的一大片范围，都完全在封锁线内。

后来走累了，也饿了，走遍了全村才找到一家小吃店，只是随随便便点了些东西果腹。

之后和心城干脆在店里断断续续地聊着，但都很小声，因为这座载满历史与血腥的村庄，宁静得不像是人住的地方。他们从初年市那座巨大的喧嚣的城市而来，进入这座荒凉之乡，只是为了寻找一种叫做过去的情怀。但那也不是属于他们的，它属于父辈与父辈之间的情分与割舍。但是若是不走近这样的过去，又何来感受母亲当年的那种巨大的缺失感呢？

可是如今看来，这座已被时代摧枯拉朽的清风里，恐怕早已不是母亲他们旧时的记忆了。

小吃店的老板娘只是一直好奇地看着他们，店里的人稀少，加上老板娘和他们也就六七人，只有一个打下手的伙计，估计也是亲戚之类的。老板娘见过的人多，毕竟这小村里，也就这家能吃东西的地方。那个工厂里的人，或许也会跑到这里来吃东西吧。咏之透过破旧的窗，看向那座工厂的高高的钢铁烟囱，心想。

"小姑娘看什么？那边的工厂的人啊！都不会来这边的，你慢慢吃！"老板娘或许太无聊了，这时就凑了过来，然后像是会揣摩人的心思似的对咏之说。接着又呵呵地笑了一声问，"你们哪里来的？怎么跑到清风里这个鸟不生蛋的地来？"话语里透露着和善的气息，也不算是在追问。

心城看着老板娘，又看看咏之，突然不知道怎么说。

倒是咏之先说了："放暑假了，老师要我们教家庭作业啊！说是要我们去体验下乡村生活，看清风里近，就来啦！"

"噢！是这样，原来是市里来的，是初年市的吧！难怪看起来白白嫩嫩水灵灵的，城市里的孩子真好看。不像我们，一辈子待这里，要是有那个福气啊！也想出去走走。"老板娘兀自地，就说了起来，也不管心城和咏之怎么想。或许，若是给他们以出走的机会，也是愿意的吧！这时代巨大变迁，城市就像一个巨大的充满诱惑力的磁铁一般。

"这里也挺好的啊！安安静静，人也特别和善。"咏之反而是一改平日形象，大大咧咧地就接话，约莫是看见和善的老板娘，孩兴大发了。

可是心城还是不习惯这样的场面，家长里短之类的，他最不擅长，估计是遇见陌生到太陌生的陌生人了，但是平时可不会这样，算是挺温和的一个人啦！以前同学们，都是这样评价他的——说什么温和的钢琴王子，后缀的评价就是阳光以及清爽。其实自己也知道，像自己这样的人，安静，中庸，若是没有钢琴那门爱好的话，肯定会一辈子庸庸碌碌地湮没于人世之中吧！只是事已至此了，他很满意如今的生活。

"好！是好！但是，这么静，待着也慌，有时一天都见不着十几来个人。在这里住的，都是些上了年纪的人，不愿走的，或者是没有能力离开的。有些是对这里有情分了，所以不愿走，像我，是愿走啊，但是没那个能力，而且，两老都上了年纪了，对这清风里，也都有感情了，说什么也不愿走了。我男人去那边的工厂打工了，虽然离得近，但是一个月也不见回来一两次，据说天天加班。穷人，就这点命啦！不像你们城里人，还可以体验农村生活。"心城在桌子底下一直握着咏之的手，但是炎热的温度却渐渐消失，感觉咏之的手，渐渐冰冷起来。他看了她一眼，发现她正呆呆的，眼眶红红的，似乎是在想起什么事。

此时的她，再次想起因为操劳过度而过世的父亲。

——"穷人，就这点命啦！"这一句，是击中了自己的内心了么？当年，双亲一无所有白手起家，忙忙碌碌到头来，只落得一个操劳病的代价！而且刚才老板娘的那最后一句话，用和善的但是字面意思却是讽刺的成分的话，更是道出了无奈。

心城握了握她的手，她瞬间像是回过神来似的，然后盯着心城，心城附在她耳边问她怎么了。她只是摇了摇头。老板娘坐在桌子的另一端，此时也想必是落入某种回忆当中，并没有发现咏之的异常。

"可是这里，也曾繁华过吧！"心城的话像是突然打开了一道岁月的门，然后引领着咏之一步步掉进母亲的记忆里去。

"可不是，三十年前，这里还是全国最大的地下钱庄，虽说这事是违法，见不得光，但是那时它就是让清风里兴旺了。可是我也是道听途说的，我那时还小，懂不了什么事，后来钱庄的头儿全家被灭门了，那事真可怕，那之后，钱庄什么的，也没了，据说那些钱也被灭门的人洗劫一空，那可是当时最大的冤案啊！劫匪身份不知，当时清风里最有钱的陆家，一夜之间全遭灭门。那段时间，我也记不得多少了，那时我也才多少岁来着，十几岁吧！太可怕了，清风里上上下下都能闻得到血的味道。后来这事消停了一两年之后，有人造谣说，清风里的陆宅闹鬼，因此，周边的居民搬的搬，能走的，都走了许多。但是渐渐地，连这些闹鬼的胡话也消停了，这个地儿就越来越冷清了，于是该走的，都走了，留下一些不愿走的，和走不了的。呵呵！"说完的时候，她无奈地笑了笑，但是，心城仿似看见她眼角有冰莹的泪水。

"大婶，那你能带我们去看看陆宅么？"咏之转过身去看着她，然后问。

"嗯？那里可不好，别人说闹鬼，虽然我不信，但是挺邪的，怪诡异的，那么多年过去了，地还是暗红色的。"她眉目间挑动着，脑子里像是在浮动着一个恐怖的故事。

可是咏之知道，那片被亲人的血染过的大地，就像是母亲的记忆，就那样一辈子，一辈子都洗不掉也忘不了了。

"那你能告诉我怎么走么？我们想去看看。"咏之还是坚持着，心城静静地，看着她说，他知道她执著。

"其实那边都没人家住了，在村的西边，我们这是东边，你得走出这个小巷子，然后往右拐，那里有一条算是宽广的大路，一直往前走，你能看见一座气派的老屋，那里就是了。我也好久没走到那里去看了，现在应该更残旧了吧！当时闹鬼的时候，人们就说要铲掉它，但是村里的老人们都不让，他们对这村庄里的每一样东西，是真的爱护。所以，才不愿离去。"说完她站了起来，走出小吃店，然后站在门口，指了指左边的小巷口。

"谢谢你，大婶，我们去走走，就告别了，以后有机会，再来走走。"咏之此时顺着她的手指的方向看着，心城只好代替着她道谢。

"不客气，你们看完，可要沿路走回来，不然得迷路，这里的小胡同多，可会绕晕的。"老板娘咯咯地笑着，然后推了推他们的肩膀。

心城从放完的听力里，回过神来，看见咏之在旁边的桌子上睡着了。

那天下午，他们沿着老板娘指的路走回去，事实上并没有走到那房子，咏之就走不下去了。于是拉着心城又往回走。她那时的神情也是笃定的，只不过，那里面包含着太多的情愫。

那天下午回初年市的车上，咏之靠在心城的肩膀上，就睡着了。

心城睡不着，看着沿路的风景不停地变换，哗啦啦地溜过去。

先是荒凉，然后是腐败的工厂，接着是喧嚣的边缘闹市，直到车开进初年市的时候，那一刻的心，才重新有了归属感。

【6】

周六早上心城还未从梦境里醒过来的时候，咏之就从家里打来电话。于是心城是被姐姐的敲门的声音吵醒的，他打开房门，看见姐姐拿着英文书在看。看见心城开门才说，"你的电话"，然后又捧着那本比心城的字典还厚的英文书去背了。

原来是陆咏之一大早就来催着说要一起去六号线现场看的事。

心城也不明白她为什么那么兴奋以及期待，难道还以为地铁的开通会拉动清风里的经济发展，然后他们一家人可以再次回到那里去生活？这样的向往不是没有根据，只是实现起来会很难吧！

　　心城挂掉了电话，洗漱完毕就出了门，连早餐也没来得及吃。后来和咏之在深水街的路边摊吃了一点粥，就往地铁站走去。

　　这次其实很远，需要换乘两条地铁线，然后到一个从未去过的站下车，再走一段长长的路。

　　其实咏之也没去过，所以到那里的时候，已经接近中午，咏之看起来还是很兴奋似的，没有觉得累。心城看着咏之，突然觉得这样的信仰很可悲。但是转念一想，他觉得自己这样的想法很可悲。

　　"以后六号线开通了，心城你要第一个陪我去坐，无论多晚无论什么时候，就算你不在这里，也要给我回来。可以么？"陆咏之说着，脚跨过高高的栅栏，然后跟心城说。心城跟着跨过去，心想着这时候的她，一点都不像平时文静温柔的她。又或许，她的内心住着一个她的妈妈吧！她的妈妈看起来也很文静温柔，但是却经历过那些动荡，而且在这动荡之前，还是来自那么有来头的家族。

　　"好啊！"心城笑着答应，然后咏之突然就牵起他的手往前面走，"只不过，如果到时我不在这里，你也要提前通知我，万水千山，我都赶回来。"心城像是想起什么，然后又补充道。说不定一年后，自己都不在这里了，而是远离这个城市，到另外的一个国家去了。这样想着的时候，其实内心有点不舍。

　　"好！一言为定！"咏之用亢奋的声音说。

　　其实从跨过栅栏开始，往里面走的时候，就很平坦了，外面只是一道封锁线。虽然不难跨过，但是好歹也是一种划界的象征，因此，一般不带有其他目的的人，是不会乱闯的。

　　咏之走进里面兴奋得像个小孩，虽然没有看到地铁，只是看到那些空荡荡的，放着建材的地铁站的前身，就仿似已经走进建好的六号地铁一般。

　　"咏之，别再往前走了。"心城拉着她的手，然后指了指前面的"请勿嬉闹"的标志，又指了指前面不远处的石柱上的摄像头。咏之吐了吐舌头，然后拉着他的手说："那我们在外面走走好了，反正以后，一定会建好的，让它保持神秘的一面吧！"

　　心城无奈地耸肩，然后被拉着往前走。

　　其实那道地面的地铁线不长，不到一个站的地方，因为地质的缘故，无奈选取地面行车的方式，虽然这样的造价会很低，但是却增加了危险的程度。

　　后来心城是肚子咕咕叫了，才打消了咏之想继续来回走的念头，他们已经在那里来来回回走了四五遍了。可是咏之还像是发现新大陆的孩童一般，看了又看，就是舍不得离开。

他们沿着刚才进来的地方走，穿过一片巨大的空地，这里已经被建造成围墙，但是外面有很多个出口。为了保险起见，他们还是沿着刚才进来的那条路走。以免迷失。

这次心城走在前面，拉着咏之的手，往外面走去。

穿过那一道门的时候，秋日的阳光，明晃晃地照着心城的眼睛。站在出口外面的心城，却明显的感觉到咏之此时有点迟滞的脚步。他拉了拉她的手，然后咏之才跟了上来。

回去的路上，她一直沉默不语，心城坐在她旁边，不知道该说什么话。

但是他不知道，咏之此刻的心里，翻滚着巨大的潮涌，正在冲向脆弱的心房。

在迟滞的那时，她碰见了这一辈子，无法想象到的一幕。

羞耻的、愤怒的、悲伤的情绪，全部聚在脑子里，久久无法释怀。

【7】

那个下午，陆陆和赵季桀，从六号线回来的时候，已经是接近傍晚的时分。

季桀送陆陆回到家之后自己才回家，可是就在走出那条小巷的时候，听见陆咏之蹦蹦蹦跑上来的声音。他听见，她奔跑的身后，她妈妈叫她吃饭的声音。

她气喘喘地站在他的面前，面无表情地跟他说了一句话，然后几秒后，转身跑回家。

门砰的一声，他突然醒了过来。

迟早要面对的，不是么？他呆呆地想。

周日那一整天，心城从上午就和姐姐去补习班，待到晚上才回来。

这期间，被无数的英文单词和句子袭击得头昏脑涨，不过此时用头昏脑涨来形容已经算是好的了。

因为第一次去的时候，他根本就没在状态里，完全游离在这之外。之前在学校里那算不错的英语成绩，到了这里，根本算是一坨屎。姐姐有时候会和自己上一样的口语课，但是姐姐今年就要考托福和雅思以及 SAT 了，所以比心城又多上了几个别的班。因此姐姐的感受，他更无法体会。只是姐姐的成绩好，他是一直知道的。

每天两个人都是神采奕奕地去上补习课。

回去的时候，两人都拖着疲惫的身躯，说着关于抱怨的英文短句回家。

表情是滑稽可笑的。

可是除了这个，美景完全就没有顾忌学校的其他功课了，大部分时间都在补习班里待着，学校的课程有空余的时间就会去上。她有信心不参加高考直接通过这三门功课，考上小叔给她找好关系的学校。虽然成绩不需要很高，但是她还是尽自己的能力，越出保险线的许多许多。

因此，除了修这个必考的课程之后，她还需要对着那一堆关于"维也纳"这个伟大的艺术之都的书籍。只是她都当睡前读物看了。因为想着反正到时心城也可以看这些书的缘故，小叔买它们回来的时候，一点都不心疼，有时一本书，就要上百块，全部都是彩插，铜版纸印刷。但是美景一想到心城，就释怀了。

因此她看的时候，还会将重点的地方，用彩笔划出来，这样以后他看，或许就能更直截了当一点了。

可是她当时哪里能想到，一年后，就在心城要去维也纳的时候，小叔买回的，同样是这样的一堆书，只不过全部都是最新装订的。

那段时间以来，她一直在回想往年的那些情分，每当想起那因为可悲的小事而渐行渐远的两人，就觉得可惜。可是，不愿选择回头的，不是自己，而是站在对岸的双方。

虽然那一次之后，两人也有断断续续地打招呼，但毕竟，也不是往昔的那种感觉了。

见一次，痛一次的感觉，渐渐地随着时间的过去，弱化了。

原来，流逝的时间，真的会改变一些东西。

但是如果，之后的那些年里，每每想起当时没有争取的情分就肝肠寸断却无法再联系对方的时候，再想到今日能挽回一些，哪怕一丁点的，却没有去争取的时候，会不会狠狠地，将自己扔进自己认为最可怜的角落？

时间就这样，愣愣地，很可爱，每天都固定地过去一点，一点点。

因此，人也渐渐老去了。

【8】

奈何美景奈何天，这样的天气要是不去，那样的时日要是不来，这生活也便这样下去了。时光寂静地徘徊在油画的上方，没有岁月可回头的笔之风景，它们一幅幅走进千万人的家。最终流连在心底的，仍是不能逝去的美好。祝冉忆将陆琼工生前最爱的那幅画，一直挂在店里，后来晚上睡觉觉得房间太空了。一个人的生活，总是很寂寞。虽然有儿女，但是毕竟不同。以前虽然没有与他在一起，但是总得有想念，而今人都入土为安如此长的时间了，她渐渐地，家里也不敢放他的照片了。但是，每次看见那幅画的时候，还仍然是若有所思。然后才若有所困！

她所能做的，是好好生活么？还是守住这世间最直接的亲情？

她不知道。

但是——此刻的她，连坐的力气都没有，她跪倒在警察局的地板上。陆陆站在她身旁，但是也没扶她。她的力气很大，一米内已经没有警察敢碰她了。怕误伤了她，也怕被她误伤。

但是相关人员仍然指着不远处的电视，要她看。

"太太你看，这上面根本只有你女儿一人的身影，跌跌碰碰地跑过去，我们那里不是标明了'请勿嬉戏'么。怎么——唉！现在的孩子真爱玩。这样的举动，看起来更像是自杀吧！"

"自杀！你竟然敢说是自杀，你们浑蛋，自杀需要跑那么远去么？而且六号地铁根本没有开通，自杀也是去火车站卧轨啊！"此时祝冉忆抬起头来，直对着刚才那个说话冷冰冰的协和人员吼，"这根本就是你们的施工意外，肯定是她自己站不稳，或者给什么绊倒，而掉下去的。"她呢呢喃喃地说。然后又像是想到什么似的，又吼，"你们要赔，肯定要赔，还我女儿来……"

她干脆躺在地上，泪水再一次流了出来。

她从来没有如此失态过，甚至当年丈夫过世的时候，她都用最大的坚韧来抵挡。可是如今——

那位协和人员依然想要开口说什么，旁边的警察也看不下去了，拉了拉他的衣服，然后拽了出去。陆陆蹲下来，将母亲扶起来。

"妈！还有我，别怕！"她浑身在发抖，陆陆边扶起她，边说。

"谁来帮我！"陆陆突然大吼，此时的母亲，晕倒在他的怀里，头发和整张脸，都像是从水里捞起来一样，湿湿的。那一刻，他兀自地，就想起林黛玉那张悲伤到死的脸。

噼里啪啦的不整齐的脚步声和说话的声音，再一次，打碎了这个悲伤的景象。

那一刻，他真的，很想哭出来。

时间回到四个小时前。

周日的下午。

陆咏之死了——这样的突发事件，睡在梦中的心城无法知道。拼命打电话联系女儿的祝冉忆也不知道，因为找不到妹妹而呆坐在床上，一遍又一遍打赵季桀的电话的陆陆，也无法知道。

直到第二天早上，陆咏之的尸体才被发现。

地点是六号线的施工现场，正是头一天，心城和陆咏之去过的地方。

陆陆站在那个空旷的施工大厅的时候，突然觉得熟悉又陌生。那些熟悉的气息，随着风吹散在鼻息之间。

他不知道，为何她会突兀地出现在这里，衣裳完整，不似和人争斗过，却被发现死在还没来得及铺好的地铁轨道上。医生到了现场翻开她的身体的时候，一腔黑红的血液，从脑后的那个被地上的尖锐的钢条扎破的洞里，流了出来。

祝冉忆只是哭，拼命地哭，或许这一辈子，她都没有这样绝望过。那一年，她在清风里的巷子里奔跑的时候，不是这样的悲伤，只是内心藏着巨大的害怕。而丈夫失去的时候，也不是这样的恐慌和悲伤，只是很难过，像是突然失去了一座靠山一样。只是靠山没有了，她还可以再站起来。但是，希望没有了，得以延续的希望没有了，这辈子到头来，还是像是一场太悲伤的梦一样。就算是以为自己可以很坚强地看见你们长大成人儿孙满堂，恐怕也是不能了。如今，你都去了。

然后，你都去了。

【9】

陆陆来找美景的时候，是咏之的事情发生了两天之后的下午。

他精神很不好，满脸憔悴地按了美景家的门铃。

一看到美景，他就哭了。

他说："你知道季桀去哪里了吗？我找不到他，他去哪里了我都不知道啊！"

美景看着他此时的样子，即使想用多苦大仇深的语气来跟他说话，也都说不出了。于是她只好轻轻地说："我也——不知道！我们好久没联系了。"——其实，她真的不知道。她只是知道，心城这几天，不吃不喝在自己的房间里，自从知道陆咏之去世的消息之后，而面前的男子，神情也好不到哪去。

"我就知道，我就知道，连我都不知道，你怎么可能知道……"他就如此，唠叨着走了。那一刻，美景的心重新被揪了起来，她不知道该怎么去安慰他。或许以前对他有恨，但是那些细小的恨，跟此时他莫大的悲伤比起来，又算什么呢！

她很想追上去，跟他说："我陪你去找好么？"但是她没有勇气，她害怕再一次面对他们两个人，更害怕——面对他。

　　她关了门，转身的时候，看见心城那张忧伤的脸。

　　"谁来了。"他的声音是沙哑的。

　　"陆陆。"美景小声地说。

　　"噢！来做什么？"心城看了她一眼，然后转身往里面走。

　　美景跟着他进了房间，然后将门关上。

　　"问赵季桀的事呢！赵季桀也是不见了，他说找他不到。"

　　"嗯，那没什么事吧？"

　　"不知道。"美景愣了一下，又说，"应该没吧！"

　　两人又陷入沉默，心城坐在钢琴前，手触到琴键，曲子就缓缓地流出来了。

　　美景听过的钢琴曲实在是很少，但是听到此刻的这首，仍然是觉得惊艳，曲子里，听出了全部的忧伤意味。因为此刻坐在钢琴前面的心城，根本就弹不下去了，声音渐渐地低了下来，继而，被抽泣的声音，浓烈地覆盖过去。

　　"心城！"美景站在他身后，想要扶扶他的肩膀，但是手总是下不去。无法跨越的那个障碍，即使知道，他很难受很难受，但是，她仍然不懂得，该怎样去安慰人。

　　看看自己吧！和赵季桀不过是吵架分手而已，就难过了那么长时间，最后，还是时间给了自己磨灭的勇气。所以，若是让时间快点过去的话，他也是才能好起来。只是，这样的明日复明日的悲伤，要何时才能止？那种感觉，她懂。但是，这样痛的感觉，应该更难受吧。

　　"不要哭了！"想了很久，只有这样一句安慰的话，但是除了这句，她也不知道说什么好。

　　"我……不知道……该怎么办……"他还是哭，声音是哽咽的，但是此时，他却转过身来，抱着林美景。泪水渗透了自己的衣服，这种触感，第一次，从人的身上，传递到她的肌肤之上。

　　"我去看她的时候，我连站在她面前都没有勇气，明明前一天，才去过的地方，为什么，她就会在那里……我做不到，我还是接受不了……"

　　"乖！"大悲若什么，其实这一刻，都无法形容了。心城是感性的人，她懂。艺术之人，大都处于感性之中。只是，要如何与这点世故之事抽脱开来，这是谁都无法做到的事。

　　无悲无欲无念的事，从来，恐怕都是传说吧！

　　他仍在找赵季桀，从白天到晚上。一天去他家里几次，每次季桀的父母总是说，他不在家，我们也在找他之类的话。在家里的时候，他就打电话去问，但还是这样的话。宛若行尸走肉般的生活，一点点啃噬着他柔弱的内心。

凤凰需要浴火而生，难道人心需要从大悲里坚强么？

爷爷和奶奶从永和过来了，一直在帮着母亲的忙，处理咏之的后事。但是，他真的好累，好累。母亲已经累倒了，住院已经几天。当下最要紧的事，还是先帮咏之入土为安。

从永和回来的那天晚上，他躺在床上，终于沉沉地睡着了。

这些天来，他就像那个记忆里，追着赵季桀跑的女疯子一样，漫无目的地走，寻找赵季桀的身影。

他在当晚的梦里，梦见了赵季桀，还有陆咏之。

但是，跟着季桀跑着跑着，他就不见了。

然后陆咏之的尸体，落在摩天大楼的底下，开出一朵，血红色的花。

——他醒了过来。

清晨，光还没有完全亮透的深水街头。

他像一具傀儡的人偶般，走着。

从中走到尾，从尾走到头，人群渐渐地喧闹起来。

他又去了赵季桀的家，按了门铃，很久很久后，才有人来开门。

打开赵季桀的门的时候，他看见，角落里的那个人，蜷缩成一团，身上盖着被子，双手好像抱着膝。

"季桀！"他小声地叫他，他伸手去开灯。

"不要开灯！"他沙哑的声音传来，陆陆手一抖马上把灯关掉。

"季桀你怎么了？"他关了门，然后坐在床上，他靠近他的身体。将他的被子拉下来，然后掰开他的手臂。他抱着他说，"我找了你好多天，为什么你要躲着我？我没做错什么事啊！季桀，你怎么哭了。"

其实——那时的我们多么善良，用执著和眼泪，就能打开无所不能往的门。第五天第六天，去他家的时候，清晨，他母亲来开门，看见这个可怜的孩子，她终于动了恻隐之心。事实上，赵季桀也已经躲在房间里，好多天了。他不知道这两个孩子怎么了，只是觉得，她需要做一件让孩子恨她没有原则的事，所以，她将陆陆迎了进来。

他就在这个房间里——躲了好多天。

"季桀，你告诉我，你怎么哭了？"陆陆推了推他的肩膀，然后又问。

他缓缓地抬起头来，微微的光里，他看见那张帅气的脸，已经爬满了憔悴的神色。

他说："如果我说，我是因为想起我妈妈才这样子的，你信不信。"

"我信，我怎么会不信呢！我都信！"陆陆目光笃定地看着他，然后字字铿锵地说。

"我很怕！"

"不用怕！我在！"

——不用怕！我在。

糅杂在人的心里的，除了情感，还有奔腾的血液，那些日夜奔流的血液，维持着人的温度，维持着人的性命，维持着人世中，那些爱的温度。

可是那一个渐渐失去意识的夜晚，陆咏之。她或许很害怕很害怕吧！

那一刻的黑暗，随着生命流去。

谁都无法体验的恐惧，随着岁月，渐渐地淡了。

它们是要走的，它们是要过去的，我们也无可奈何。

于是，就这样走吧！

Chapter 12　四季走失

> 浮在记忆与遗忘边缘的，总是琐事。
>
> 人，趴在时间的背上往前赶路，也不知是一路颠颠荡荡把人晃傻了，还是尝过的故事翻来覆去就那么几味把人弄腻，到了某个年纪，特别喜欢偷偷回头想几绺细节，连小事都够不上，只是细得不得了的一种感觉。
>
> ——《四季走失》简媜

【林心城】

岁月不等。沧海桑田。

如果这人间尚有魂灵，那么我还愿意相信，你会留在人间缠着我。可是，这些年来，我得到了什么？又失去了什么？我没有恋爱，因为我总记得你握住我的手的触感；我没有勇气，再去抓住另外一只能够给我陌生的温暖的手。你去世后，我去了维也纳。主修钢琴，你一直都知道我的爱好的。

没有杂事烦心，对音乐和钢琴的执迷，已经到了废寝忘食的地步。头三年的时间里，我一直在这个城市的几个钢琴酒吧里演奏，用第三者的眼光，目睹了很多浪漫的爱情故事。但是无论怎么看，都没有一个是属于我们的。后来，我去当钢琴班的老师，后来的后来，我参加了一个国际的钢琴比赛。因为良好的发挥，我得到了签约并且成为钢琴家的机会。后来我才知道，公司那么快签约我的原因，竟然是现场的观众将我比赛的视频，放到网上，因此引来了许多人的疯狂转发与点击，这让我，小有名气了起来。

可是咏之，你知道么？我决赛那天，弹的那首曲子，不是世界名曲。

而是，我那些年偷偷为你写的曲子。其秘密程度，甚至超过你为我画的——《四季·春夏秋冬——心城惠存》——这幅画，后来被我带在身边。其实我当时，也没有想过，会有如此多的玄机在，每一幅画的后面，都有一个字。四幅图拼起来，才是"心城惠存"。从一开始，你就想好了的！是不是？只是，最后的那幅画，并没有上色，但是，冬天的萧瑟，不就是没有色彩的么？冷酷的枝丫，刺破虚荣的美好假象。

咏之，我为你写的曲子，后来取名叫——《Season》——为了纪念你。

也为了你的那幅画。

我正在世界小型巡演的路程上，第一站是伦敦——那些小小场次的演奏会，总是让我很投入。

咏之，我以为我一辈子，都不可能再爱上别人了——只是我没有想过，我会再次遇见她。

曾经，我很怕失去你——曾经，我也曾想过那时的她。

可是，岁月轻狂，任谁都，记不清那时的小小的我们，小小的情感。

四五年时间流过，流过这一条人间的大河。

静静地，而已。

【1】

伦敦的清晨，一切很安静。

"五年了。"——林美景躺在床上，突然就想起这些年发生过的历历往事。

后来又想着前晚和心城的那些对话，酒是没有多喝，因为是红酒，即使情不自禁了也没什么。后来是和班维回家了，回到家后，感觉一切都还好，至少没有隔阂感，多年来的坚韧以及对他人的抗拒，让她生出一种巨大的恐惧感——与他人的相处没有耐心。但是幸好与班维的相处还是很融洽，于是半年后就闪婚了。说起来，也是美景自己的主意，虽然小婶那边有一直催，但是自己若是执著不结的话，他们应当也没有办法。

后来和班维纠缠一阵之后就睡了，很安稳。

美景突然又想到心城前晚的那条短信，然后突然就想起班维的出现和他们的成事，该不会是心城故意的吧！但是他就是故意的不么？更故意的，估计是小婶他们插手了吧！美景依旧笑笑，但是想起心城的那条短信，还是陷入往日的思念去。

前晚有一条陌生短信，说"他失踪了"。因为不是熟悉的号码，也没有留名字，所以就当是发错。但是昨晚，为什么还是梦见年少时候，被女疯子追着跑的深水街呢?

　　想到这时,手机又突兀地震动起来,把桌子弄得啪啪啪响。

　　班维在浴室洗澡,美景翻了个身,伸手去拿放在床头柜上的手机。震了两下,是短信——又是那个陌生号码!这次说,"他有一封信,是给你的,你给地址我,我邮寄给你。赵之贺。"

　　突然就想起了,赵之贺——赵季桀的姐姐。

　　赵季桀失踪了?她马上从床上坐起来,惊恐地看着屏幕,然后马上按照那个电话拨打过去。

　　"喂!我是美景!"那边通了,但是没有说话,突然美景才想起,伦敦这时也才九点多,中国那边应当七点不到。突然觉得很不好意思的时候,那边说话了:"美景么?昨晚短信收到了?"

　　"嗯!收到了?是季桀出事了么?"美景用手指将头发往后撩了一下,然后走到房间外面。

　　"嗯!失踪了大半个月了,一点音讯都没有,只留了三封信。"美景呆呆地,陷入了回忆当中,赵之贺在那边,叹了一口气,然后又说,"我爸妈已经暂时停止寻找他的下落了,因为他在信里说得很清楚,所以我们就没再找他,他说过一段时间会回来,但是,那段时间是多久,他也不知道。对了!和他一起失踪的,还有陆陆……"

　　"啊!陆陆也失踪了。"

　　"其实不好叫失踪,如果是失踪,48 小时后我们就报警了。但是就在我们急得不知所措的时候,他发来了一条短信,说在他房间的枕头底下,留了三封信。那是最后一条短信,然后我就再也打不通电话了,我妈给那个号码发了无数条短信,后来,手机卡也停用了,他大概是下了狠心,才决定离开了。这些年来,他一直在外面读书,去年才回到初年市帮父亲的公司处理一些事,然而半个月前,他就不见了。"赵之贺语气飞快,但是有时,却又慢了下来,美景脑子里依然乱糟糟的,大概是从高中毕业后,就没有再见到他们两个了吧!虽然一直还记得他,但是听到这个消息,还是挺意外的。竟然失踪了。

　　"那陆陆呢?怎么发现失踪的。"

　　"季桀在信里一并写了,并且嘱咐父亲要关照陆陆他母亲的生意,但是却不能让他知道。我只能说,我爸爸一生都为这个孩子操尽心了,虽然并非……"说到这她停顿了一下,但是美景知道她要说什么,可是她只是顿了一下,然后又继续说,"我只能说,陆陆和季桀两人的关系不简单。大学的时候,陆陆宁愿降低要求去和季桀读同一间学校,后来毕业后,季桀又当面恳求我爸爸让他进公司,友情能做到这个份上,都算足了吧!但是他们竟然一起失踪了,而且是有目的的。这让我一直想不明，但是我那善良的父母亲，还只是一味地以为孩子应当有自己的想做的事，然后去奋斗。"

"可是，你是觉得他们都不会再回来了么？"美景听得脑子很混沌，这些年来，没有跟他们联系，确实失却了太多信息。但是有联系又如何，那颗平静下来的心，经不起折腾了。这时班维从后面伸手抱着她，她轻轻抖了一下，然后捏了一下他的手臂，示意他不要胡闹。他吐了吐舌头，在沙发上坐下。

"不知道！你把地址给我吧！我给你邮寄信件。"赵之贺说了一大堆之后，似乎是清醒了一点。

"嗯！我想想，不用了，我回去一趟吧！反正很久没回去了，你家还没搬吧！我回去再联系你，可以么？"美景转过身，看着班维，对着电话那边说。

"嗯！也好。我再继续睡会！"

"bye——"还没说完，那边就挂掉了。美景看着班维，突然就走神了。

"怎么了？"他走到她身边，然后问。

"有一个朋友失踪了，家里出了点事，我要回去一趟。"美景搂着他的腰，心思却不在这里。

"嗯！什么时候？"

"就这两天吧！不想耽搁太久。"

"可是我才回来啊！"他附在她耳边轻轻地说道。

"别闹了，你过两天还不是又要飞了。"她推开他，说话的气息吹得耳朵痒痒的，不舒服，"更何况，我都很久没回去了。"

"我又不是不肯你回去，每次我带你回去你还不是不想，这次自己主动想回去，那个朋友很重要么？"

每次都不想回去还不是省得再看见那个已经懦弱得像个小孩的父亲，结婚两年后，家产全部被那个保姆老婆骗走。第二天醒过来后，又回到刚被接回家的时候那样，一清二白。但是小叔也算很宽宏大量的了，又重新将他接回家住，反正心城和自己都不在家了，矛盾也会少点。但是据小婶打电话来说，他现在变得很胆小，每天不是在家，就是在店里，去哪里都不肯，觉得这个世界太可怕什么的。美景只是笑笑，然后回答小婶说："这种人，没再继续吃点亏，就永远都不知道自己的错，要不是当时小叔……"但是小婶却冷冷地打断了，说："好歹也是你爸！别说这样的话，有空就回来看看他！"

于是，半年过去了，还是没有回去过。

在维也纳的时候，倒是有听过他打电话来过，但是那边的他，也没有说什么，后来开始说了，美景直接把电话拿远了，直到那边传来小婶的喂喂喂的声音的时候，才重新拿回来听。其实没什么，就是一直都对他有种抗拒的心理。这些年的生活，他非但得不到什么，反而又落得个一清二白的局面，做人成这样，也挺失败的。她只有讽刺的份，完全不像是一个女儿该做的事。

后来和班维结婚的时候，也只是请了小叔和小婶来，在伦敦办的婚礼，美景也没有开口邀请他，而那时的他，也不愿出门了。结婚后就定居伦敦，一来一往只有小婶的电话。

但是这次，她是想回去了。

"还好，但是小婶叫我回去了很多次，反正近期有空，就回去看看。"

"嗯！难为你一个人留在伦敦那么寂寞了，你又没什么朋友。"

——其实，是我抗拒其他朋友。美景心里想，然后点了点头，并没有做其他的动作，就站了起来，走进了浴室。

早上的光，真好。

可是，那份被重新挑起来的往事，却在此刻的心里，蠢蠢欲动。

【2】

伦敦，市中心广场，午后。

心城此时脸颊泛红，看着那个女孩。

"好久不见！"那个女孩说，心城突然就想起了，除了然字，还有那个字呢？他一直想，一直想。

看着女孩的生动的面孔。却愣是想不出个什么来，一定是认识的人，因为那种感觉，非常的熟悉。

"你……你是……"心城结巴了，但是还是想不起完整的名字，肯定是小时候的玩伴没错的。

"我记得你小时候，也没有结巴啊！怎么这会结巴了？"她看着此时表情很尴尬的心城，然后开着玩笑问。

"我记得你的，我……"

"好啦！不难为你了！"她捂着嘴笑笑，然后说，"你好，我是林喜然！"

其实也是因为太过激动，而没有记起你么？林心城在脑子将这个名字与往日的那些小小的身影对上的时候，才觉得格外亲切。

"是真的，好久不见。"心城挠了挠后脑勺说。

"十几年了吧！那时太小了！就不记得怎么联系你了，后来就联系不到了，不过你争气，名气散开来了，找人也算容易。今天如果没碰见你，估计他日我也会自动上门，就是不知道，大钢琴家会不会接见我咯！"林喜然笑了起来。

"你还是个假小子嘛！说话还不给人留余地。"林心城轻轻地搂了一下她的胳膊，又继续说，"怎么你也学钢琴？"

"那可没有，我是被逼着学的。"喜然弄了一个拱手相让的动作起来，心城笑了笑。

"逼着学都这么厉害啊！还能自己作曲子。"

"方才说了，都是乱弹乱弹。我昨天才去看你的演奏会，其实说是去听演奏，还不如说是去确认你啦！刚开始看到你的名字的时候，就觉得应当没人会取林心城这个这么特别的名字吧！后来想了想，还是去确认下好了。于是就去了，果然是你！弹得很不错，我都被感动了。"说完她还拍了拍他的肩膀，俨然一个老大姐的形象。多年来自己一个人老是跑东跑西都习惯了那种一分钟就交上好朋友的能力，所以，面对着旧日的好友，还是能熟上加熟的——倒是弄得心城挺不好意思的。

"那为了庆祝十几年后的相遇，要不要，一起吃个晚餐？"

"浪漫的什么的，就算了，我不喜欢那种氛围。随便找个就行，反正是叙旧，又不是约会。"一只鸽子从身边飞过，她伸手去赶，然后又接着说，"但是我现在有点事，我们约好时间，晚上再碰面好么？"

"可以，你的手机给我？"

"OK！"她念出一段号码后，心城在手机里啪啪啪地输入，然后想要存储那个号码的时候，却接到林喜然同学的一个美式的拥抱。很温暖，事后想起的时候，才突然觉得。

后来再待了一小会儿，两人就沿着街角走下去，林喜然说有事，便先走了。

心城再逛到那台钢琴前，拿起手中的相机，拍了张照片。然后才发觉方才拿了林喜然的本子，还没有还给她。但是想着晚上还是要见面的，就心想着，用餐时再拿给她吧！

阳光依然很好，他想到要先回去酒店，突然，又想起姐姐来。昨天她好像和班维来看了，但是没有和自己打招呼，但是坐在第一排的他们，格外显眼。但是过分投入于钢琴的自己，也没有多去理会。直到演奏结束的时候，所有人都离场了。

那个世界，依然冷清清的。

可是，如今值得庆幸的是，还是遇见了林喜然。

但是，他想了想，然后拿起电话，拨了美景的电话。

"喂！正想打电话给你呢！"林美景接起来第一句便说，愣得心城不知道该说什么好。

"今晚有空么？找你聊点事。"她又继续说，此时她坐在大沙发里，班维正在房间里玩游戏。

"今晚啊！可以，我本来约了人的，但是那个人你也可以见见，你应该也算认识。"

"噢？"美景只是莫名其妙地应了一下，然后那边心城又问："姐你有事么？"

"我可没事，稍后再说吧！你定好地方给个短信我，先挂了。"美景怕班维听多了，等下又要问东问西，对于过去的事，她觉得能省就省，不要说太多最好。

心城回到酒店才想起一个人其实也很无聊，于是给林喜然发信息。

其实多年不见，也不知道该说什么。

或许需要时间来糅合这些年来，隔阂开来的陌生吧！

短信的内容只是跟对方说明了今晚在自己所下榻的酒店的餐厅用餐而已，顺便，又发了一条给姐姐。然后就躺在床上，房间里有音响，便开了钢琴曲听。

后来一个人静静的，就不知道为什么会想起，以前的那些伤心事。

陆咏之去世已经五年了。

那件事，后来闹了好多年。一个月前，当心城处理完那些事情再次回伦敦的时候，带着那幅名为《四季》的油画。若不是主办方这边一直在催，或许还会多待几天，六号地铁，已经开通了。他很想带着那幅油画，一个人坐回清风里，去看看记忆里和咏之一起去过的那些地方和看过的那些风景，但是还无奈时间太紧，回到石村再回到机场的时候，地铁已经要结束当天的运营了。其实，过去的，他想，就留在过去吧。

上个月在法庭上，那是他最后一次，看见陆陆和赵季桀。几年过去了，而他们那都已不是记忆中的阳光少年和清秀少年——就像岁月总会让一个人成熟，然后再慢慢催老。

而那时的他们，站在那个万籁寂静的法庭上，白色的灯光交替着黄色的灯打在他们的神情肃穆的脸上，美好得，像是两个精致的人偶。

所有的事情都尘埃落定了，但是回伦敦的那天，还是没有来由地，想起他们几个人的青春。关于姐姐的，赵季桀的，还有陆陆的。以前，他都是作为一个旁观者看着他们的友情交织，后来因为咏之的缘故，与他们有了微妙的联系。特别是那一次，被小流氓拦住的时候，出面解围的赵季桀，其实那时的心里虽然是感谢的。但是面对着他繁杂的关系的时候，还是觉得非善类，但是事已至此，觉得一切都平淡了。倒是觉得这世间最悲凉的,应当是亲情的湮灭,人情的离散。

其实多少记得那时姐姐与赵季桀的事,姐姐在大伯的婚礼上,哭得那么惨。他以为她会渐渐地忘了他,但是却感觉她一直没有忘。

其实班维是自己处心积虑想要撮合的,但是却没有想到他们很投合。如今看来,两人相处也很好,这倒也放心了。初年市的那些事,有父亲和母亲搞定就好了。大伯从回来到现在,就一直没有安分过,但是如今,想必也是搞不出什么大祸端了。

父亲说,钱财乃身外之物。但是,心城一直很佩服父亲用来补偿的那份情意,竟然能被消耗如此长的时间。

其实后来他才懂,亲情是无价之物,有血缘的没血缘的,在相同的空间里维系起来的人情,总是能让一个人颇为心安。

静静地,就好多年了。

只是想起以前的那些时日,就越觉得这异乡——花再怎么好,月再怎么圆,也好不过那时一起的年少。

【3】

没有意外的,林美景看到林喜然的时候,还是愣了一下。

但是她是迟到了。

而美景早就自己一个人风风火火冲去心城的房间,心城打开房间的时候,被她吓了一跳。

"你怎么那么快?我正准备下去。"

"不快点出来我怎么能一个人安全出来。"美景边说边往里面走。

还没等心城开口问什么,美景又说:"赵季桀和陆陆失踪了。"

心城关门的手突然就停在那里,他以为自己幻听了,但是过了一会儿又听见她说:"留了一封信给我,我得回去一趟。"

"你是说,赵季桀和陆陆失踪了,然后你要回去。"双重的震撼,一个是失踪了,一个是姐姐竟然要回家了。

"嗯!是的,但是说失踪也不严谨,说是离家出走吧!虽然这样说孩子气了点,但是已经离开半个月了,谁都不知道去了哪里,反正我没事做,也很久没回去了,就回去一趟吧!"

"为什么失踪呢?上个月我还看见他们。"

"上个月你回去了?"

"你不知道么?咏之的那件事,地铁局终于妥协下来了。"

"唉！闹了好多年，我记得她妈妈也想要去那里自杀过吧！"

"嗯！被制止了。"

"但是现在他们都失踪了。"美景又回到这个问题上来。

"不是说离家出走么？"

"嗯！差不多。"

"班维知道么？"心城想了一下，突然问。

"不知道，就是因为不能让他知道，所以才跑来独自跟你说啊！我得赶紧回去，然后快点回来，算了，明天就回去。"

心城看着她自言自语，平时很少见她这副模样，突然觉得很好笑。

"那我给我爸打个电话？让他去接你。"

"不必了，我还记得路，我回去一下就行，省得别人还大动干戈来接我。"

"你是怕大伯么？还不肯原谅他？"

"他哪有错？我是个不孝女。"

"省省吧！不想就算了！别太激动了，控制下情绪，等下有个人你要见呢！"

"等等！班维也要来！"自己是先提前跑出来的，走的时候他在换衣服，估计这会儿打电话来了吧！美景看一眼，调了静音的电话，果然——二十三个未接来电。

"走吧！去下面等！"

喜然来得挺迟的，班维他们都到了许久，心城才不情愿地打电话给她。第一次约会，就要催，挺不好意思的。

"我在门口啦！"电话那边传来雀跃的声音。

"那我去接你。"心城压低了声音，然后诡异地看了姐姐和姐夫一眼，之后将菜单推向他们说，"你们研究下，我去接个人。"

美景看到喜然的时候，表现出的表情是，和蔼的亲切的姐姐。

但是等心城介绍她的名字的时候，她的嘴巴就张大了。

"心城你不是说她……"美景指着喜然，然后又看着心城说。美景以前见过喜然一面，那也是很小的时候了，第一次去心城家的时候，还是在石村。后来再次听心城说起她的时候，只是说没了她的消息。

"说我怎么啦？"喜然有些莫名其妙，只好问。

"没怎么没怎么，说我以前联系不到你而已！"

"嘻嘻！我那时被我爸妈接出国后，就没有回去了，后来就联系不到啦！"

"不过能遇见真有缘。"心城接着说道。

美景和班维相视一笑，然后异口同声地说："点菜吧！"

心城和喜然相视一看，耸了耸肩。

那晚吃得很愉快，但是心城隐约觉得姐姐的心里，还是藏着汹涌往事。看来她还是很介意赵季桀的事，但是一切的谜底，还在遥远的国内。所以，不去触动，一切都还是未知。

心城还有接下来的几场演出，都是周边的小城市。

主办方给他预留的几个 VIP 座位，专门给他朋友享用的，但是一直都没有用上，这次，总算可以光明正大地给林喜然了。但是又怕她没有时间，可真纠结。心城心里默默地想。

但是也得张嘴邀请啊！美景后来在电话里说，当天晚上美景就订了第二天早上回中国的机票，一同回去的，还有班维。她还是甩不了他。她觉得，反正是没什么事，就带着回去吧！说不定，能安慰一下突发的状况。

久违了，初年市。

久违了，那些年少。

【4】

每一次演出，都像是一场巨大的内心戏剧，导演主角配角全部都是自己，默默地回忆着那些故事里的年少。而如今，他每次弹起那首《Season》的时候就会往台下看一眼。那幅画依然挂在每一场演出的现场，他只想继续完成对咏之的承诺，继续挂着，挂到最后一场演出结束。然后，这一切，都尘封在旧日里。

邀请喜然来看演奏会的时候，心城才意外地得知，她现在是摄影师，开着一家摄影工作室，与别人合伙，自己当个小老板，所以时间也很充裕，一天让出几个小时听演奏会的时间还是有。所以也便欣然答应了。再一次弹奏的时候，其实心里没有之前感觉的空虚了。

想起幼时的模糊记忆，只觉得淡淡的美好。

那晚心城和喜然他们吃完饭的时候，三人站在门口，班维去开车。于是三人就站在清冷的空气里。

林喜然的性格，与人很好相处，不生硬很自然，或许是多年来的环境造就的。听她说，一年四季有空就到处跑，四处去摄影。那年她受伤后，就直接被父母接到大城市治疗，还没完全康复就直接被接到国外了。其实她父母也是一整年里到处跑的，根本就没有很多的时间照顾她。家里请了保姆，还有奶奶陪着她。于是童年的末尾以及年少也便那样过去了，后来就到处留学，最终还是到了伦敦。不过，到伦敦也只是个偶然——大学的同学是英国人，爱好摄影的她们便一起搞了个摄影工作室，刚开始只是兴趣，帮别人拍拍照片，以此换来更多的旅行费用。但是渐渐地，却拓展了另外一些杂志和报纸的业务，于是也忙碌了起来，新招的人手，还挺能帮忙的，于是她也没整天待在工作室里。偶尔也出来走走，但是对于这个城市，不算熟也不算陌生。

"所以你到现在，还是单身？"心城出去的时候靠在她耳边问。

美景和班维走在前面。喜然听到他说话，于是转过身来，颇有意味地看着他。

"目前是。"咧嘴一笑，依然不改她的率直的性格。

外面的风其实不大，但是吹在脸上还是凉凉的。

冬也快到了，心城想。然后转过头去看了一眼林喜然，她的手，正挽着美景的手，两人像是亲密的姐妹般。姐姐脸上挂着淡然的笑，她很好看，五官很精致，长得都很小巧。可是林喜然却不然，脸上洋溢着的美好笑容，像是大冬日的太阳。五官不算精致好看，但是那样拼凑起来却让人感觉很舒服。心城就这样愣愣地看着他们，不过一天的时间，从相遇到吃饭。但是却不觉得陌生，甚至那种熟悉的感觉还源源袭来。

美景和喜然不知道在说些什么话，过了一会儿心城看见她们看着自己。

"咋啦？两位美女。"

"你也叫我美女？算了算了，我就省了吧！姐可是黄脸婆了，只是——当前的这位美女你可要把握住啊！"她笑起来，破折号后的那句话靠近心城的耳边，轻轻地说，他的耳朵刷地，红了起来。

"怎会呢！姐还很美呢！"喜然这会儿打岔了，直接夸美景说。

"就别这样了，都美都美！"心城手伸进裤子的口袋里，然后耸肩笑道。

"心城，我走了啊！班维刚才说这两天空了行程出来，要陪我回初年市，这会儿机票都订了，太迅速了。接下来的演奏会我就不去看了。喜然你帮我看好他咯！"班维的车已经开到酒店门前了。美景说完还吐了吐舌头，拉了拉喜然的手。

"没问题。一定严加管教。"

心城脑门划过几条黑线，对于林喜然这样的自来熟，他是打从心里佩服。不过这样的性格，真的是很讨喜呢！

"那我走了，心城你得送人家回去啊！"美景一边走一边还回过头来说，就在快要关上车门的时候，又将车窗摇下来对心城说，"你过来一下。"心城几步路就跑了过去。

"好好珍惜！"她拍了拍他的肩膀，或许还想再说什么，但是说不出了。

"那我走了。"美景说，慢慢地摇上了车窗，心城呆呆地，看着车离去的背影。

呆呆地，站了一分钟。然后才想起喜然来，然后转过身去："你是想再逛一儿，还是回去了？忙不忙？"

"才九点不到，去看场电影吧！好久没去了。"

"爱看哪一类的？"心城与她并肩走着，然后问。

"都好，看电影没特别挑。"

"那就看电影排期咯，买到哪个就哪个。"

"嗯！好！"林喜然一直都是微笑的表情，手臂在走的时候，还到处挥动。心城无奈地摇摇头，此时手机响了两下。他从口袋里拿出手机，是姐姐的短信。

"你要记得放下过去，即使它曾经那么美好又厚重，可是只有你真正放下了，才会让更好的东西属于你。"——原来这才是刚才想要说的话么？文绉绉的，一点都不像是姐姐。可是，这样的话那样当面说出来的话，就变得没有这种感觉了吧！全凭自己此时的心情去联想她说这话和打这条短信时的脸上肃穆的神情，嗯！挺苦口婆心的。

"谁？"喜然看见他在看短信，然后头偏向一边问。

"嗯！是姐姐。"心城转过去，与她四目相对，然后又说，"交代了一些事，她明天要回家一趟。"

"噢！"喜然淡淡一笑，然后手艰难地搭上心城的肩膀，文艺地说，"其实，我觉得我们今天的相遇，就像一场电影，我们的小时候，也是一场电影。我们散场了，然后又再相遇了，只不过，以前是儿童故事，现在是……"想说什么，但是又接不下去了，是"爱情故事"么？这话也说得太快了。

心城看着她，脸上带着淡淡的笑。

"没什么啦！我就觉得我们特有缘，希望这次不要再散场啦，保持联系，做好兄弟好姐妹什么都好啦！"可是，甘心么？初看到演奏会的宣传海报的时候，那张被粉饰过的脸，虽然不真切，但是依然可以透过岁月的长河看见你，所以才去听你的演奏会，所以才会在遇见你的时候，不想直接绕圈子（即使还是绕了一下）就告诉你。

"呃！要结拜么？"心城颇有意味地看着他，手却托着下巴！

"这个，日后考虑下。"

"脚酸死了，今天走了一天。"喜然突然抱怨道。

"我以为影院在不远处，你想走路过去，不然我回去开车？"心城停下来，看着她问。

"不用啦！回去开车还不如现在背我实在。"只是说说笑而已，没想到他却当真了，就在原地蹲了下去。

"我说笑的啦！起来起来，我哪敢要一个大名鼎鼎的钢琴家背我。"她笑，声音很清朗地飘荡在空气里。心城蹲在地上，然后抬起头来看着她，路人纷纷看着他们。街道旁的灯光，打在心城棱角分明却倍感清秀的脸上。

喜然伸手去拉起他，他趁机借了一下路，站起来。

"那走过去吧！"心城笑着说。

没有什么，可以冲破多年来的感情围墙，就正如没有什么，能一下子就击碎岁月长河里累积起来的悲伤。

那些东西，逐日地，在心里渐渐凝固成为石子，然后被时光抛磨，变成温润美好的往事。它们既存在，却又不伤人，往事有很多种，但是没有一种，是会咬人的。会咬人的，永远是，眼前触目伤情的一些物是人非的事。

【5】

飞机到达初年市的时候，小叔还是来接了，不知道谁走漏的消息。

车行走在初年市的公路上的时候，美景还是感觉一切很熟悉。好多年没记起这座城市了，虽然总是会记得那个人。

班维坐在车上，和小叔有一句没一句地说话。美景看着窗外，沿路而过的高高的建筑。

"心城知道你回来了么？"

"昨晚跟他吃饭了，他还有巡演，所以暂时回不来。"美景盯着小叔的背后看，然后飞快地回答道。

"嗯！一个月前也才回来过，人怪瘦的，现在你们在同一个城市，要多点看住他。"

"知道了，小叔！"美景闷闷地答，班维只是握着她的手，没有太多暧昧的动作。

风景一路倒退，而记忆却一直在退缩，好像在告诉自己，不要再回来，不要再想起。

即使是没有什么大不了的事，失恋的事，谁年少时没经历过一两次，但是——失去六六和失去他的心情，却依然记得。虽然痛再也不算什么，但是关于"面对"这件事，有时真的挺恐怖的。

——比如，此刻，站在赵季桀的家门口的时候，眼泪要随时飘出来，就真能飙出来的。

后来按了门铃，赵之贺看见她的时候，略显惊讶，眼神里分明在说，"怎么那么快"。但是她还是笑了笑，然后将她接了进去。

"这是其中两封，一封是陆陆留给他妈妈的，一封给你，一封给我爸妈。"赵之贺把信放在美景的面前，然后叹了一口气说。

"你爸妈的？"她指着其中一封信问。

"嗯！你的信我们没拆，所以才想要寄给你，我爸妈的信我看了，没什么，你可以看。"

"嗯！"美景将信拿起来，然后打开。

是赵季桀的字没错，虽然很多年过去了，但是那些撇横竖勾提斜勾撇点却非常熟悉。年月让一个人改变，可以颓废可以成熟，但是骨子里形成的习惯，却无法改变。

致林美景

我走了，其实早就料到会有这么一天。

那些年，谢谢你的陪伴。

你离开后很久，有一天，我突然听到一首歌，有一句歌词这样唱——"原来上天是让我们来相爱的，不是让我们厮守一生的。"后来我想，其实那些日子，我是真的有爱过你么？我不知道，但是依然谢谢你的爱。

美景，我知道你曾怨我，但是不要恨我，因为我不值得你恨。

我不愿他们再花心思找我们，但我只是想离开这个地方，去共同面对我们想要面对的一些事，去一起度过我们必须一同经历的日子而已。

我走了，或许你看到这封信的时候，也不知何年何月了。

就像熟悉的老朋友写信那样，连署名也没有，白色的信封上的"林美景"三个字，冷冰冰地放在那里，突然地，美景就觉得自己从来没有在他的温热记忆里，温暖过。就这样，冷掉了。

眼泪想掉下来，但是却忍住了。

"这个，也可以看看么？"

"没事，可以看。"赵之贺看了她一眼，然后拿起旁边的书看，两人没有多余的话说。美景继续沉浸在她的世界里。

爸妈：

深水街383号的画廊，那家店铺，我恳求你能每个月都去购买一些相对名贵的装饰画，或者介绍一些客户去，让她的生意能好起来，也让妈也能尽量跟店主多接触。

她是陆陆的母亲，不要试图逼问她关于陆陆和我的事，不要让她伤心。

爸妈，我知道你们一直很疼爱我，我也很爱你们，只是我不能让自己这样压抑下去，我们也需要时间去面对自己。我们会去找新的工作，我们会到新的地方去。

总有一天，我们会回来的——只是那需要时间，至于多久，我们也不知道。

上面说的请求，只是我唯一的心愿。

你们要好好的，照顾自己，原谅我暂时的不孝。

你们的儿子：赵季桀

或许他一直也没有遗忘他自己的身份，所以才如此强调。

只是在这样的晚上，再次想起多年前因为知道最终的那个真相后，以为被欺骗的愤怒，突然就觉得自己很可笑。那些日子，这些年，他都是怎样忍耐的？想象不到，但是以为离开就能解决一切么？

但是不离开，能解决一切么？

岁月是道难题，永远都无法理清。

一起离开的你们，藏着你们身上的秘密，就让这轰轰烈烈的时之长河，渐渐地冲淡吧！

【6】

后来心城每一场演出的照片，林喜然都能美美地拍起来，然后放上博客，或者直接给想要报道新闻的杂志或报纸用。

每次演出结束后，喜然在车上摆弄着那些照片的时候，心城总会笑着说："没想到是找到观众也找到一位特约记者，还找到一位……"

"这年头，说话快也没好处，得条理清晰呀！"喜然笑着说他，低头去摆弄相机。

大半个月过去了，最后一场伦敦的巡演的时候，美景还是跑来看了。和喜然坐在一起的时候，心城只觉得台下这个风景，很是美好。喜然也倒好，将摄影工作室的工作也带到听演奏会来了，只是巡演到最后几站的时候，是要回国。这时，她才想到要请一个星期的假，陪心城回中国看看。

美景却不想回去了，那天从季桀的家里出来的时候，一路上，擦干了泪，然后将那封信撕烂。路过陆陆家的画廊的时候，她母亲正在和客人商讨着一些东西。美景也进去了，买了一幅小幅的装饰画，其实也带不走，只是拿回家后，就挂在以前的那个房间里。

后来只待了两天，就回伦敦了。林多华已经渐渐变得温顺了，如果说对这个世界失去信心，或许对他来说，不免太残酷。倒不如是说，他已经认了，认定自己输给这个社会了。每天早上很早起床，去散步，然后回来吃个早餐，之后就去琴行。依旧是两家分店，生意依然很好。这些，美景都是听小婶说来的。

心城和喜然，还有经纪公司的那些人一起回国的时候。前一夜，心城将那幅画，从演奏厅取下来，驱车送喜然回去后，再驱车去美景家。

"这幅画，暂时放在你这里，或许我会取回，又或许，就这样放着吧！"心城将那幅画，放在大厅里，对美景说。美景在厨房里倒饮料，然后走出来跟心城说："这个也不必拿回去，要是哪天自己家装修了，挂满的也应该是摄影照片，这幅画，就让我占为己有吧！"美景笑着说，然后将饮料放在心城的面前。

"我明天就回国，演出结束后，我也不知道会不会再回到伦敦，你和班维，要好好相处。"

"好啦！知道啦！小鬼头，担心你自己好过担心我，班维近期都在伦敦工作了，所以我们有时间好好相处。倒是你，别一直忙着工作。人家对你有意思，我看得出来的，你得好好宽宏自己的那颗心。"

"懂啦！你这话，说得太像红娘了。"

"什么像红娘了，简直是啦，要不是看在我也不想勉强感情的情况下，早就将你们丢在一间空房子里，慢慢培养感情了。"

心城鄙视地看了她一眼，然后不屑地说："果然婚后的女人比较可怕。"

美景哈哈大笑，然后说："那是，比老虎还可怕呢！"

"我记得以前班维……"心城若有所思地说。

"少在那里揪陈年旧底了，我可没动班维什么。"

"看！这句话就霸道了吧！"心城眯着眼坏坏地笑，然后站了起来，手机在口袋里微微震动，拿出来一看，时间已经很晚了。

"姐，我走了，不早了。"

"嗯！注意安全！"美景开了门，看见心城走出去，然后淡淡地笑。

可是突然地，美景就想起以前的往年月的那些小争吵，但是在如今回想起来，也觉得很是美好。

"如果我讨厌你，我一定会把你赶出我家。"林心城站在阳台上，对着楼顶上，拿着浇花的水壶的自己说。听到尖叫声想起的那一刻，心情是兴奋的，像是夏天吸了冰凉的果冻一般，一股爽凉的感觉透过心脏六腑而来。但是下一刻，却看到林心城红着眼，然后狠狠地说出这句话。

那一刻，自己就像是失去了胜利果实的终极 BOSS，失落地往回走，然后抱着水壶，在花丛里哭。

那个傍晚，双耳似乎是隔绝了一切的味道，以前听得到小婶炒菜的声音，脑子里就浮现了美味的食物。听见叔叔回来的脚步，就有了糖果的甜味。还有那些随之而来的幸福的味道。可是这一次，像是决心要与这个家分离一样。虽然自己不是天性悲凉的女孩，但是却长成这样外冷内热的孩子。其实我也很喜欢林心城来找自己一起出去玩，我也想要有父母抱着，坐在沙发上看电视。

但是，这一切，就仿似泡沫一般，随着水蒸气，一点点消失掉。

连父母的脸，都拾取不起。

直到吃饭时分，林心城才上来叫自己吃饭。他叫自己的语气，和平常一样，像是没有发生过那件事一般。其实，傍晚的时候，自己在浇花，恰巧花盆放得太边缘。于是垫高脚去淋，一个不小心，就把水往外浇，然后就听到了尖叫的声音。那一刻，再次垫高脚，往半人高的墙外看，就看见红着眼的林心城。

其实自己有在心底轻轻地对他说："下午对不起，我不是故意的。"

在楼梯上，他转过来对自己笑着说："我知道。"

"那……"

"下午我是因为急着出去，才生气的。"

"那……"美景只是想说"那我下次和你去玩好么"，只是话还没说出口，就被林心城接过去，他说："下次姐姐和我出去玩好了。"

"嗯！"

美景笑了笑，然后往屋子里走去。

车上的心城，从口袋里再次拿出手机。

是喜然的短信，他轻轻地点了阅读，然后看见一串乱码似的文字。

嘴角的笑，牵扯开来。

他只是回了——"me too！"过去，正儿八经的几个英文字母。

【7】

那么多年的年少时光，即使是一场荒芜。

但喜然，你教我如何珍惜？

咏之，那些遥远的过去，像荒芜的稻田，被收割后，却无法再播种。

因此，叫我何必去珍惜？

就此罢了——何不开始，早已结束了不是么？心城握着那条短信，然后笑着入睡。

明天清晨，回到自己的祖国，还有自己的家乡，如若能重新开始，便再是一场宛若青春年少般的时光。

记得那时多美好，谁都没有多繁复的烦恼，但时日过去了，就是过去了。

喜然大清早地就起床收拾东西，其实也发现没有多少东西能收拾，出门的时候拿手机发现他回复的短信，静静地躺在收件箱里。她提起手袋，走到楼下的时候，心城的车已经在那里了。

心城看见她，下了车开了门给她进，并做了一个欢迎的姿势，喜然眉眼一挑，优雅地坐了进去。

心城拿出昨晚的手机，然后打开那条短信，将手机翻转，然后放到喜然的眼前。

"in3^o7！"心城一直手扶在前排座位的靠背上，然后一脸坏笑地看着喜然。

"原来你看得懂。"喜然恍然大悟道。

"不然也不会回复你的短信啊。"心城重新坐起来，然后问，"你看过《志明与春娇》？"

"没有啊！什么来的？"

"那你又知道这个？"心城又将手机倒过来让她看，还是那条短信。

"Facebook有人发这个，说图片转过来就会有惊喜，因为很好玩所以就发给你咯！"喜然说完还耸了耸肩。

"就这么简单？"心城手指摸了摸下巴，标准的奸诈的动作，然后又说，"我有原创的噢！"

"当然就这样简单啊！你刚才说的那个什么志明什么春娇是什么来的？"

"别管先，你要不要看？"

"看什么？"

"等等！"

心城低下头，然后在手机里轻轻地打字。

过了一会儿，她的手机响了起来，见是心城的信息她疑惑了一下，然后看了他一眼，心城示意她打开。

　　她按下手机，然后把手机翻转过来的时候，脸涨红了起来。虽然感觉尴尬害羞，但是别过窗外的脸，还是藏不住笑容。

　　那个被紧紧地握在手中的手机里，静静地躺着，一串看似乱码的表白。

　　——"i n 3ˆo7！"。

番外　但愿和花和月长少年

恋慕与忘却，便是人生。

——黄碧云

【1】

五年的时间，其实说长也不算长，仿佛一瞬间就过去了。

但我只是坚信，埋藏于记忆深处的所有往事的内核，会随着时日的远去而成熟起来。

那一天，陪着陆陆处理完陆咏之在这尘世的最后一些俗事，突然觉得整个人都释然了——虽然我仍是觉得对她不住。那天，从法院出来后，送了陆陆她母亲回家后，我们去银行将地铁局赔偿的钱汇入他妈妈的账户。

从银行出来的时候，站在明亮的阳光下，那一刻，我跟他说："我们离开吧！"

他没有说什么，也没有问我要去哪里，只是安静地说："好！"

只要这个词就够了。

再也没有什么理由，能阻挡我们离开了。

【2】

这些年对我来说，像是一道漫长的漆黑的时光隧道，我一个人跌跌撞撞走出来了，内心所有的深省与自我渐渐地坚韧起来。或许只有经过这些，潜移默化地将那些所有浓烈的悲伤藏拙起来，将所有的过错藏起来，才能去过接下来更好的生活。

只是这么多年过去了，生死别离这一切，对我来说，已经很淡了。

当年离开林美景，其实并非是不爱了，也并非是故意狠心，只是在那个节骨眼上，身边摇摆不定的，是对自己的认可，强烈起来。那时候，能陪在我身边的，只有陆陆。他父亲的去世对他的打击很大，即使他一直藏得很好，但是我知道。因为我了解他，我愿意去了解他。我们在一起的时候，很多时候，他只是默默地看着我，我不开心难过他只是轻轻地抱着我，然后说："还有我。"

很长一段时间，我都会梦见"妈妈"，梦那个以前一直追着我们跑的女疯子，虽然我一直很抗拒这个字眼这个形容，但是我别无选择，很多时候，记忆根深蒂固地停留在那里，我无法改变。如果能回到过去，如果能早点知道这些，或许她不会去世。或许她就不会在我的梦里，转瞬被冻结成一座冰雕。

这人世最悲惨的，对我来说，莫过于母亲在我面前出现的最后一次，竟然是一具无名无姓的尸体。

后来我渐渐地遗忘关于那一日的悲伤，渐渐地我远离了那个梦。

我依然保留着她的照片，那只是这世间，她唯一留下的凭证了，如果连它都失去，那些记忆便成空白了。

在"妈妈"去世之前，我经常在晚上，睡着睡着就醒过来，内心很慌，堵得胸口快要喘不过气来。

在梦里，有一个人，叫嚷着将我那只发抖的手，砍断——然后血流满地。

那天下午，我将那包摇头丸磨成的药粉倒进大瓶的饮料里的时候，手一直发抖。后来，我将那包毒品放在兵哥的口袋里，另外拿了几颗放在他们的手心里，然后我就跑了。

当时，我握着那个公共电话的时候，其实内心是挣扎，而且害怕的。

那时我怕的，只是想到如果以后没人与之分享怎么办？内心要一辈子禁锢着这个秘密。如果他们回来再次报复怎么办？要用怎的勇气去面对以仇恨的心理与真相抗衡的他们。如果不这样做，那之前的一切准备和内心的决心，都得不到付出了。

于是我默默了按了110，然后报了地址，事件的主要内容，最后，决然地挂掉电话。

那天下午，我慢慢地走出那条街头的时候，那一刻我觉得，整个世界，仿似剩下我一个人，好像，出卖了他们，就像是出卖了全世界。

甚至陆陆，我也没有告知全部的事情经过，我只怕他知道后，内心更沉重，因我而更担心这件事情。

一年过去了，两年过去了，好多年都过去了。他们没有再回来，我的内心一再地翻腾后，沉淀下来。对于这件事，后来我自己想想其实挺傻，年轻气盛，没有想到后果，就那样做了。而且重要的是，得罪的还是熟人，如果他们要回来报复，肯定后患无穷。这些年来，唯一让我心安的，或许就是他们没有回来吧！

然而——我一辈子，都不会忘却的，或许是她的那张脸的。

【3】

无论是醒着还是睡着的时候，在陆咏之死去的那几天里，潜意识里都会闪过她那张哀怨愤怒的脸，下一刻血流满脸。

她死后的那几天，我一直躲在家里，什么电话也不接。

我记得那时陆陆来找过我很多次，但是爸妈都不敢跟他说我在。

那时的日子，好像又回到刚拿到妈妈的照片时那样，悲伤的时候像是永远都不会过去的。

但是后来我发现，无论是快乐的，还是难过的，日子总会过去，然后很多事情，又要开始面对了。

那时，我只是一直在想对策，我该怎样重新去面对陆陆。

可是他找上门了，而且是破门而入。那时我想，一定是动了不忍之心的父母放他进来的吧！但是我也不怪他们。因为陆陆的出现，像是一道光。瞬间让我打下一辈子都说谎、一辈子都当做若无其事的决心。

陆咏之的死，其实我不是故意的。

那天下午，我也不知道怎么的，就和陆陆去六号地铁的现场了。我们在空无一人的正在修建的地铁站内牵手，很开心地走着。在初年市，很难找到这样的地方，空无一人可以随心所欲。所以那一刻，他很开心，他亲了我，我也将嘴唇迎了上去。但是这一个动作，我却怎么也没有想到是咏之的死的导火线。

事实上，人在愤怒的时候，应当也是没有条理性和理智的吧！

送陆陆回家后出来的时候，我哼着歌在门外等电梯，但是我看见陆咏之跑了出来，她只是面无表情地跟我说了一句话，就转身跑回家。

她说："六号地铁牛角站，明天下午一点钟，我有话跟你说。不要问我为什么，因为你没有资格。"她狠狠地说完，并且扬长而去。

门砰的一声，我突然醒了过来。那一刻，我似乎是知道了点什么，所以前一刻所有构建起来的美好幻想，全部都崩塌了。

第二天，我又再次光临那个让我幸福片刻的地方，还是空荡荡的地铁站，只是配角换了她。

那一刻，她对我说：

"请你离开我哥哥！"

"我妈妈不会同意你们在一起，我去世的爸爸也不会同意，我也不会同意。"

"你就是个变态，为什么要缠上我哥哥，你说啊！"

"他是我家唯一的希望了，你不能这样对我们，你不能……"她哭了，像是找到了愤怒的缺口。而那时的我，却呆呆的，不知道想什么。只是感觉那些字句，像是往火上浇的油。

"你说话啊！你以为你不说话就能逃避么？你离开他，我不准你们在一起，你会毁了他的。"她伸手推我，我整个人像是失去了支撑一样，倒退了一步。

"不然你死开点好了，死得远远的，让我哥哥不要再看到你，让我们过上正常的生活。"

"你死开啊！你死远点啊！"

那一刻，我也不知道是中了什么魔咒，我也不知道素来文静的她，对于此事，内心却积累了这么多充沛的能量。她继续推我，但是我清醒了，像是身上某个愤怒的开关被激活了一般，我也一把推开她。

"你们真的懂他么？"

"你知道你父亲的死对他影响多大么？"

"你知道他最需要的是什么吗？这辈子你们都无法给他安全感，但是我能……"

她继续推我，拳头也使出了，她打断了我的话，她说："他是我哥哥，你没有权利这样做，你没有权利毁了他的前程。"

"有没有权利，不是你说了算，而是我们说了算。"那一刻，我也不知道是怎么了，双手大力一推，然后就往前跑了。

空旷的地铁站内，只留下一声尖叫声回荡，我转身的时候，看不见她。

那一刻，我慌了，所以跑了起来。

那天下午，我没有坐车，一直走，走路回家，走了很久很久，回到家的时候，已经很夜晚，我很担心她有没有什么事，但是我又不敢回去。事后我只是觉得自己很懦弱，或许我的脾气能再控制那么一丁点也好，或许……

只是，没有或许了，第二天，我就知道消息了，铺天盖地的新闻，似乎也要将我覆盖起来。

【4】

或许从此我就只能带着那些再也不能诉说的秘密，继续与陆陆，走完接下来的旅程。

我们需要时间来面对彼此，其实我并不乐意接受这世间给予我们的一切名词。

只是我们是这人世间彼此能依靠的两人而已，所以才走到一起。

我们愿意用彼此的下半生，来耗尽人们看不起的爱。

是的，林美景，我爱过你，你那么独特，心思敏锐且善良，所以当时我因为放弃你，我差点放弃我自己。

但是，直到最后我才明白，我们缺少的，是一种想要去厮守一生的勇气。

那些勇气，我在陆陆的身上找到了。

2010 年 10 月 19 日。凌晨三点的飞机。

十一点半，我们搭初年市的最后一班地铁去机场。

在地铁里，我还是想起了那个下午，虽然此去经年，但对于她的死，我依然耿耿于怀。这个世间，真相太多，有时丑陋，不忍心去揭露，不忍心去破坏太多美好的信仰。但愿生者永存，死者安息。

你们的世界，再不会有我。

你们的世界，可以安宁下去。那些真相，带着我的过去。破碎在飞往下一个世界的高空上。

陆咏之，请原谅我的自私。

陆陆，原谅我爱你。

林心城，原谅我的错失。

林美景，谢谢你曾爱过我。

我的一生，这样已经够了，不再有什么奢求了。

若是有时光倒流，我只愿，和花和月，大家长少年。

这些关于过去，关于那些暗夜的泥沼，我再跋涉一次。

然后，就让那一切，碎在这几千米的高空中。

完稿于 2010 年 7 月 22 日广州深夜

后记　花好月圆散记

就像写小说一样，我永远无法预测我的生活。

【1】

5月7日，我在广州某个商场的某环境良好的饮食店内，边看杂志边想着长篇的时候，我发觉很多时候，我都会执著于一个主题不放，因此总是有莫名的停滞。

——那个主题便是爱。因为爱，才有无限的可能。

因不能看透这世间，所以才有无限可能的明天去经历，所以那些所谓的阅历，都是未知的体会或教训。

只是，倘若我不写，这一切将随世间伴着死亡而去，没有人会记得这平凡庸碌的一生，究竟经历过什么，有过什么体会。

我会给予它们感情，但那些生活是他们的，我得谢谢肯陪我演出的他们。或许，有些生活是沾染着电影音乐而来，他们的设定全凭体会或臆想。

我活得没有很刻骨铭心，一切淡淡的。

【2】

其实到后来，很多东西才开始明朗起来。

关于《和花和月长少年》里面我写的，是四个完全不同的家庭。

它们各自有不同的缘由——每家都有一本难念的经，所以它们对每个人的性格和命运的影响，也分别不同——想想其实很残酷。包括我也一样，小时候很内向，后来才渐渐地随着接触的朋友多起来之后，才开朗起来，但是本质的东西，是随着多少年都无法改变的。我记得很小的时候，刚上一年级，第一次跟爸爸吵架是因为写"家"字，他教我那样写，但是我偏这样写。这件事估计他早忘记了，但是我依然记得。

其实一直在拿捏的，依然是亲情对于一个人成长的历程的影响——我们的儿时，我们的年少，为我们这些一生的奠基的历练，该是多么重要的东西。

这本书里面依然有触及到亲情，但是这次跟《海是天倒过来的模样》写的不一样——上一个是讨论代沟的问题，上一代人跟这一代人的爱情认知。而这一次是所谓亲情到底是血缘重要，还是感情重要？其实对于我来说两个都重要，但是它既可独一又可都兼有。

【3】

感谢几米。

在我写到第四章的时候，是我最困顿的时候。

很长的一段时间里，我不知道该如何继续。

这个小说，完全颠覆了之前《海是天倒过来的模样》的模式。

后来因为看了那一本关于几米的书，很多东西才豁然开朗，很多东西，才得以继续。

【4】

何惜荒芜。

——它是长篇最初定下的名字，但每次看见却总觉得不合我意，总觉得它应当是一个主题罢了。

何惜，有双重意思。

一种是如何珍惜，一种是何必珍惜。

或许只因青春年少，即使只是一场荒芜的记忆。

但它的意义，因之个人的不同而不同。

【5】

玉树后庭前，瑶华妆镜边。

去年花不老，今年月又圆，莫教偏。

和花和月，天教长少年。

——【仙吕】后庭花破子

——元好问

小说名字的由来，原是有一日，在地铁里等 HB。于是随手翻阅带在身边的《元曲三百首》。

便是这时，它宛若清晨的一道光般，温柔地照进我的窗。

那一瞬间，仿佛所有人物都在心底雀跃，欢呼着——这便是他们心底最真切的愿景。

即使年少多荒芜，但它总是心底一个最美的地方——不要让这一切有变化！就让那些青春年少，如同这花月一般永驻。

纯净的，没有任何多余杂质的现实认知，很多时候都甘愿放纵自己的一切情绪，它们那么纯真，即使伤人后也能好好地处理修复。

后来，年岁景迁，一切变得现实而内敛起来。

一件事便能引发一辈子的恨。

但是林美景你知道吗？

爱的反面不是恨，而是冷漠。

所以即使到后来，我仍相信你爱着他。

【6】

新书快完结的时候，知道两个好友将要结婚的消息。一个是从小到大的兄弟。一个是 M 姐。

仿似一瞬间，好多东西，都与以往的那些年少分离，然后轰轰烈烈地往更远的路去了。然后，记忆就真的，变成记忆了。只是，无论如何，你们都要记得幸福和快乐！很多时候，那都只是一种形式。重要的是，表决了这种形式后的幸福。

要记得幸福。

【7】

时已至此，已无多少留恋。

该说的已然完结，它们掏空了这个故事的躯壳，但依然流淌于我的日日夜夜——血液与可乐，脉动与放肆的汗水里。

谢谢出版社再次大力支持，谢谢光南老大，谢谢主任，谢谢晓碧的细心修改，谢谢你们的支持。

还要——谢谢你！

愿在有你的地方，和花和月长永存。

2010 年 7 月 24 日写于香港